ようこそ修道院へ、ここは追放された女たちの楽園よ

一ノ谷 鈴

illustration whimhalooo

ICHIJINSHA IRIS NEO

CONTENTS

この作品はフィクションです。
実際の人物・団体・事件などには関係ありません。

ようこそ修道院へ、

ここは追放された女たちの楽園よ

プロローグ　荒野の修道院

そこにはただ、一面の荒野が広がっていた。崖の下の海から吹き上げる風に、背の低い草が大きくなびいている。

どこまでも続くような荒野の中を走る、一本の細い道。その道の果てに、大きな建物が一つ。

それは赤い屋根と白い壁が目を引く、四角い箱のような形をした建物だった。その隣には、同じような色をした塔が寄り添っている。くすんだ色に満ちたこの場所において、その明るい色はひときわ人目を引くものだった。

建物にも塔にも、華美ではないが繊細な装飾がふんだんに施されていた。さぞかし多くの職人たちが腕を競ったのだろうと、一目でそう見て取れるほどに見事なものだった。

しかしこの建物と塔は、やけに無骨な防壁に囲まれていた。大きな石を積み上げ、その上に鉄の柵をしつらえた重厚なものだ。その防壁は、中のものを守っているようにも、中のものを捕らえているようにも見えている。

貴族の屋敷にしては、質素に過ぎる。かといって、平民のものではない。そんな不思議な姿のこの建物たちはもうすっかり古びて、静かに色を失いつつあった。それはさながら、荒れ地にたたずむ孤高の老女、老いてなお気品に満ちた淑女を思わせる姿だった。

――ここは修道院。様々な事情を抱えた高貴な女性たちが修道女となり、神に祈りを捧《ささ》げ静かに暮らす場所だ。彼女たちは互いに助け合い、心豊かに過ごしている。

その修道院の一室で、若い修道女が豪華な大机に向かっていた。大机の上には書類が積まれ、壁際には本棚がずらりと並んでいる。

彼女は静かに、一通の手紙に目を通している。ヴェールを脱ぎ捨て、夜空を映したようにきらめく青藍《せいらん》の長い髪をゆったりと垂らして。とろりとした蜂蜜のような金色の目を、楽しげに細めながら。

年の頃は二十歳を少し出たところだろうか、慎《つつ》ましやかな修道服をまとっていてなお、彼女は輝かんばかりに美しかった。咲き誇る真紅《しんく》の薔薇《ばら》のように華やかな妖艶《ようえん》さと、野のスミレのように素朴な愛らしさを、彼女は併せ持っていたのだった。

「新入りが来るのは久しぶりね。……それも、かなり訳ありの女性だわ。かわいそうに」

彼女のつややかな唇から、そんな言葉が漏れる。軽やかで柔らかな声が、重苦しい雰囲気の部屋にそっと響いていた。

「さて、みんなにこのことを教えてあげないとね」

優しく微笑《ほほえ》んで、彼女は立ち上がる。彼女はミランダ、この修道院の院長だ。

手紙を持ったまま、ミランダは歩き出す。とても気楽な、散歩でもしているかのような足取りで。

ひんやりとした石の廊下を進み、古びた扉を開ける。

扉の向こうには、大きな部屋が広がっていた。どうやらここは食堂らしく、質素な木の机と長椅子《ながいす》がたくさん並んでいる。たまたま集まっていた数人の修道女の視線が、一斉にミランダのほうを向いた。その目には、妙に熱心な期待の色が浮かんでいる。

「退屈しているみんなに、いい知らせよ。新入りが来るんですって」

ミランダのこの言葉に、修道女たちが歓声を上げる。やったあ、楽しくなりそうねと、そんなことを言い合い始めたのだ。互いに手を取り合って、喜びに机を叩《たた》いて。修道院という場所にも、修道女という立場にも、それどころか貴族の女性という身分にもまったくそぐわない、無邪気な子供のような、祭りではしゃぐ人々のような、そんな仕草だった。

「もう。みんな、喜びすぎよ」

ミランダがたしなめると、修道女たちが浮かれた口調で反論する。

「だって、仲間が増えるのよ。久々に楽しくなりそうだって、ミランダもそう思ったでしょう？」

「ずっと同じ顔触れで喋《しゃべ》ってると、飽きちゃうのよね」

そんな修道女たちの言葉に、ミランダは無言で苦笑する。いたずらっ子を見守る母親のような、温かな表情で。

院長であるミランダのもとに届いた一通の手紙。きっとそれは、この修道院に新たな、ちょっとした刺激をもたらしてくれる。ミランダも修道女たちも、そう考えていた。

けれどその手紙は、もっとずっと大きな騒動の前触れに過ぎなかったのだ。ミランダたちは、予想すらしていなかったけれど。

1．迷える子羊よ、私たちがついているわ

「ねえねえミランダ、新入りってどんな子なの？　もったいぶってないで、早く教えてよ」

今度、新入りがやってくることになったわ。そう口にしたら、みんなはあっという間に食いついてきた。予想通りに。獲物を狙《ねら》う猫の顔で、私に詰め寄ってくる。

「新入りの名前はヘレナ・シャルン。伯爵家の一人娘で、十七歳よ。彼女は婚約者……侯爵家の跡取り息子ね……に捨てられてしまった」

その言葉を聞いて、みんなが一斉にうめく。同情と、いら立ちのこもった声で。

「しかもそのせいで、ヘレナには悪い噂《うわさ》が立ってしまったの。捨てられた、みじめな女だって。そうして、実の親が彼女をここに送り込むことにした。……きっと、傷ついた娘と向き合うことから逃げたのでしょうね」

「だったら、私たちが歓迎してあげましょうよ！　彼女、きっとすっごく傷ついていると思うのよ。婚約者も、親も頼れずに、たった一人きりになって」

「そうそう。私たちが味方になってあげなくちゃね」

そんなことを、みんなは口々に言っている。とっても生き生きとした、浮かれた調子で。

私たちを見て、清く正しい修道女だと思う人間はまずいないだろう。みんな一応修道服を着てはい

るものの、めいめい好き勝手に着崩しているのだから。私はちょっと首元を緩めているだけなのだけれど、修道服に色とりどりの宝石を合わせて華やかに装っている者、魅惑的な化粧の研究に余念のない者など、挙げていったらきりがない。ほぼ原形を留《とど》めないほどに修道服を改造している者もいるし。当然というか何というか、邪魔っけなヴェールをかぶっている者なんて皆無に近い。あれ、動きにくいし肩が凝るから、院長である私ですらよほどのことがない限り身につけない。

多少なりとも修道院らしい厳格な雰囲気を備えているのは、実のところこの建物だけだった。長きにわたって身分のある女性たちを、それも苦しみを抱えた女性たちを受け入れてきたからなのか、建物全体にどことなく重苦しい雰囲気が漂っているのだ。

でも私たちはそんな空気を無視して、みんなで楽しくにぎやかに暮らしている。傷ついた女性たちも、私たちと一緒に暮らしているうちに自然と明るさを取り戻していく。ここは、そんな場所だった。

そうして今、みんなはいつになく張り切っていた。ひどい目にあったヘレナを盛大に出迎えて、励ましてやろうと意気込んでいる。

活気に満ちた顔を見合わせてあれこれと打ち合わせているみんなを見ながら、こっそりと肩をすくめた。気持ちは分かるけれど、ちょっとはしゃぎすぎよねえ。

そうして、いよいよヘレナが来る日がやってきた。

出迎えは院長の私と、数名の修道女たち。私たちはいつも通りの格好で玄関ホールに集まり、今か今かとヘレナを待っていた。

「ミランダ、来たみたいよ」

そんな誰かのささやき声に、みんなで耳を澄ませる。

風の音に混ざって、馬車の立てるかたことという音がする。馬車は修道院の前で止まり、それから誰かが小声で話している声が聞こえてきた。

やがて声が止《や》み、玄関の扉が開く。一つの人影がゆったりと玄関ホールに進み出てきた。ヘレナだ。

彼女は清楚《せいそ》で凛《りん》とした、愛らしい乙女《おとめ》だった。けれど明らかに打ちひしがれていて、表情も優れない。赤みがかった明るい茶髪は少しもつれているし、宝石のような緑色の目にも悲しみがうっすらとにじみ出ていた。

ヘレナがそろそろと視線を上げ、私たちを見た。それはひどく暗く、沈んだ視線だった。

次の瞬間、私たちは一斉に叫んでいた。とっても明るい声で、とっても元気よく。彼女が抱えた辛《つら》さも悲しさも、全部吹き飛ばしてやれとばかりに。


「ようこそ修道院へ、ここは追放された女たちの楽園よ！」


突然のことに、ヘレナはあっけに取られていた。その顔を覆っていた影が、ちょっぴり薄れている。

ふふ、最初にちょっとびっくりさせる作戦、成功ね。

「そ、その……よろしくお願いします。ヘレナ・シャルンと申します」

少し口ごもりながらも、丁寧《ていねい》に言葉を返してくるヘレナ。でも彼女の視線は戸惑いっぱなしのさまよいっぱなしだ。

それも当然だろう。ここにいるのは、いつも通りの格好の私たち。つまり、どこからどう見ても規律正しい修道女には見えない、自由気ままな一団なのだから。

そんな彼女を、すかさずみんなで取り囲む。

「噂に聞いていたより可愛《かわい》い子ねえ。あなたに似合いそうなお化粧の仕方を知ってるから、試してみない？」

ひときわ華やかに化粧をした修道女が、親しげにヘレナの右手を取る。

「お化粧もいいけれど、髪飾りなんかもいいんじゃないかしら。私が昔使ってたものがよく似合いそうだし、後であげるわよ」

たっぷり宝石をあしらった装身具をじゃらじゃらと身につけた修道女が、今度はヘレナの左腕をしっかりとつかんだ。ちょうど両側から、がっちりとヘレナを捕まえた形だ。

「えっ、あの、え？」

さっきから少しも状況についていけていないらしく、ヘレナは目を真ん丸にしている。私たちは彼女を取り囲んだまま、お構いなしに歩き出した。

玄関ホールの奥の扉を開けると、明るい日差しが目に飛び込んでくる。そこは広い吹き抜けになっていて、中央にはこぢんまりとした礼拝堂が建っている。

美しく整えられた小さな中庭に囲まれたこの礼拝堂は、実のところこの修道院の中で一番それらしい雰囲気の場所だったりするのだ。その美しさに、ヘレナが小さく息を吐いた。

しかし私たちは礼拝堂の脇を素通りして、さらに奥を目指していった。朗《ほが》らかな声で、次々ヘレナに話しかけながら。

「馬車での旅は疲れたでしょ。まずは奥でゆっくり休みましょう」

「みんなあなたを待っていたのよ。新しい仲間が来るんだって、楽しみにしてたの」

「クッキーをたくさん焼いたから、食べながらお喋《しゃべ》りしない?」

ヘレナはろくに返事もできない。たぶん、想像していた出迎えと違いすぎたのね。でもそれこそが、私たちの狙い。堅苦しくて礼儀正しいだけの出迎えなんて面白《おもしろ》くない。彼女が少しでも早くここになじめるよう、ありのままの私たちの姿を見せることにしたのだ。

さあ、いよいよここからが本番よ。私たちは笑いさざめきながら、食堂に続く扉を開けた。


「あの……ここって、本当に修道院、なんですか……?」

扉の向こうに広がる光景を見て、ヘレナが小声でつぶやく。自分の目を疑っているような、そんな表情だ。

食堂。いつも誰かしらがたむろしている、私たちの社交場。

部屋の作り自体は、この上なく質素だ。壁も床も、何の装飾もされていない石。机と長椅子《ながいす》は、木の板やら棒やらを組み合わせただけのもの。

でもそこに集まっている修道女たちは、やはり思い思いに修道服を着崩している。そうして、この上なくのびのびとふるまっていた。

焼きたてのクッキーが山と盛られた皿を囲んで、幸せそうな顔で食べながらお喋りしている者たち。膝《ひざ》の上に乗った猫のちょっかいをかわしながら、趣味の編み物に精を出す者。隅のほうで顔を突き合わせているのは、今日の掃除当番をカードの勝負で決めている面々だ。さらにこっそりと、朝っぱらから酒を飲んでいる者までいた。中々に強い酒を、お茶でも飲むように優雅にたしなんでいる。お菓子でも食べているかのような手つきで、干し肉をつまみながら。

そうやってわいわい騒いでいるさまは、修道院の食堂というよりお祭りの会場のようだった。それも宴もたけなわ、大騒ぎのまっ最中の。しかしこれは、いたっていつも通りの光景だ。

「みんな、新入りのヘレナを連れてきたわ！」

それを合図にしたように、みんながすっと静かになった。編み物もカードゲームもぴたりと止めて、真剣な、けれど興味を隠せない顔でヘレナを見ている。

凍りついたように立ち尽くすヘレナの肩にぽんと手を置いて、みんなに笑いかける。

さて、ここからはちょっと踏み込んだ話をしなくちゃ。ヘレナがこれから、少しでも安らかに過ごせるように。

ゆっくりと隣のヘレナに向き直り、静かに語る。

「……ねえ、ヘレナ。あなたはシャルン伯爵家の娘で、婚約者はエンテ侯爵家の跡取り息子マーティン……だった。けれど彼が婚約を破棄したせいで、あなたはここに来ることになった。そうね？」

すると、ヘレナがやっと動いた。彼女はひゅっと息を吸って、目を伏せたのだ。苦しみをこらえているかのように、歯を食いしばっている。そんな彼女に気遣《きづか》いながら、言葉を続ける。

「ここにいるのは、親や夫、嫁ぎ先などとそりが合わなくて居場所を失った者ばかり。喧嘩《けんか》別れだったり、一方的に捨てられたり。そんな女たちが集まっているの。……あなたと、同じよ」

するとヘレナがのろのろと顔を動かして、すがるような視線を投げかけてきた。そんな彼女に、みんなが次々と声をかけていく。その声はまるで聖歌のように、食堂に響いていった。

「私たちは、苦しみや悲しみを抱えてここに来たの。でも、いつまでも苦しんではいない」

「それぞれの過去を話して、共有して。そうすることで、傷を癒《いや》していったのよ」

「だからどうか、あなたも打ち明けてちょうだい。あなたが抱えている傷を」

「私たちが、あなたを支えるわ。大丈夫よ、怖がらないで」

困惑し切っているような顔で、ヘレナは私とみんなを交互に見ている。けれどその緑色の目には、希望のかけらのようなものが揺らめき始めていた。そんな彼女に、ひときわ優しくささやく。

「……よかったら、話して。面白おかしく飾りのついた噂ではなく、あなたが経験してきた本当のことを。ずっと一人で抱えていて、苦しかったでしょう?」

「私……わ、私は……」

そうしてヘレナは、震える声で話し出した。うつむいて、誰とも視線を合わせずに。

それは、ある舞踏会でのこと。二人で出席していたヘレナとマーティンは、静かに礼儀正しく話をしていた。二人の間には甘さのかけらもなく、むしろ寒々しさすら漂っていたのだとか。

ヘレナは婚約者であるマーティンのことを好いてはいなかった。けれど貴族の令嬢にとって、そんな結婚は珍しくもない。貴族の結婚は当人たちのためというよりも、それぞれの家のためという側面のほうが強い。愛する人と結ばれるなんて、夢物語でしかない。

そう話している時のヘレナは、とても寂しそうだった。そんな彼女を見て、みんながひそひそとささやき出す。「政略結婚って嫌だわ」「割を食うのは、私たち女ばっかりだし」「愛する人と結ばれたいって思うのは普通よねえ」などという言葉が、ちらほらと聞こえてくる。

みんなの言葉にちょっぴり泣きそうになりながらも、ヘレナは言葉を続けていく。唐突にマーティンが口にした、とんでもない宣言について。

「すまない、ヘレナ。僕は君と結婚できない」

「……どういうことでしょうか、マーティン様……？」

「僕は心から愛する人を見つけてしまったんだ。たとえいばらの道となろうとも、僕は自分の思いを裏切れない。僕は、彼女と生きていく。君との婚約は、破棄させてもらう」

ヘレナは彼の言葉を、すぐには理解できなかった。それくらいに、突拍子《とっぴょうし》のない言葉だったから。頭が真っ白になったまま立ち尽くしていたら、一人の女性がヘレナたちに近づいてきた。

それは赤みを帯びた柔らかな金髪に淡い水色の目の、花の妖精のように繊細で華奢《きゃしゃ》な女性だった。彼女はヘレナを無視してマーティンに微笑《ほほえ》みかけ、マーティンは彼女を愛《いと》おしそうに抱き寄せた。それを聞いたみんなから「うわ」「なにその女」「二人とも最低」といったうめき声が上がる。

「長く待たせてしまったね、ミア。これでやっと、君と一緒になれる」

「はい、マーティン様。あたし、とっても嬉《うれ》しいです……」

そうしてうっとりと見つめ合いながら去っていく二人の背中を、ヘレナはただ見つめることしかできなかった。あまりのことに、自分は白昼夢でも見ているのではないかと、そう思わずにはいられなかったのだとか。

しかしそれは、もちろん夢ではなかった。それどころか、事態はさらに悪い方向に進んでいった。まず、舞踏会が終わってすぐに、マーティンの父エンテ侯爵から正式に婚約を破棄する旨《むね》の書状が届いた。反論など許さないと言わんばかりの、とても偉そうな文面のものが。ヘレナのシャルン家は格下の伯爵家だから、彼女たちは黙って婚約破棄を受け入れるほかなかった。

そしてさらに不幸なことに、この婚約破棄のことがあっという間に社交界に広まってしまった。婚約者に捨てられたみじめな令嬢、人々は陰でヘレナのことをそう噂し始めたのだ。

嘆き悲しみ引きこもるヘレナを、両親は修道院に送ることにした。そこで清らかな日々を過ごし、苦境に負けない心を養え。そう言って。

ヘレナがそのくだりを語った時、またみんなが小声でささやき出した。「清らかな日々……は難しくない？」「そうね。ここってかなり自由だし。実家にいた頃《ころ》より楽しいし」「というか、清らかに過ごせば心が強くなるって、どういう理屈なのよ」「古い考えよね。頭が固くない？」と、そんな感じで。

それを見たヘレナは、また困ったように眉《まゆ》を寄せた。けれどどうやら、彼女も理解し始めたらしい。ここは、厳粛でありきたりな修道院ではないのだと。みんなを見ているその目つきが、ちょっと和《やわ》らいできたから。

「しかし、大変な目にあったわねえ。ミアって、あのノストル男爵家の子でしょう？」

ふと、どこからともなく、そんな声が上がった。ずっとひそひそしていたみんなが、それにつられるようにして元気にお喋りを始めてしまう。

「儚《はかな》げな美貌とは裏腹に、あの若さで幾人も男をとっかえひっかえしてるのよね、あの子」

「他人の物ほど欲しくなるたちだって聞いてたけど、またやらかしたのねえ。だったらそのうち、またよその男になびいていっちゃうんじゃないかしら」

「いつもならそうね。でもミアって玉《たま》の輿《こし》を狙ってたはずよ」

「ああ、そうだった。だったらもう、彼女はマーティンを手放すことはないかもね。最下位の男爵家からずっと格上の侯爵家に嫁入りなんておいしい話、そうそうないもの」

「気を落とさないでね、ヘレナ。あんな子に引っかかるような男なんて、ろくなものじゃないから」

みんなが朗らかに、ヘレナに励ましの声をかけている。ヘレナは今耳にした数々の情報に驚いたのか目を丸くしていたけれど、やがて軽く頭を下げた。その口元には、ほんの少しだけ笑みが浮かんでいる。

と、修道女の一人が突然手を挙げた。やけに気まずそうな顔で。

「ねえ、今思い出したんだけど……ヘレナ、婚約破棄されてちょうど良かったんじゃない？　ほら、エンテ侯爵家って、ちょっと、ね……」

「あ！　本当だわ。あそこの当主って、まずい行いに手を染めてるんだった。たぶん、世間知らずの箱入り息子であるマーティンは知らないでしょうけど」

「ああ！　私も思い出した。あれのことね。ということは、このまま放っておけばエンテ侯爵家は取り潰《つぶ》しになるかも？」

「かも、というか、いずれそうなるわよお。マーティンもどうなるかしらねえ」

あっけらかんとみんなが口にした言葉に、ヘレナがすうっと青ざめた。

「あ、あの、エンテ家が取り潰し、って……どうして、そんなことを知って……」

「ミランダ、ヘレナに説明してあげて。院長でしょう」

「ほらほら。私たちの新しい仲間が知りたがってるわよ」

そんなことを言って、みんなが一斉に私を見る。にやりと笑って。

ここに集まった私たちは互いにお喋りをし、修道院の外にいる家族や友人と盛んに手紙をやり取りすることで、様々な情報……というか、ゴシップを集め、共有している。修道院の周りには何もないということもあって、ここではそんなゴシップ集めが一番の楽しみだったりするのだ。

さらに一部の修道女は、とんでもない方法で精力的に情報を集めるようになっていた。

彼女たちは時折実家に帰り、直接友人たちから話を聞き出してはまたここに戻ってくるのだ。手紙には書けないとびっきりの情報、いわゆる『ここだけの話』を手土産《てみやげ》にして。ただ、こちらに戻ってくる時に「俗世を離れ、神のもとで清らかに暮らしてまいります」などと理由をつけているのが、おかしくてたまらないけれど。

そうしているうちに、私たちの手元にはものすごい量のゴシップが集まってしまっていた。しかもその中には、重大すぎて取り扱いに困るようなものもちらほらと混ざっていたのだ。そういうものはひとまずみんなの心の奥にしまい込まれて、それ以降話題に上ることはめったにない。

エンテ家の問題も、そういったものの一つだ。しまいっぱなしになっていたせいで、思い出すのに時間がかかったけれど。

それはそうとして、どう話したらヘレナをびっくりさせずに理解してもらえるかしら。みんなったら、面倒ごとはすぐ人に押しつけるんだから。

小さく息を吐いてから、ヘレナにそっと呼びかける。

「私たちは自らの身を守るために、日々情報を集めているの。エンテ侯爵家のことも、その活動を通して知ったのよ」

嘘《うそ》は言っていない。面白いから集めているゴシップだけど、時々役に立ってもいる。過去には憎き姑《しゅうとめ》の弱点をつかみ、それを利用して華麗なる逆襲を遂げた修道女なんかもいたから。それも、一人や二人ではなく、何人も。私たちにとってゴシップ集めとは、趣味と実益を兼ねたものなのだ。

とはいえ、今のヘレナに本当にありのままを話したら、余計に混乱してしまうだろう。だからちょっとだけ、言葉を濁した。

それでも、ヘレナは私の説明を素直に信じたらしい。まっすぐに私を見つめ、身を乗り出してきた。

「あの……エンテ家についての情報を、教えてはもらえませんか？　他言しないと誓いますから……」

「どうしてかしら？　あなた、もうあの家とは縁もゆかりもないでしょう？」

「……はい、その通りです。けれどなぜか……それでも、知りたいと思ってしまうんです」

ヘレナは自分の気持ちをつかみかねているらしい。けれどその表情は凛々《りり》しく引きしめられていた。

きっと彼女は、自分を取り巻く状況に立ち向かいつつあるのかもしれない。

これなら、もうちょっと教えてあげてもよさそうね。そう考えて、そっとみんなに目で合図する。説明をお願い、と。実のところ、エンテ家の問題について私はうろ覚えだし。

「いいわよ。ここからは、私たちが教えてあげるわ。あのね、あそこの家は……」

「実は、とんでもないことになっているのよお。というのも……」

うきうきとした顔で語り出すみんな。そしてその話に耳を傾けていたヘレナの顔から、また血の気が引いていく。

「まさか、そんなことって……」

「信じられない？　でも間違いなく本当の話なのよねえ。マーティンの父親の腹心の愛人の茶飲み友達からの情報だもの」

修道女の一人が、得意げにそう言った。こんなとんでもない情報が、そんなところから漏れているなんて……色んな意味で大丈夫かしら、エンテ家。

「だったら、いずれミアもマーティンを捨ててよそに行ってしまうんじゃない？　あの子、状況を読んで動くのはうまいって聞くし」

「そうねえ。……ねえヘレナ、だったらいずれ、マーティンが泣きついてくるかもよ？『ミアに捨てられたんだ、僕には君しかいないんだ』って」

「もしそうなったらどうするの、ヘレナ？」

みんなは笑顔でヘレナを見つめながら、どんどん言葉を重ねていく。

「マーティンって、馬鹿《ばか》な男よねえ。こんなに可愛い婚約者がいながら、あんな腹黒い子に引っかかるなんて」

「ヘレナは真面目《まじめ》で礼儀正しくて、おまけに思慮深そう。初対面だけど分かるわ、素敵な子だって」

「マーティンとは釣り合わないわね。もちろん、マーティンのほうがずっと格下よ」

そんな言葉を、ヘレナは黙って聞いている。やがてその愛らしい唇から、落ち着いた低い声が飛び出した。

「もし、マーティン様がまた私のところに来たとしても……」

みんながぴたりと口を閉ざして、ヘレナの声に耳を澄ませる。

「こちらからお断りです」

彼女がきっぱりと言い切った次の瞬間、みんな一斉に歓声を上げた。もちろん、私も。


そんな一幕を経て、ヘレナは私たちの一員として暮らし始めた。修道服をきちんと着込んだ彼女は、思ったよりも早くここになじんだようだった。

「あらヘレナ、元気そうね。そろそろここの生活にも慣れたかしら？」

ある日の午後、廊下をぶらぶら歩いていたら、ヘレナにばったり出会った。あちらも散歩中だったらしく、嬉しそうに歩み寄ってきた。

「はい。……自由すぎて、まだ戸惑ってしまいますけれど。……でも、楽しいです」

この修道院の決まりは、たった三つ。修道服を着用すること。朝の礼拝には参加すること。男子禁制。私がここに来るずっと前から、そうなっているらしい。もっとも例外まみれの抜け穴だらけではあるけれど。結局ここで一番重要なのは、『自由であること』なのだ。

「みなさんに掃除や炊事を教えてもらったので、当番もこなせています」

「よかったわ。みんな最初はそこで手こずるのよ。そこまで順調だと、退屈だったりしない？」

「そちらも大丈夫です。ちょっと暇にしていると、すぐ誰かがお喋りに誘ってくれるので」

ちょっぴりくすぐったそうに笑うヘレナは、すっかり年頃の乙女らしい生き生きとした顔をしていた。ここに来たばかりの頃のような悲痛な雰囲気は、もう消えている。

自由気ままで開けっ広げなみんなと触れ合うことで、ヘレナの心の傷も癒《い》えつつあるらしい。ほっと胸をなでおろす。これだけ元気になったのなら、次の段階に移っても大丈夫そうね。

小さく息を吸って、ほんの少しあらたまった声で告げる。

「ねえ、ヘレナ。前から思っていたのだけれど、あなたはもう少し男心を学んだほうがいいわ」

突然変わった話題についていけなかったのか、ヘレナはぽかんとしている。

「マーティンは、ミアを愛していた。それも、あなたとの婚約を破棄するよりもずっと前から。なのにあなたは、そのことにまったく気がつかなかった。それって少し、鈍いというか……」

「鈍くても別に困りません」

ヘレナはちょっとむっとした顔になった。本当に、彼女は純真でまっすぐだ。だからこそ、放っておけない。彼女の未来を守ってやりたい。そのためにも、どうにかして説得しなくちゃ。

「もしあなたがマーティンの心変わりにもっと早く気づけていたら、マーティンをつなぎ留められたかもしれないわ。こんな風に修道院に送られることも、なかったかもしれない」

もっとも今回ばかりは、マーティンと別れて正解だったけれど。そんな言葉を、そっと呑《の》み込む。

「……マーティン様に捨てられたことは、もうとりたてて辛いとは思えないんです。辛いのは、もっと別のことで……」

ヘレナの口調は、とても静かだった。決して強がっているようには見えない。どういうことかしら。

「マーティン様は、ミアを愛していると言いました。だったら……もしかしたら彼は、愛する人と結ばれるのかもしれない。そう思ったら、うらやましくて、悔しくて……」

絞り出すような声で、彼女は言葉を紡《つむ》ぎ続ける。悲しみと憤りをにじませて。

「私は、貴族の娘です。愛する人と結ばれるなんて夢のまた夢と、ずっと諦めていました。諦めなくてはならないと、そう自分に言い聞かせていました。……なのにどうして、マーティン様だけ……」

ああ、彼女の胸にはずっと、こんな思いが巣くっていたのか。なんていじらしい、愛らしい悩みなのだろう。

気づけば、ヘレナの手を取っていた。両手でしっかりと、彼女の手を包み込むようにして。

「これまでずっと耐えていたのね、ヘレナ。けれどもういいのよ、我慢しなくても。ここのみんなは、あなたの味方。もちろん、私も。私たちはみな、悩み苦しむ乙女だったのだから」

声にも手にも、自然と力がこもってしまっていた。ヘレナは戸惑い顔で私を見つめていたけれど、やがてぽつりとつぶやいた。ほんの少し、口ごもりながら。

「……一つ、聞いてもいいですか。ミランダさんは、どうしてここに来たのでしょう……？」

「私？　愛人ができた夫が、邪魔になった私を追い出そうとしたの。不義を働いたって濡《ぬ》れ衣《ぎぬ》を私に着せて、ここに押し込んだ。よくある話よね」

　軽い口調で、そう答える。あの頃は辛かったけれど、もう何年も昔の話だ。私にとっては、ただの過去。けれどヘレナはぱっと顔を上げて、声を荒らげた。

「ひどい！　よくある話って……そんな言葉で片付けたら駄目です！　ミランダさんは、そんな扱いをされていい人じゃないです！」

「あら、怒ってくれるの？　優しい子ね。でも仕方ないのよ。ここに来る前の私は貞淑なだけが取《と》り柄《え》の、面白みのかけらもない愚かな女だったから」

「ミランダさんが愚か？　それ、きっと何かの間違いです。ミランダさんは素敵な、魅力的な女性です。あなたのようになりたいなって、そう思えるくらいに」

「ふふ、ありがとう。でも本当にそうだったのよ。あの頃の私は、貴族の娘としての生き方しか知らなくて……いつも慎み深く、ただひたすら夫に従うことしか頭になかった。若かったのね、私も」

　まだ十代だった頃の自分を思い出し、苦笑してしまう。今でも私はまだ若いのだけれど、あの頃の私は、なんというか……青かった。模範的な貴族の娘だった。そう、ヘレナのように。

「ねえ、ヘレナ。あなたは昔の私に似ているような気がするわ。真面目で貞淑で、馬鹿がつくほど素直で無知。自分の身一つろくに守れない、とても清らかでか弱い子だって」

　ヘレナは私をじっと見上げて、黙りこくっている。今の言葉に、思い当たることがあったらしい。

「あなたには、私のようになって欲しくない。あなたはこれからいくらでもやり直せる。あなたが幸せをつかめるように、手を貸してあげたいの。……一度は諦めた、愛する人と結ばれたいっていう夢を叶《かな》えられるように」

するとヘレナは真っ赤になって、かすかにうなずいた。あらあら、とっても可愛い。やっぱり彼女には、素敵な恋をして、幸せになる未来が似合う。

くすりと笑って、いたずらっぽく言葉を続ける。

「だからあなたは、色んなことを知っておくべきだと思うのよ。いざ愛する人を見つけた時、しっかりと捕まえておくのに必要ですもの」

「捕まえて、って……そんな、獲物か何かみたいに……」

「あら、いい男ってある意味獲物みたいなものよ。すぐに捕まえないと、誰にかっさらわれるか分からないわ。大丈夫、そういう時の立ち回り方も教えてあげるから。私たち、みんなでね」

私の言い回しがおかしかったのか、ヘレナがちょっとだけ笑ってくれた。

「まずは男心について学んで、それから情報の集め方と活《い》かし方なんかも知っておいたほうが……ふふ、みんなの張り切る顔が目に浮かぶよう」

はい、と答えるヘレナは、しり込みしながらも期待を隠せずにいた。

そうして私たちは、持てる技術を片っ端からヘレナに叩き込んでいった。修道院で長きにわたって繰り返されたお喋りと交流、その中で厳選され磨き上げられた、とびっきりのものを。

まずは、男心についての勉強。男性を思うように操る方法……というと恐ろしげではあるけれど、要するにどうやって自分に興味を持たせるか、おねだりをするかということだ。無意識にできている女性も多いけれど、ヘレナはさっぱりだった。実は私も苦手なのだけれどね、そういうの。

それから、この修道院に集められている様々な情報も教えていった。ヘレナはもう名実共に私たちの仲間になっていたから、彼女に情報を渡すことに異論を唱える者はいなかった。

とはいえ、それをまとめて聞かされたヘレナは目を白黒させてしまっていた。それもそうだろう、私たちが持っている情報は、現王の食事の好き嫌いといった他愛のないものから、隣国の貴族にご禁制の品を流している貴族の名といった危険極まりないものまで、あまりにも数多く、あまりにも無秩序なものだったから。

「ここのみんなの多くはね、口うるさい姑に頼りない夫、自分勝手な婚約者や理解のない親なんかに傷つけられてきたの」

そんな情報を伝える合間に、休憩がてらそんなことを口にする。

「その中には、ここに逃げ込んでもなお、ちょっかいをかけてくる者もいたのよね。でもそのたびに、私たちはそんな干渉をはねのけてきた。……ここにある情報は、その時に役に立ってくれたのよ」

「情報で、うるさい人たちを黙らせる……んですよね。具体的には、どうやるんですか？」

「ふふ、割と簡単よ。例えば……相手のちょっとした醜聞を知っていると匂わせてやるの。何よりも体面を重んずる貴族にとっては、醜聞を広められるのは命取り。さらにもう一押し、その醜聞のひとかけらを実際にちらつかせてやれば、ほとんどの相手は黙って手を引くわ」

「情報に、そんな使い方が……知りませんでした。私、頑張ります」

ヘレナは大いに驚きつつも、力強くうなずいていた。小さく笑みを浮かべて。

ばたばたした忙しい日々が、しばらく続いた。けれどヘレナは積極的に、真面目に学び続けていた。気のせいか彼女は、以前よりもずっとしっかりしてきたように思う。もっと色々学んでいけば、もう馬鹿な男に振り回されて不幸になるようなこともないだろう。

私たちがそう思い始めていたある日、予想外のことが起こった。

その日は朝からずっと嵐で、激しい雨と風が一日中吹き荒れていた。けれど私たちは、特に心配はしていなかった。食糧などはたっぷり備蓄してあるし、この修道院の建物は恐ろしく頑丈だ。だから私たちはいつもと同じように、にぎやかに陽気に過ごしていた。ヘレナも一緒に。

夜になると、さらに風雨は勢いを増していた。面倒だけれど、そろそろ玄関と外の防壁の門の鍵を閉めないと。まったく、こんな日に戸締り当番だなんてついてないわ。他の当番たちとお喋りしながら玄関ホールに足を運んだその時、玄関の扉が突然開いた。

「あら、何事かしら？」

横殴りの雨と共に玄関ホールに駆け込んできたのは、一人の青年だった。

その青年は、どうやらこの嵐の中を徒歩でやってきたらしい。大きな荷物を背にかついでいる。濡れて顔に張りついた黒髪の隙間《すきま》から、生き生きとした琥珀《こはく》色の目が見えている。結構若いわね。ヘレナと同じくらいの年頃かしら。ちょっと幼さを残した顔立ちが可愛い。貴族には見えないけれど、優しそうで、そして一途《いちず》そうな青年だ。

そんなことを考えていたら、青年は私たちを見て身をこわばらせた。それからその視線が、私たちを通り過ぎて……後ろのほうでぴたりと止まった。

振り返ると、ヘレナが立ち尽くしているのが見えた。青年が、感極まったように叫ぶ。

「ヘレナお嬢様、ご無事でしたか！　ああ、よかった……」

「ロディ、あなたなの!?　どうして、こんなところに」

「お嬢様は人里離れた修道院で、きっと苦労しているだろうと思ったんです。ですから、お迎えに上がりました。途中から徒歩でしたので、少し遅くなってしまいましたが」

「お迎えに……って、うちの……シャルン家の執事のあなたが、一人で？　お父様の許しは出たの？」

青年……ロディとヘレナが話しているのを、あっけに取られながら見守る。二人の関係は分かったけれど、ただの執事が、それも徒歩でこんなところまでやってくるなんて。驚きだわ。

ヘレナの問いに、ロディがふっと切なげに目を伏せた。周囲から「あらやだ可愛い坊や」「まだ若いけれど、将来有望よね」などというひそひそ声が聞こえてくる。

「いえ、これは……俺の独断です。出過ぎた真似《まね》だとは分かっていたのですが、どうしてもお嬢様のことが心配で……。ですから休みをいただいて、勝手にここまで来てしまいました。その……俺がここに来ていることは、誰も知りません。言えば止められると、そう思ったので」

それを聞いたみんなが、同時に無言でにやりと笑った。明らかに、この状況を面白がっている。

「旦那《だんな》様も奥様も、お嬢様を修道院にやったことを後悔しておられるようだと、執事長から教えてもらいました。ですからお嬢様が強く訴えれば、きっと戻るお許しが得られるでしょう」

「……そうなの？　でも……」

必死に食い下がるロディと、煮え切らないヘレナ。たぶんヘレナはもうしばらくここで心を休めていたいと、そう思っているのだろう。自由で温かな、この修道院で。

それはそうとして、どうしたものかしら。あの二人の話し合い、今すぐ決着がつくようなものでもなさそうだし。そして私は、いい加減眠くなってきた。夜更かしは苦手なのよね。

少し考えて、ゆったりと進み出る。ヘレナとロディの間に割り込むように。

「あなた、ロディとかいったかしら？　こんなところまでヘレナを迎えにきた、その心意気はとっても素敵だと思うわ。でも今日はもう遅いし、明日改めてじっくりと話し合ったらどう？」

「明日って……でも、外は嵐です、ミランダさん」

私の言葉に、ヘレナはびっくりした顔をする。ここは男子禁制だから、ロディは野宿するほかない。けれど、この天気ではそれも無理だ。彼女はそう言いたいのだろう。

小さくあくびをして、さらりと言葉を返す。

「あなたが使ってる部屋の、続き部屋が空いてるじゃない。そこに泊めてあげればいいわ」

「え、でもここは男子禁制で」

「ああそれ、建前よ」

軽やかに言い放つと、ヘレナはぽかんと口を開けて固まってしまった。真面目ねえ。ふふ、可愛い。

「ここは一応修道院だから、堂々と男性を入れる訳にはいかない。だったら、こっそりと入れればいいだけよ。修道服を着せてしまえば、修道女だって言い抜けられるし。もちろんみだりに風紀を乱さないように、節度は守ってもらうけれど」

そう説明しつつ、こっそりとロディをもう一度観察する。成長途中なのかそこまで背も高くないし、しなやかな体つきで……あらやだ、修道服がすっごく似合いそう。見てみたいかも。

「あなたの続き部屋が嫌だっていうなら、別の空き部屋を貸してもいいのだけれど……彼の身の安全は保障できないわよ？　ひどい目にはあわないけれど、もっと別の意味で……」

私がほのめかした内容は、うぶなヘレナにもさすがに理解できていたようだった。他の修道女たちがみんなして、ロディを熱いまなざしで見つめていたのだから。それも、しなを作りながら。

「続き部屋に泊まってもらうことにします!!」

「ええ、それがいいわ」

うろたえていたヘレナが、あわててきっぱりと言い放った。そうして戸惑うロディの手をつかみ、大股に立ち去っていく。この上なく焦《あせ》った様子で。

それを見送るみんなの顔には、にやにやした笑いが浮かんでいた。これからあの二人の関係がどうなっていくのか、それをじっくりと見物できそうだ。そんな期待が、私たちの間には漂っていた。

ところが次の日。なんとロディは朝一番に、修道院を立ち去ろうとしていたのだった。

「……それでは、俺は戻ります。どうかお元気で」

「来てくれて嬉しかったわ。その……あなたも帰りの道中、気をつけてね」

ロディの顔からは、昨夜の必死な様子はもう見て取れない。ヘレナももう、すっかり落ち着いてしまっている。そして二人はとても礼儀正しく、別れの挨拶《あいさつ》を交わしていた。

どうやら昨夜のうちに、二人は話し合いを済ませてしまったらしい。きっとヘレナは『私、もう少しここで頑張るわ、ありがとうロディ』とか何とか、そんなことを言ったに違いない。

駄目だ、どうにかして思い留まらせないと。明らかに、ロディはヘレナに思いを寄せている。それにヘレナも、彼相手には素の顔を出せている。ロディならきっと、いいえ絶対に、ヘレナを支えてくれる。ちょっと身分は違うけれど、それを除けばとってもいい感じだ。

でもこのまま彼を帰したら、二人は主従関係のまま終わってしまう。そんな事態だけは絶対に阻止したい、ほかならぬ二人のために。……それに、そんなの面白くないわ。

無言で、周囲の修道女たちに目配せをする。小さく力強いうなずきが、いくつも返ってきた。どうやらみんな、思いは同じようだった。次の瞬間、みんなでヘレナとロディを取り囲む。

「ロディ、せっかくここまで来たのに、もう帰ってしまうの？」

「お嬢様のことが大切なんでしょう？　だったら、ここで彼女の力になるのもいいんじゃない？」

「そうよ。気づいてないの？　ヘレナ、寂しそうにしてるわよお」

そうして口々に、そんな言葉を投げかける。たちまち、ロディは盛大にうろたえてしまった。顔が赤い。くすりと笑ってヘレナの手を取り、そのまま人垣から連れ出す。

ロディに聞こえないように、そっとヘレナにささやきかけた。もったいぶらずに、端的に。

「……ねえ、ヘレナ。あなたとロディって、結構仲がいいんじゃない？」

するとヘレナの耳が、すうっと赤く染まった。あら、こっちも赤くなるの？

「それは……前から、親しくはありました、けど……」

「ただ親しいだけで、ここまで来てくれるの？　かなり大切に思われてる気がするのだけれど」

「そう見えているのなら……嬉しい……ですけれど……」

恥じらうヘレナを見て、確信する。愛する人と結ばれたいという彼女の望みを叶えられるのは、やはりロディをおいて他にない。

ヘレナの耳元に口を寄せ、吐息交じりに呼びかける。誘惑するように。

「だったら、ロディを引き留めてみたらどう？　ここなら、口うるさい親も好奇の目で見てくる他の貴族もいないから。ここでゆっくりと彼と過ごせば、あなたの苦しみも軽くなると思うの」

私の言葉に、ヘレナもまた大いに揺らいでいた。両手をほてった頬《ほお》に当て、うつむいたまま考え込んでいる。その合間に、ちらちらと横目でロディを見て……。

「ね、ねえ、ロディ！」

ちょっぴり裏返った声で、ヘレナがいきなり叫ぶ。ロディを取り囲んでいたみんなが、期待に満ちた顔でさっと左右に分かれた。ヘレナとロディが、正面から見つめ合う。

「その……あなたさえよければ、なのだけれど……もう少しここにいてくれると、嬉しい、わ……」

もじもじしながらヘレナがそう切り出すと、ロディがぱっと顔を輝かせた。

「いいのですか？　……俺の休みはまだ一月《ひとつき》ほど残っていますから、もうしばらくは問題なく滞在できますが……」

あいまいに語尾を濁し合っている二人の肩をぽんと叩いて、高らかに宣言する。

「じゃあ、これで決まりね。ロディ、男性がここで暮らす時の注意点を教えてあげるわ。ヘレナ、ちょっと彼を借りるわよ」

そうして、ロディを連れて歩き出した。院長室までの道中、ロディは興味を隠せない様子できょろきょろしていたけれど、やがてぽつりとつぶやいた。

「ここは、素敵な場所なのでしょうね。みなさんとても熱気にあふれていて、とても生き生きとしていて……この環境が、お嬢様を元気にしてくださったんだと、そう思います」

「あなたは、ヘレナが元気になったと思うの？」

「はい！　ここに来るまでのヘレナお嬢様は、見ている俺まで辛くなるほど沈んでおられましたから……お嬢様がまた笑えるようになって、嬉しいです。とても」

「ふふ、そうね。でもまだ、不十分なのよ。彼女はもっと幸せに笑えるはずなのだから」

愛する者と結ばれた時、ヘレナはどんな顔をするだろうか。想像しただけで、ふわっと気分が高揚してくる。小さく笑みを浮かべて、ロディにささやきかけた。

「……あなたが来てくれて、ちょうどよかったわ」

「俺が、ですか？」

「そう、あなた。ロディ、どうかヘレナを、私たちの大切な仲間をよろしくね」

思わせぶりにそう言ったら、ロディはまたしてもほんのりと赤くなっていた。

こうして、ロディもまたこの修道院で暮らすようになった。ちゃんと、私たちと同じ修道服を身につけて。その結果、彼は女性でもなく、かといって男性にも見えない、そんな不思議な魅力をかもしだしていた。みんなが熱い視線を投げかけずにはいられないくらいに。

それが落ち着かなかったのか、彼は一日のほとんどをヘレナの続き部屋で過ごすようになった。そしてヘレナも、彼のそばにいることが多くなっていた。

最近では、食事すら続き部屋でとっていた。それも、二人一緒に。ヘレナが二人分の食事を部屋に運んでいって、しばらくして空の皿を厨房《ちゅうぼう》に返しにくる、それがいつもの光景になっていた。

そしてヘレナは日に日に、柔らかく愛らしい表情を見せるようになっていった。しかも、ロディに持っていくんだと言ってわざわざお菓子を作ったり、彼の好物を多めによそったりするようになって。もう、可愛いんだから。

そうして今日も、ヘレナは軽い足取りで厨房に皿を返しにきていた。たまたまその場に居合わせたみんなが、わらわらと彼女を取り囲んでいる。

「顔が緩んでるわよ、ヘレナ。ふふ、幸せそうねえ」

「ねえヘレナ、ロディとは今どんな感じ？　良ければまた後で聞かせてちょうだい」

「あなたたち、見るからにお似合いよね。うらやましいわ」

「身分の違いなんて無視しちゃえばいいからね。親の言いくるめ方、今度教えてあげるから」

わいわいとはしゃいでいるみんなの言葉に、ヘレナはあいまいな笑みで応《こた》えていた。けれどその顔には、はにかんだような、くすぐったそうな表情が浮かんでいる。それはまぎれもなく、恋する乙女の顔そのものだった。たぶん、本人は自覚していないのだろうけど。

少し離れたところから、そんなヘレナを眺める。そうして、ぼそりとつぶやいた。腕組みして。

「見たところ、まだ互いの思いは打ち明け合ってない感じね。あと一歩なのに……もどかしいわ。とはいえ下手《へた》に突っつくのも良くなさそうだし……もう少し、様子を見るしかないのかしら」

◇

「ヘレナお嬢様、おいしそうなお菓子ですね」

「ええ。ミランダさんにもらったの。二人で食べなさいって」

この日の午後も、私とロディは自室でのんびりしていました。いつものように。

ロディがこの修道院に来てから、私たちはたくさん話をしてきました。趣味や好きなものの話、小さな頃の思い出話や、将来の夢。そんなことを語り合っているうちに、私たちの距離がどんどん縮まっていくのを感じています。不思議なくらいに、幸せな気分です。

干し果実を混ぜ込んだ素朴なケーキを分け合って味わいながら、また話に花を咲かせます。自然と、話題はミランダさんのことになっていきました。

「ミランダさんって、本当に素敵な方よね……」

「はい。宵闇を思わせる美しい髪に、月のように神秘的な金色の目が、あの方によく似合っておられます。とても、美しい方ですよね」

「おっとりとした優しい目つき、人形のように整った目鼻立ち、悠然とした微笑み。そして、女性らしい体つき……憧れずにはいられないわ」

「気品があって、それに……貫禄《かんろく》もある方ですよね。この修道院の院長として、みなさまを見事に取りまとめておられます」

何の気なしに始まった、そんなお喋り。けれど私は、いつになく胸がちくちくと痛み始めているのを感じていました。ロディがミランダさんを褒める言葉を口にした、その時から。最初に彼女を褒め始めたのは私なのに、どうしてこんな気持ちになるのでしょう。

苦しくてぎゅっと胸を押さえてうつむいていたら、ロディの視線を感じました。顔を上げると、とても真剣な顔のロディと目が合いました。

「……ですが、俺にとって一番美しくて素敵な方は、ヘレナお嬢様です。ですからどうか、そんな顔をなさらないでください」

彼の言葉に驚きすぎてしまって、何も言えません。褒めすぎよロディ、と明るく笑ってごまかすべきだと思ったのに、口が動いてくれません。

黙ってしまった私に、彼は絞り出すような声で告げてきました。ためらいがちに、けれど力強く。

「俺は、ずっと前から……お嬢様のことをお慕いしておりました。もちろん、叶わない思いだということは承知しております」

心臓がとくんと、大きく打ちました。まるで火が灯《とも》ったかのように、顔が熱くてたまりません。

「あなたがマーティン様のところに嫁ぐことで幸せになられるのであれば、それでよかったんです。

俺はこの思いを一生封じ込めて、ただあなたの幸せが続くことを祈るつもりでした。けれどあなたは婚約を破棄され、こうして修道院に送られてしまった。そんなあなたを助けたいと思ったら、いても立ってもいられなくて……」

「そう、だったの……」

「けれどここであなたと過ごしているうちに、欲が……出てきてしまいました。あなたに、俺の思いを知って欲しい。そんなことを考えるようになってしまったんです」

ロディの目つきもまた、熱に浮かされているような、とろんとしたものでした。

「ここを出たら、俺の思いについても、俺の言葉についても忘れてください」

彼の言葉を繰り返しながら、これまでのことを思い出していました。彼が修道院まで来てくれて、涙が出るくらいに嬉しかった。彼と二人で過ごす時間は、とても楽しかった。彼の思いを聞いて、どうしようもなくときめいてしまっている。……私はいつの間にか、彼のことをこんなにも思っていたのです。

「いいえ、忘れないわ」

自然と笑顔になりながら、優しい声で、でもきっぱりと言い切ります。

「私も、あなたのことが好きよ。これからもずっと、あなたと一緒にいたい。他の誰かの妻になんてなりたくない」

すると、ロディがはっと息を呑みました。喜びと戸惑いと、他にも色んな思いが、その顔に浮かんでいるように思えます。

「お嬢様のお気持ちは、とても嬉しいです。……けれど俺は、ただの執事です。身の程は、わきまえていますから……」

「身分なんて関係ないわ。どうにかして、お父様を説得してみせるから。もし許しが出なければ、その時は二人で平民として生きましょう」

「お嬢様を平民になどできません。それではまた、お嬢様は不幸になってしまいます」

「あなたがいれば私は幸せよ。それに、生きる術《すべ》はここでしっかり学んだわ。この先どうなったとしても、きっとやっていける」

ここのみなさんは、素晴らしい教師です。私は彼女たちから、それはもう様々な、有益なことを教わっていました。日常の家事のやり方から、他人を言いくるめる方法まで。

そんな私の声音に何かを感じ取ったのか、ロディの表情が変わりました。その目に揺らぐのは戸惑いの名残《なごり》と、私に向けられた温かな愛情。

「……ヘレナお嬢様。あなたの気持ちは、確かに受け取りました。ならば俺も覚悟を決めます。必ずあなたを幸せにしてみせます」

そうして私たちはどちらからともなく歩み寄り、優しく抱きしめ合いました。

マーティン様と婚約していた頃には一度も感じたことのない、目もくらむような甘い甘い幸福感が、胸の中いっぱいに満ちていました。


それから、数日後。一台の馬車が修道院にやってきました。何の前触れもなく、突然に。それはシャルンの家紋をつけた、父がよこした馬車でした。

元の服に着替えたロディと一緒に、大急ぎで玄関ホールに向かいます。たどり着いたそこには、もうミランダさんたちが勢ぞろいしていました。きっちりと上品に修道服を着こなして、澄ました顔で。ついさっきまで、いつも通りに騒いでいたのに。

そんなこともあって、馬車から降りてきた執事はミランダさんたちのことを少しも怪しみませんでした。けれど彼は、私の隣にいるロディを見て怪訝《けげん》な顔をしています。

「ヘレナお嬢様、旦那様の命によりお迎えに参りました。……ところで、どうして彼がここに？」

ここは私が、きちんと言い訳をするべきでしょう。もし失敗しても、ミランダさんたちが助け舟を出してくれる。その安心感からか、自分でも驚くくらいにすらすらと言葉が出てきました。

「ロディは私のことを心配して、休みを利用して様子を見にきてくれていたの。今までずっと、修道院の客間に滞在してもらっていたのよ」

この修道院には、客間なんてありません。空き部屋ならありますが。しかもロディは、私の続き部屋で過ごしていました。もちろん、そんなことは口にしません。ばれたら大変ですから。

幸い、執事はあっさりと私の言葉を信じてくれたようでした。そうして、私はロディと一緒に馬車に乗り、修道院を出ていくことになったのです。

いつか来ると分かっていた、別れの時。覚悟はしていましたけれど、やはり悲しくてたまりません。

「ミランダさん、みなさん、私……できることなら、ずっとここに……」

「ふふっ、あなたにはもっと大きな幸せが似合うわ。それにここを出ても、あなたはずっと私たちの仲間よ。いつでも好きな時に、遊びにくればいいわ。口実を適当に作って、ね」

涙ぐむ私に、ミランダさんはまるで母親のように優しく語りかけてきました。それから彼女は、私の隣のロディに視線を移しました。微笑みつつも真剣な目で、彼に呼びかけています。

「ロディ、言うまでもないとは思うけれど……ヘレナをお願いね」

「はい、もちろんです！」

少しもためらうことなく、ロディは力強く答えていました。ちょっぴり涙がこぼれたのは、別れの悲しさだけでなく、彼がとても頼もしく思えたから、ということもあったのかもしれません。


そうして私はロディと一緒に、両親の待つシャルンの屋敷に久しぶりに戻りました。しかしそこで私を待ち受けていたのは、まったく予想もしていないものだったのです。

応接間にいた両親。その隣に、マーティン様が立っていました。それもまるで許しを乞《こ》うように、深々と頭を下げて。

「ヘレナ、僕が間違っていた！　僕が愛しているのは君だけだ。どうかもう一度、僕のもとに戻ってきてくれないか」

私の顔を見るなり、彼はいきなりそう叫びました。修道院のみなさんの「もしかしたら、マーティンがヘレナとよりを戻そうとするかもしれないわね」という予想が、どうやら見事に的中してしまったようです。あまりのことに、笑いをこらえるのが大変でした。

修道院で男心について学び、ロディと心を通わせた今の私には、はっきりと分かりました。やはりマーティン様は私のことをこれっぽっちも愛していませんね。嘘をついていますね。愛を振りかざせば、私がなびくとでも思ったのでしょうか。甘く見られたものです。

「マーティン様、あなたが愛していらっしゃるのはミアなのでしょう？」

「ミア！　あんな女のことなど、思い出したくもない！　あいつは僕の他にも男がいたんだ。僕がそれを問いただすと、あいつは笑って僕のもとを去っていった」

軽く問いかけてみたら、予想外の答えが返ってきました。鈍いマーティン様が、男を自在にもてあそぶミアの浮気に気づくはずはありませんし、うっかり浮気がばれたとしても余裕で言い逃れられるでしょう。ならどうして、こんなことになっているのか。

混乱していると、ミランダさんの声が頭の中で聞こえてきました。落ち着いて、ヘレナ。私たちと学んだことを思い出して。そんな声です。そうだ、まずは状況をしっかり把握して、冷静に推理すること。そうすれば、きっと真実が見えてくるはず。

そうして、考えて。やがて私は一つの答えにたどり着きました。おそらくミアはエンテ家に近づいたことで、エンテの当主のまずい行いに気づいてしまったのでしょう。だからさっさとマーティン様を捨てて逃げ出すことにした。エンテ家の破滅に巻き込まれないために。

小さく息を吸って、マーティン様に言葉を返しました。上品に、冷静に。でもはっきりと。

「マーティン様。私はあなたのもとには戻りません」

私がきちんと自己主張したことが意外だったのでしょう、マーティン様がぽかんとしています。すかさず、そこに畳みかけます。機を逃すな、相手の虚をつけ。それもまた、修道院で教わったことでした。

「私は、ロディを愛してしまったのです。私は彼以外の男性と一緒になるつもりはありません」

「ヘレナ！　お前は何を言い出すんだ！」

私の言葉に、今まで様子を見ていた父が即座に声を張り上げました。以前の私なら、きっとその剣幕に委縮していたでしょう。でも今の私は、この程度でひるみはしません。まっすぐに父を見つめ、さらに続けました。

「婚約を破棄され修道院に送られた私の身を案じてくれたのは、ロディただ一人だけでした。私は彼の思いに触れ、そして彼を愛するようになったのです」

「そんなことは許さん！　ロディはただの執事だぞ！」

当然と言えば当然なのですが、父は猛烈に反対し続けています。それも、怒りに顔を真っ赤にして。しかしこちらも、少しも引く気はありません。とうに覚悟は決めていますから。

「許していただけないのであれば、私は彼と二人でこの家を出ます。貴族としての愛のない人生より、愛する人と共にある、平民としての人生を選びます」

朗々とそう言い放って、その場の全員をそっと見渡しました。みんな、無言でした。

父は恐ろしい顔で私をにらんでいます。その額には、血管が青く浮いていました。マーティン様と母は魂が抜けたように呆然《ぼうぜん》としていました。私の斜め後ろに立っているロディをちらりと見ると、彼は静かな表情で、力強くうなずいてくれました。

そんなみんなの視線を一身に受けて、私はそれでも動じることなく立ち続けました。背筋《せすじ》を伸ばして、凛とした表情で。

ここぞという時は、泣き落としのような手を使うべきではないわ。取り乱さず、堂々と、そして静かに自分の意思を表すのよ。修道院のみんなのにぎやかな声が、次々とよみがえってきます。

やがて、父がすうっと青ざめていきました。紙のように白い顔色で、ロディに向き直っています。

「ロディ……お前も、娘のことを……？」

「はい。俺はこの身の全《すべ》てをかけて、ヘレナ様を幸せにすると誓いました。旦那様には不義理を働くことになってしまいますが、それでも俺の全てはヘレナ様と共にあります」

ロディの声には、強い決意と私への愛情がこもっていました。そのことに喜びを覚えつつ、じっと父の答えを待ちます。

葛藤《かっとう》しているのでしょう、父は低く唸《うな》っています。けれどやがて、ぽつりとつぶやきました。

「……その様子だと、本当に出ていきかねん……それくらいなら、潔《いさぎよ》くお前たちの仲を認めよう。ただし、家を出ていくことは許さん。ヘレナ、お前は私の跡を継げ。ロディ、お前は婿《むこ》としてヘレナを支えろ。……まったく、女伯爵などめったにおらんというのに……」

ああ、良かった。これで一件落着です。そう思ってほっとしたその時、いきなり不機嫌そうな声が割り込んできました。あ、いけない。マーティン様のことをすっかり忘れていました。

「待ってくれ、ヘレナ！　君がこんな馬の骨と結ばれるなんておかしいだろう。由緒あるシャルン伯爵家の令嬢である君には、僕のような貴族がふさわしいんだ。どうか、目を覚ましてくれ！」

マーティン様はそう言うなり、私の腕を強くつかんできました。上品な声音とは裏腹に、彼の目は怒りにぎらついています。自分の思惑とはまるで違ってしまった、この状況が許せないのでしょう。

それはそうとして、ロディのことを馬の骨呼ばわりするなんて。絶対に許せません。さて、この失礼で自分勝手な方を、どうしてやりましょうか。

こういう状況で、腕を振り払う方法も知っています。修道院でしっかり練習しました。振り払って、ついでに引っぱたいてやりましょうか。それとも、そのまま取り押さえてやりましょうか。

でも、私の腹の中にわき起こっている怒りは、一発ぶったくらいでは収まってくれそうにありません。そもそも彼のせいで、私はひどい目にあったのです。かつて苦しんだ分、きちんとお返しをしてやりたい。そのために必要な武器は、ちゃんと私の手の中にあります。修道院のみなさんのおかげで。

腕をつかまれたまま、そっとマーティン様に近づきます。そうして彼の耳元で、静かにささやきました。ミランダさんの甘くうっとりさせるような話し方を、頑張って真似しながら。

「マーティン様。私を説得しようとしておられるようですが、それどころではないのでは？」

私の雰囲気が急に変わったことに戸惑っているのか、マーティン様がまたしてもぽかんと口を開けました。何とも、しまりのない表情です。

「私はあなたの家、エンテ家の秘密を知っています。一刻も早く解決しないと、エンテ家自体がなくなってしまうほどの重大な危機について」

彼の父、エンテ家の現当主は陛下の目を盗み、領民に法外な重税を課している。そのせいで領地には怒りと怨嗟《えんさ》の声が満ちているのだ。修道院のみんなが教えてくれた最大の武器、とっておきの情報を、マーティン様にだけ聞こえるように話してやったのです。

「近い将来、エンテの領地で反乱が起こるでしょう。そうなれば、エンテ家は終わりですね」

「何……だと？　僕はそんなこと、聞いていないぞ!?」

「信じたくないのであれば、それでも構いません。ただ……もうあまり時間はありませんよ」

見る見るうちに青ざめていくマーティン様に、ことさらに優しく語りかけます。私はあなたの味方で、あなたの心配をしているのですよと、そう思わせるような声音で。

「ほら、今の話の真偽を、一刻も早く確かめたほうが良いのでは？」

その言葉が最後の一押しとなったのでしょう、マーティン様は部屋から飛び出していきます。幾度となく足をもつれさせ、あわてふためきながら。その姿は、あきれるほどどこっけいなものでした。

そうして部屋には、私と両親、そしてロディだけが残されました。すぐに、ロディが心配そうな顔で歩み寄ってきます。

「ひとまず、この場はやり過ごせたようですが……マーティン様がまた来られると厄介《やっかい》ですね」

「大丈夫よ、ロディ。彼がエンテ侯爵を止められなければ、いずれ彼の家はなくなってしまうもの。そして彼には、危機に瀕《ひん》した家を守り切れるほどの才はない。そうでしょう？」

私がそう断言すると、ロディは感心したように私を見つめました。彼の肩越しに、両親の姿が見えています。二人は状況が理解できていないようで、目を丸くしたまま固まっていました。

そんな二人はひとまず置いておいて、ロディと手に手を取って見つめ合います。

「ヘレナ様……本当に立派になられましたね……」

「これも、修道院での特訓のたまものよ。あの人たちは、本当にたくさんのものを私にくれた。あそこに行かなければ、あそこのみなさんと知り合わなければ、私は今でも嘆くことしかできない無力な娘のままだった」

「はい。あの場所は、俺たちの運命を変えてくれました」

愛しい人と結ばれ、幸せになる。婚約破棄されて修道院に送られたことで、私はそんな未来、手に入らないと諦めていた未来に手を伸ばすことができたのです。

『ようこそ修道院へ、ここは追放された女たちの楽園よ』

初めてあの修道院に足を踏み入れたあの日、みなさんは口々にそう言っていました。私にも、今ならその言葉の意味が分かります。

どうかあの場所が、楽園のままであり続けてくれますように。傷ついた女性たちを癒し救う、そんな場所であり続けてくれますように。

今は遠いあの場所、そしてそこにいるかつての仲間に、そっと心の中で祈りを捧《ささ》げました。

◇

「……とまあ、こんな感じだったみたいよ」

食堂に集まったみんなの前で、ヘレナからの手紙を読み上げた。みんな食い入るように私を見つめて、一言も聞き漏らすまいとしている。おかげで、食堂は気味が悪いほど静まり返っていた。

「ヘレナはマーティンを追い払い、親を説得してロディとの仲を認めさせた。頑張ったみたいね」

かつてヘレナとロディはこの修道院で、どんどん距離を縮めていた。私たちは邪魔をしないように気をつけながら、初々《ういうい》しい二人を見守っていたものだった。

そんなある日、ヘレナの表情が大きく変わった。恥じらうような、嬉しくてたまらないというような、そんな顔だった。それを見た私たちは確信した。あ、ついに思いを打ち明け合ったのね、と。

それからほどなくして、二人はシャルンの家に戻っていくことになった。これからあの二人はマーティンを追い払い、ヘレナの親を説得しなければならない。でも、そのために必要なことは全部教えた。今の二人なら、きっと大丈夫。もしうまくいかなかったら、私たちがまた手を貸してやればいい。そう思いながら、私たちはヘレナとロディを送り出した。応援と、盛大な冷やかしの言葉を添えて。

そうしてヘレナは、私たちの手を借りることなく見事にやってのけた。私たちの教えを、見事に使いこなして。思っていた以上に、彼女は優秀な生徒だった。

手紙を読み終えて、一呼吸おいて。突然、辺りに歓喜の声が響き渡った。

「やったわ！　あの二人、ついに婚約するのね！」

「それも、ヘレナが未来の女伯爵！　ああもう、かっこいいわあ」

「最っ高の気分だわ。久々に、胸がすっとした」

「よし、今日は宴会よ！　みんなで飲みましょう！」

そんなことを言ってはしゃぐみんなに、ほどほどにしなさいね、と声をかけつつ、私も笑みが浮かぶのを止められなかった。

あの純粋でひたむきな女性が、幸せを諦めずに済んだ。そのことが嬉しくて、たまらなかったから。

2. 気弱な乙女は前を向く

「ふわああ……やっぱり、夜更《よふ》かしは苦手だわ……」

ヘレナたちが帰っていってからしばらくしたある朝、私は大きなあくびをしながら修道院の廊下を歩いていた。昨日届いた分厚い手紙をじっくりと読んでいたら、すっかり寝るのが遅くなってしまったのだ。

手紙は三通、ヘレナからのものが二通と、ロディからのものが一通。そこには、二人の近況についてこと細かに書かれていた。

ロディと一緒になることについて、ヘレナの父親はいったん認めたものの、しばらくしてまたしてもごね始めたのだとか。けれどヘレナは父親を説得……というよりあっさり言い負かし、さっさとロディと婚約したらしい。本当にあの子も強くなったものね。個人的には、いいことだと思うわ。

一方のロディは、まだ少し戸惑いがあるようだった。元々彼は、ヘレナの父に仕える執事の一人、それも一番若く未熟な執事でしかなかった。それなのに、今では次期伯爵の婚約者だ。

これで戸惑うなというほうが無理だけれど、彼には熱意と行動力があるから大丈夫。今ロディは、当主の配偶者として必要な教養などを身につけるべく、日々猛特訓しているのだそうだし。『この努力がそのままヘレナのためになるのだと思うと、嬉《うれ》しくてたまらないんです』と、彼はどことなく浮かれた文字でそうつづっていた。

そしてヘレナはヘレナで、少々舞い上がっていた。

ある日、彼女はロディに尋ねてみたのだそうだ。いったいいつから私のことを好いていてくれたの、と。まっすぐなその問いにロディは大いにうろたえたものの、結局口を割った。どうも、ヘレナのおねだりに負けたらしい。……そのおねだりのやり方、たぶん私たちが教えたものよね。

ロディは、「初めてヘレナ様にお会いした時、俺はあなたに見とれていました。なんて清らかで、なんて可愛《かわい》らしい方なのだろうって。あれは間違いなく、一目惚《ひとめぼ》れでした」と白状したのだそうだ。

嵐の中を突っ切らせるほどの熱情を与える一目惚れって、すごいわね。

そしてヘレナはそんな彼に、「そんなに長い間自分のことを思ってくれていたのなら、もう様付けは止《や》めて欲しい、いずれ私たちは夫婦になるのだから」と頼み込んだのだそうだ。

多少は抵抗したものの、ロディはやっぱり押し切られてしまったらしい。『ヘレナ』と呼びかけるたびに、真っ赤になっているのだそうだ。その姿、容易に想像がつくわ。

手紙からうかがえる今の二人の暮らしは、幸せに満ちあふれていた。私たちがその幸せのために力を貸せたというのが、とても誇らしい。

そう思いながら、手紙を読み終えようとした。しかし最後の一行にたどり着いた時、私は目を丸くせずにはいられなかった。だって。

『私の友人を、どうか助けてください』

そこには、そんな言葉がつづられていたのだから。

そうして今、私は手紙を隠し持って礼拝堂に向かっているのだった。ここで開かれる朝の礼拝に参加すること、それはこの修道院の数少ない決まりごとの一つだから。

とはいえ、出席しなくても特に罰則はない。……ただ、ちょっとばかり損をするだけで。だからみんな、無理をしてでも朝の礼拝に参加しようと頑張っている。

眠気をこらえながら、礼拝堂にたどり着く。中は既に修道女で埋め尽くされていて、祈りの場には似つかわしくないほどの熱気に満ちていた。たった三十人とちょっとしかいないのに、驚くほど騒がしい。礼拝前は、いつもこうなのだけれどね。

「それでは、本日の礼拝を始めます」

お決まりの言葉と共に、いつも通りの礼拝を始める。取り仕切るのは、院長である私だ。

みんなさっきまで元気にお喋《しゃべ》りしていたというのに、今では半分くらいが居眠りしている。ああ、私も寝たい。誰か、院長を代わってくれないかしら。そんなことを思いながら、手早く簡潔に礼拝を終わらせる。

「これをもって、今朝の礼拝を終わります。みな、今日も神に仕える者として、恥じることのない行いを心掛けましょう」

誰も神なんて信じていないし、仕える気もない。だからこれは、ただの決まり文句。これから、いつものが始まるわよ、という。

すると次の瞬間、みんなが一斉に目を覚ます。きらっきらの目で、身を乗り出して。礼拝の時とは打って変わったその態度に苦笑しつつ、改めて口を開いた。

「さあ、それじゃ今日の報告会を始めるわよ。新しい情報を手に入れた人は挙手してちょうだい」

朝の礼拝の後は、報告会だ。互いが手にした情報はこの場で披露され、共有される。昔、礼拝の後に何となく居残っていた面々がお喋りをしていたことに端を発するこの集《つど》いは、今ではもうすっかり恒例の行事と化していた。私たちみんなが楽しみにしている、最高の暇つぶしの時間。とはいえ、新入りが来た直後なんかは一時休止になったりするけれど。

たちまち、あちこちで勢いよく手が挙がる。誰も彼も、話したくてたまらないといった顔をしている。その中の一人と目が合った。

「それじゃあ、まずはあなたから話して」

「はいっ！　ええと、ずっと跡取りが決まらなくてもめていたユスト伯爵家の問題なんですけど、どうやらそろそろ決着がつくみたいです」

彼女の言葉に、周囲がざわざわし始めた。どこからともなく、声が上がる。

「あら、あそこはもう数年くらいもめるんじゃないかって思ってたわ。今挙がってる跡継ぎ候補たち、どれもこれも微妙な面々ばかりだし。当主はまともなのにねえ」

「それがですね、意外な人物が跡取りになるみたいなんですよ。まだユスト伯爵家の中でもごく限られた者にしか明かされてないんですけどね。この情報、当主の甥《おい》の恋人の友人からなんです」

そう言って最初の発言者は得意げに、そしてうっとりとしながら言葉を続けている。

「跡継ぎになる方、人柄も容姿も能力も人望も全部持ち合わせた、とっても素敵な方らしいです。ユストの傍系だということもあって、ずっと候補に挙がってなかったみたいですけど」

「やだ、人柄も容姿もって、それだけでも十分に素敵じゃない！」

「恋人とかいないのかしら……いなかったら、立候補したいかも……」

どんどんずれていくお喋りに苦笑しながら、最初の発言者にもう一度声をかける。

「で、結局誰に決まったの？　もったいぶってないで教えてちょうだい」

「はい、実は……」

そうして告げられた名前に、みんなはそこまで反応しなかった。文武両道、品行方正、要するに悪いところのない人物だからなのか、彼についてはほとんど噂話《うわさ》が出回っていないようだった。もしかしたらその彼、これまで目立たないように、波風立てないように生きてきたのかも。傍系だから、出しゃばらないように。あくまでも、私の想像だけど。

それからもいくつか報告が続き、みんなが思うまま好き勝手に喋り続ける。やがて、今日の報告もだいたい終わったようだった。そこを見計らって、また口を開く。ちょっとだけもったいをつけて。

「じゃあ次は、私の情報を話すわ」

そう言いながら、隠し持っていた三通の手紙を掲げてみせた。みんなが身を乗り出して、差出人が誰なのか確認しようとしている。

「ヘレナとロディから手紙が届いたのよ。元気に仲良くやってるって」

次の瞬間、歓声がわき起こった。さっきまで騒いでいた分の活気と相まって、礼拝堂の中がさらに暑苦しくなったような気さえする。

けれど手紙を読み上げ始めると、みんなは懐かしそうな顔をして聞き入っていた。ヘレナがここで過ごした時間はそう長くはなかったけれど、みんな彼女のことをとても気に入っていたから。

もちろん、それは私も同じだった。ヘレナさえ望むなら、ここでずっと私たちと一緒に暮らすのもいいんじゃないかと、そんなことを本気で考えていたくらいに。もっとも彼女は、もっと大きな幸せをつかみ取って、ここから羽ばたいていったのだ。そのことは、素直に喜ばしい。

ヘレナの手紙に書かれていたのは、近況報告だけではなかった。彼女は、交流のある貴族たちについて、気がついたことや知り得たことをこっそりと書き記してくれていたのだ。『実はみなさん、情報を集めること自体を楽しんでおられますよね？　せっかくなので、私からも楽しみを提供したいと思います』という言葉を添えて。

「ヘレナったら、気が利くわねえ」

「あの子はもうここを出ていってしまったけれど、それでも心は私たちの仲間なのね」

そんなささやき声が、みんなの間から漏れる。我が子の成長を誇らしく思う母は、きっとこんな気持ちになるのだろう。みんな、いつもよりずっと穏やかな、いい顔をしている。たぶん、私も。

ところが一通目の手紙が終盤にさしかかり、私があの文を読み上げると、みんなは驚いたような表情で固まってしまった。

「……『友人を、助けて』？」

見事なまでに静まり返ってしまった礼拝堂に、誰かの呆然《ぼうぜん》とした声がやけに大きく響き渡る。

「ミランダ、その友人が誰なのかとか、何に困っているのかとか、手紙には書いてないの？」

「……ドロシー。ルーリエ男爵家の令嬢よ。ヘレナからの二通目の手紙に、彼女の名前と人となりがそれとなく書いてあったわ。たぶんヘレナは手紙が誰かに読まれることを警戒して、わざわざ二通に分けたのでしょうね。でも、困りごとの具体的な内容については何もなし」

私が口にした名前をきっかけに、みんながひそひそとささやき始めた。

「ドロシー・ルーリエ？　確かその子って、バーナードと婚約が決まってるんじゃなかった？」

「バーナード、ねえ……ああ、そうだ。彼って、ベルン伯爵家の跡取りでしょ？」

「……何か、悪い噂を聞いた気がするのよねえ、その男について……」

「あ、私も。ねえねえ、後で一緒に、じっくりと思い出してみましょうよ」

急に活気づいてきたみんなに、さらに説明を続ける。

「それはそうと、ドロシーは表向き休養と修行のためにここに来ることになっているから。ヘレナはおそらく、ドロシーを避難させようとしているのだと思う。ここなら安全、ってことよ」

ヘレナは父親であるシャルン伯爵を通して、ドロシーの父親であるルーリエ男爵を説得したらしい。ドロシーは最近ふさぎ込んでいる、だからぜひともドロシーをこの修道院に入れるべきだと。

なんと彼女はシャルン伯爵に「あそこで私の娘も、すっかり立派になりましたから」とか何とか言わせたらしい。その言葉を口にした時のシャルン伯爵の顔、見てみたかったわね。確かにヘレナはとっても立派になったけれど、その結果両親すら尻に敷いているみたいだし。

「ともかく、ヘレナはドロシーを助けて欲しいと言って、私たちを頼ってきたわ」

すっかり盛り上がってしまったみんなをもう一度見渡して、宣言する。

「仲間の期待には応《こた》えたい、そうでしょう！」

返ってくるのは、わあわあという叫び声。みんな、すっかりやる気になっている。

「ドロシーが何に困っているのか、今は分からない。でもそれを調べて推測するくらい、私たちにはお手の物よね？　それに、ドロシーを救うことだって！」

礼拝堂に響き渡る叫び声に負けないように声を張り上げると、「もちろんよ！」「任せなさい！」「やってやろうじゃないの！」などという力強い声が、ばんばん飛んできた。

きゃあきゃあと騒いでいるみんなの目は、この上なく楽しそうに輝いていた。


それから大急ぎで情報を整理して、あれこれと話し合って。そうしていたらあっという間に、ドロシーが修道院にやってくる日になっていた。悩み苦しむ乙女《おとめ》には似つかわしくない、穏やかでうららかな、よく晴れた日だった。

「ようこそ、修道院へ！」

玄関ホールに姿を現したドロシーはヘレナと同い年、夢と希望にあふれている年頃《としごろ》の女性だ。しかし彼女は年の割に幼い顔をうつむかせ、背中を丸めてとぼとぼと歩いている。たった一匹で雨の中をさまよっている子猫のようなその姿は、見るからに哀れを誘うものだった。

「……えっと、どうしましょう？　すっごく落ち込んでるみたいだけど……」

「ここまできたら、このまま突っ切るしかないんじゃない？」

みんなは一瞬ためらい、小声で相談し合う。それから一斉に、声を張り上げた。暗い空気を吹き飛ばすように、精いっぱい明るく。いつものように。

「ここは追放された女たちの楽園よ！」

かつてヘレナを戸惑わせた、私たちのお気に入りの決まり文句。けれどドロシーの反応は、まるで違っていた。

彼女はばっと顔を上げると、突然口を開いたのだ。悲鳴のような声で、彼女は叫ぶ。

「お願いです、わ、わたしを助けてください！」


「大丈夫？　ほら、温かいミルクよ」

叫ぶなり泣き出してしまったドロシーを、ひとまず食堂に連れていく。ここに来る女性は多かれ少なかれ傷ついて打ちひしがれているけれど、到着するなり泣き出したのはドロシーが初めてだ。

「あ、ありがとうございます……」

眉《まゆ》を悲しげに寄せて、椅子《いす》に座ったドロシーがコップを受け取る。眉をきゅっと寄せたまま、彼女はミルクを飲んでいた。猫舌なのか、とてもゆっくりと。

彼女は春の日差しのようなふわふわの淡い金髪に、スミレの花そっくりの紫色の目をしている。ケーキに載っている砂糖の花細工のような、甘く可愛らしい雰囲気の女性だ。こんなところで暗い顔をしているよりも、花畑で微笑《ほほえ》んでいるほうがずっと似合う。

そんな彼女を気遣《きづか》って、みんな神妙に口を閉ざしている。しかしその目はさっきから、ちらちらと私を見ていた。ドロシーも落ち着いてきたようだし、そろそろ本題に入って欲しいらしい。院長なん

だから、この場を仕切ってよ。みんなの顔には、そう書いてあった。

ああもう、面倒なことや気まずいことは全部私に押しつけるんだから。とはいえ、ドロシーを励ましてやりたいのは私も同じだし。仕方ない、こうなったら正面からぶつかってみましょう。

「はじめまして、私は院長のミランダよ。……ドロシー、あなたはバーナードとの不幸な婚約に苦しめられているのね」

何の前置きもなく、そうささやいてみる。するとドロシーは勢いよく顔を上げてこちらを向いた。とっても驚いているようで、目を真ん丸にしている。

「は、はい！　びっくりした……ヘレナが言っていた通りでした……」

「あら、あなたはヘレナからどんな話を聞いているの？」

ドロシーの言葉と見事な驚きっぷりが気になって、そう尋ねてみる。ドロシーはほうと息を吐いて、つっかえつつも話してくれた。

「あ、えっと、『修道院のみなさんはびっくりするくらいたくさんのことを知っていて、とっても頼りになる素敵な人たちだから、安心して。あそこに行けば、あなたの悩みも解決するわ』って……それに、『修道院に行ってすぐに、とっても驚くことになるわ』とも……」

なるほど、気弱で人見知りにしか見えないドロシーが、初対面の相手にいきなり「助けて」なんて言い出したのには、そんな理由があったのね。ヘレナには感謝しないと。

「情報が漏れたらまずいから、ヘレナはわたしの事情をこちらに知らせていないんだって……そう聞いています。でも……ミランダさんは、わたしの悩みをぴたりと当てちゃいました……」

そう語るドロシーは、既に多少なりとも心を開いてくれているようだった。彼女に拒絶されたら、さすがの私たちもちょっと苦戦するから、助かったわ。

「ふふ、それだけ驚いてくれたのなら、調べた甲斐《かい》があったというものね。……そして私たちは、かつてヘレナを助けたのと同じように、あなたの力になりたいって思っているのよ」

「……わたしのことも……助けて……くれるんですか？」

「もちろんよ。私たち、あなたみたいな子を放っておけないの。だってここは『女の楽園』なのだから。ね？」

にっこり笑ってそう言い放ったら、ドロシーがほんの少し微笑んだ。そんな彼女にうなずきかけて、少しだけ声を張り上げる。この場の全員に聞こえるように。

「だからまずは、あなたが直面している問題について整理してみましょう」

ドロシーの両親であるルーリエ男爵夫妻は、ドロシーの意見を聞くことなく彼女の婚約を決めてしまった。格上の伯爵家であるベルン家との縁ができたと、夫妻は喜んでいた。もっとも貴族の結婚なんて、大体そういうものではある。でもドロシーの場合は、相手が悪すぎた。

彼女の婚約者となったバーナードはとにかく粗暴で傲慢《ごうまん》で、格下の家の娘であるドロシーのことを軽く見ていた。彼女の都合などお構いなしに、いつも彼女を好き勝手に振り回していた。

ある時、彼は風邪《かぜ》で静養しているドロシーのところにずかずかと上がりこんできた。そして舞踏会に出席するから同行しろと言って、無理やり彼女を連れ出してしまったのだ。そのせいで彼女は風邪をこじらせて寝込んだのに、彼は手紙の一つもよこさなかったし、見舞いにも来なかった。

私がその事件について語り進めるにつれて、ドロシーの目にまた涙がたまり始めた。それでも彼女は、まっすぐに私を見つめ続けていた。震えながら。

みんなも何も言わずに、ただじっと私の言葉に耳を傾けている。その顔には、深い同情とはっきりとした怒りが浮かんでいた。ここにはドロシーのような目にあった者も少なくはないから、他人《ひと》ごとだとは思えないのだ。

「辛《つら》くてたまらなくなったあなたは、友人であるヘレナに苦境を打ち明け、そうしてここに来ることになった。……それで合ってるわね？」

そう締めくくると、ドロシーは無言のままこくんとうなずいた。その拍子に、ついに涙がこぼれ落ちる。けれど彼女は口を固く引き結び、泣くのを必死でこらえようとしていた。

「今までよく耐えたわね、ドロシー。偉いわ」

ひときわ優しく呼びかけると、ドロシーが突然立ち上がった。私のほうに進み出て、かすかに震えながら口を開く。

「今までは、耐えることしかできませんでした……でも、ヘレナが教えてくれたんです。彼女はここでたくさんのことを教わって、強くなって、幸せをつかむことができたんだって。わたし……わたしも、強くなりたいんです！」

ドロシーの声には、はっきりとした決意の響きがあった。虐《しいた》げられた彼女は、ヘレナのように強くなりたいと望んでいる。そうして、幸せをつかみたいと叫んでいる。

すると、周り中から次々と明るい声が上がり始めた。

「任せておいてドロシー、もう大丈夫よ！　バーナードなんて、追っ払っちゃいましょう！」

「私たちはあなたの味方だからね！　みんなでかかれば怖くないわ！」

「あなたが強くなるために、幸せになるために、いくらでも協力するから！」

励ましの言葉をたっぷりと浴びせられたドロシーはぽかんとしていたけれど、次の瞬間大粒の涙をこぼし始めた。彼女は、満面の笑みを浮かべながら泣いていたのだ。

「ありがとう……ございます、わたし、頑張りますから……どうぞ、よろしくお願いします」

涙ながらにそう言うと、ドロシーはみんなに向き直って深々と頭を下げた。

それを合図にしたかのように、笑顔のみんながドロシーに殺到していく。あっという間に彼女は、みんなにもみくちゃにされていた。人の輪の真ん中からは、明るい笑い声が聞こえていた。

ドロシーを救うため、力を合わせる。この上ない一体感が、私たちの中には生まれていた。


「それで、ちゃんとした作戦を立てる前に確認しておきたいことがあるのだけれど」

食堂中を巻き込んだ大はしゃぎがようやく落ち着いてきたところで、もう一度声を張り上げる。その場の全員が、お喋りを止めてこちらに注目した。

「ドロシー、あなたはバーナードとの婚約を破棄できればそれでいいの？　それとも、さらに何かを望むの？　そこのところをはっきりとさせておきたくて」

「ええっと……とにかくバーナード様から離れたい、あの方とは結婚したくないって、それ以外考える余裕なんてなかったので……」

困ったように両手で胸を押さえ、視線をさまよわせるドロシー。何だかリスの子供みたいで愛らしい。でも気のせいかしら、何かを隠しているようにも思えるのだけれど。

「かわいそうにねえ。バーナードとの婚約を破棄に持ち込むのは当然としても、バーナードがそのまま野放しになるのは腹立たしいわね。どうにかして、彼をぎゃふんと言わせられないかしら」

考え込んでいると、誰かが声を上げた。すぐに、別の誰かが相づちを打つ。

「ドロシーが逃げ切れたとしても、別の令嬢が新たな被害者になってしまったら、ねえ」

「危険なのはバーナードだけじゃないわよ。彼と別れることに成功しても、ドロシーがまた面倒な相手と婚約させられる可能性もありそうだし」

「そうよねえ。こう言ったらなんだけれど、ドロシーのご両親ってちょっと……人間を見る目がないみたいだし」

「だったらついでに、親のほうも何とかするべき？　また妙な相手を連れてこないように」

「娘が婚約者のせいで苦しんでいるのに気づかず放置してる時点で、親にもお仕置きが必要な気もするわ」

遠慮のかけらもない会話に、ドロシーがぽかんとしてしまっている。悩んでいる張本人なのに、すっかり置き去りだ。みんな、熱中しすぎよ。

「はい、そこまで。大まかな方向性は見えてきたわね」

手をぱんと打ち合わせて、お喋りを強制的に打ち切る。

「ひとまず今日は、ドロシーを休ませてあげましょう。具体的に作戦を立てるのは明日からよ」

いいわね？　と視線だけで念を押すと、ちょっぴり不服そうな顔をしつつもみんながうなずく。それを見届けて、一人の修道女に声をかける。くるんくるんの栗毛の、生き生きとした若い女性だ。

「アイリーン、ドロシーはあなたと相部屋にするわ。色々教えてあげて」

「はーい！　これからよろしくね、ドロシー。私はアイリーンよ」

青い目をきらきらと輝かせて、アイリーンが人懐《ひとなつ》っこくドロシーに笑いかける。きっと彼女なら、ドロシーの緊張をほぐし、心を開かせてくれるだろう。あっという間に、友達になってしまうんじゃないかしら。

これからドロシーは、自分を苦しめるあれこれと直面し、立ち向かうことになる。その時に、彼女を支えてくれる友達がいてくれるほうが、私たちにとっても、ドロシーにとってもいい。

元気よく食堂を出ていくアイリーンの後ろを、ドロシーがおずおずとついていく。ドロシーの足取りは、ほんの少し軽くなっているように思えた。


それからしばらくの間、私たちはとてもお行儀よくふるまっていた。食堂での馬鹿騒《ばか》ぎもちょっと控えめにして、朝の礼拝の後の報告会もしばらくお休みにして。

この修道院での暮らしは、普通の修道院のものとはまるで違う。ドロシーは気が弱いから、いきなりありのままの私たちの姿を見せたらおびえてしまうかもしれない。そう判断したのだ。

しかしそれでも、ドロシーにとってここは驚きに満ちた場所のようだった。彼女はしょっちゅう目を真ん丸に見開いては、辺りを見渡しきょろきょろしていた。子リスみたいで可愛いわあと、みんなはそんな彼女を見て和《なご》んでいた。

そうやってのどかに過ごしているうちに、ドロシーにも笑顔が戻ってきた。そのことにほっとしつつ、私たちは水面下でさっさと動き出していた。

ドロシーとバーナードとの婚約を破棄させるのに必要な情報は、とっくに集まっていた。それを元に準備を進めることで、婚約を破棄させるための仕掛けもほぼ完成していた。

「あとは仕掛けを動かすだけなのだけど……どうにも、引っかかるのよね。このまま作戦を進めていいのかどうか……」

食堂でのお喋りの合間に、ぼそりとつぶやく。と、みんなが同時に身を乗り出してきた。

「ミランダも、そう思う？　私も、もうちょっと待ったほうがいい気がしてるのよ」

「ドロシー、まだ何か隠してるわよね。無理に聞き出す訳にもいかないけど……気になるわ」

「きっとその隠しごと、恋愛がらみよお。ただの勘だけど」

そんなことをだらだらと話していたら、アイリーンが駆け込んできた。顔を輝かせて、小走りで近づいてくる。

「あ、ミランダさん！　ちょっと報告です！　ドロシーのことで」

その言葉に、みんなのお喋りがぴたりと止んだ。全員の注目を集めていることにもまったく動じずに、アイリーンは声をひそめてささやく。

「実はあの子、密《ひそ》かに思い合っている男性がいるんだそうです」

ああやっぱりね、なんていう声があちこちで上がった。勘の鋭い者たちは、何となく悟っていたらしい。

「でも、ドロシーの両親は彼のことを認めてくれなくて……ドロシー、もうすっかり諦めちゃってるんです。これって、絶対にどうにかしてあげないといけませんよね！」

アイリーンは『絶対に』のところを思いっきり強調して、そう言い切った。みんなは一瞬その勢いに呑《の》まれていたけれど、すぐにまたきゃあきゃあと騒ぎ始めた。

「ええ、そうね！　恋を諦めるなんて駄目よね！」

「やっぱりあの子、好きな人がいたんじゃない……しかも、『思い合ってる』って」

「やっと道筋が見えてきたわね。ドロシーをバーナードと別れさせて、愛《いと》しの君とくっつける。はい、めでたしめでたし。ああ、良かったわあ」

あとはアイリーンがその男性について聞き込んでくるのを待つだけね。ほっと胸をなでおろしていたら、アイリーンが笑顔で腕をつかんできた。

「そういう訳なので、ちょっと一緒に来てください、ミランダさん。『悩みがあるのなら、ミランダさんに相談してみようよ。きっと何とかしてくれるから』って言っちゃったので」

彼女は私を立たせると、そのまま食堂の出口に連れていく。ずるずると引きずられていく私を、みんなは最高の笑顔で見送ってくれていた。頑張れ、と言わんばかりにひらひら手を振って。

「あ、あの、ようこそいらっしゃいました……」

そうしてドロシーのもとに向かった私たちは、困惑気味のドロシーに出迎えられた。

「ほら、ミランダさんを連れてきたよ。あなたの悩み、話してみようよ？」

アイリーンがそう言って、私をドロシーの前にぐいと押し出した。

「でも、わたし……バーナード様から助けてくださいって、そうお願いしたのに……この上、さらに迷惑をかけるなんて……」

ドロシーはやはりためらっている。さて、どう声をかけたものかしら。彼女からどうやって話を聞き出すか、きちんと考えを練ってから顔を合わせたかったのだけれど。アイリーンったら、心の準備をする時間くらいちょうだいよ。そんな不満はいったん忘れることにして、笑顔で口を開く。

「迷惑なんかじゃないわ。バーナードを追い払った後、あなたがきちんと幸せになれるのか、私たちみんな気になってるの。このままじゃ心配で、夜も寝られなくなりそう。だから遠慮なく、どんどん頼って。ね？　私たちを助けると思って」

するとドロシーは、ぎゅっと唇を噛《か》んで目を伏せてしまった。口を開きかけては、また閉じて。どうやら彼女は、私の言葉に甘えてしまいたいという気持ちと、打ち明けることへのためらいとの間で揺れ動いているようだった。

あと一押し、どうしましょう。少しだけ悩んで、結局は素直な思いをそのまま言うことにした。ごちゃごちゃ理屈を並べ立てても、ドロシーの心は動かせない。そんな気がしたから。

「……愛する者同士が結ばれるのって、素敵なことよ。ヘレナを見ていたら、心からそう思った」

突然話を変えた私を、ドロシーがはっとした顔で見つめる。

「ドロシー、私はあなたにも、彼女と同じように幸せになって欲しいの。出しゃばっているのかもしれないけれど、その手伝いをしたい」

そうして、静かにドロシーを見つめる。野の花のような可憐《かれん》な顔が、じわじわと赤みを帯びてきた。

やがて、か細い声が聞こえてくる。

「わたし……幼馴染《おさななじみ》のアレックス様と、子供の頃に約束したんです。大きくなったら結婚しようって」

ドロシーは恥じらいながら説明を続けている。アレックス・ユラ。彼のユラ子爵家はドロシーのルーリエ男爵家と交流があり、アレックスとドロシーは年が近いこともあって、ずっと親しくしていたのだそうだ。……それはそうとして、その名前には聞き覚えがあった。

「そのユラ家って、表舞台にはあまり出てこないけれど、ユスト伯爵家と縁続きの家ね？」

先日の報告会で上がった、ユスト伯爵家の跡取りに内定した男性。彼の名がまさに、アレックス・ユラだったのだ。

「は、はい。実は、そうなんです。……でも、どうしてそのことを？」

ユラ家はユスト家の傍系であるいくつかの家の中でも、一番目立たない家だ。どちらかの家に近しい者でなければ、ユラ家とユスト家との関係すら知ることはない。私たちは、当然知っているけれど。

「ここのみんなは色んなことを知ってるの。ほら、ヘレナからそう聞いてるでしょう？」

アイリーンがおかしそうな顔で、ドロシーにささやきかけている。それにしても、偶然ってあるものねえ。また妙なところがつながったわ。

「あの、それで、アレックス様はわたしが十七歳になってすぐ、ちゃんと求婚してくれたんです。でも彼はユラ家の次男だから……継ぐ家もない男に娘はやらないって、お父様と、お母様が……」

ドロシーの目に、じわりと涙が浮かんできた。

「そうしてお父様は、あっという間に、わたしとバーナード様との婚約を決めてしまって……」

こらえきれなくなったらしく、ドロシーが声を殺して泣き始めた。その肩をアイリーンが支えるように抱いている。

「わたしの家は、お兄様が継ぎます。だから、わたしはどこかにお嫁にいくことになります。けれど、アレックス様じゃないと嫌なんです……わがままだって分かってて、でも、でも……」

言葉を詰まらせながら、涙混じりの声でドロシーは訴えている。

「わがままじゃないよ、ドロシー。私だって、あなたの立場ならそう思うもの」

泣きじゃくるドロシーと、彼女を慰めているアイリーン。そんな二人を見ながら考え込む。

ドロシーの父親であるルーリエ男爵は、『継ぐ家もない男に娘はやらん』と言ってアレックスを追い払った。しかしアレックスは、いずれユスト伯爵家の跡継ぎとなるのだ。まだ公《おおやけ》になっていないだけで。だからもうしばらく待っていれば、ドロシーとアレックスの問題は勝手に解決する。

……でも、ねえ。

どうにもこうにもすっきりしない。バーナードは遠慮なくとっちめるとしても、ドロシーの両親にも少しくらいは反省して欲しい。二人がアレックスを突っぱねたせいで、ドロシーはこんなにも苦しんでいるのだし。

それに、幸せをつかむために強くなりたいと涙ながらに言い切ったドロシーの決意を無駄にはしたくない。待っていたら解決しました、となったら、彼女は釈然としないものを抱えてしまうかも。

「ねえ、ドロシー。あなたのご両親……ちょっと頭が固いんじゃないかしら」

考え考え、言葉を紡《つむ》いでいく。ドロシーに頑張ってもらって、彼女の両親を反省させる方法。あとちょっとで浮かびそうなのだけれど。

「継ぐ家がなくても、アレックスはユラ家の一員として、家に残ることはできるでしょう？　そんな風に生きる貴族って割と多いし、ユラ家のほうがあなたのルーリエ家より格上だから、あなたたちが結婚しても別に構わないと思うのだけど」

アレックスの立場についての秘密をこっそり呑み込みつつ、さらりとそう言ってのける。同じく事情を知っているアイリーンが、笑いをこらえているような顔でそっと視線をそらしていた。

しかしドロシーはそんな私たちの様子には気づいていないらしく、くすんと鼻を鳴らしてうつむいている。

「わたしも、そう言ったんです。でもお父様もお母様も、全然聞いてくれなくて……」

「だったらもう一度、主張してみない？　あなたの思いのたけをぶつけるの。ただ……結構思い切ったことをすることになりそうだけれど、私たちがきちんと支えるから、ね？」

ひらめいた。この事態を能動的に解決する方法。ドロシーさえ決意してくれれば、ただ待っているだけよりも、もっとずっと納得のいく、そんな未来をたぐり寄せられる。

「はい！　わたし、頑張ります！　できることならきちんと、お父様やお母様に自分の気持ちを伝えたいって、そう思ってたんです……わたしにはアレックス様しかいないんだって」

ためらいがちに問いかけた私に、驚くほど堂々とドロシーは答えた。

「そう、いい返事ね。だったら私たちは、あなたのその決意に全力で応えるわ」

「……ありがとう、ございます」

一瞬凛々《りり》しい姿を見せていた彼女は、またぽろぽろと涙をこぼしている。けれどその涙は、安堵《あんど》の涙のように思えた。


アイリーンに後を任せて、足早にドロシーの部屋から出ていく。その足で自室に駆け込み、大急ぎで一通の手紙をしたためた。この作戦を決行するにあたって、どうしても協力を頼みたい相手がいるのだ。というより、その人に協力してもらえないとどうしようもない。

慎重に封をした手紙をしっかりと持ち、修道院の奥にある塔の階段を昇っていく。目指すは一番上の階だ。

「あ、ミランダさんだ。今日はどんな御用っすか？」

最上階の扉をノックしたとたん、勢いよく扉が開き、幼さを残した少女が顔を出す。あっちこっち跳ねた赤みがかった金髪と、好奇心に満ちた若葉色の目をした元気そのものの少女だ。まとっているのは修道服ではなくありふれた平民の服だけれど、左手にはやけに無骨な革の長手袋がはめられている。

「シャーリー、お仕事の依頼よ。大至急、この手紙を出して欲しいの。ユラ子爵家まで」

私から手紙を受け取って、シャーリーはきびきびと答える。

「はーい、承りましたっ。ばあちゃん、仕事だよ。ユラ子爵家までだって」

「聞こえてるさ。それより、あんたはもうちょっと口調に気をつけな」

窓辺の椅子に腰かけた老婆が、年の割に元気な声で答えてくる。彼女もまた、シャーリーと同じような服装だった。すぐそばの窓枠には大きな鳥が留まっていて、ゆったりと羽繕いをしている。大きい目の猫くらいあるその鳥は、エプロンのような服を着ていた。老婆が鳥の頭をそっとなでて、私に向き直る。

「ちょうど、一番速い伝書鳥が空の散歩から戻ってきたところでしてね。すぐに向かわせましょう」

シャーリーとその祖母のスーザン、この二人は私たちと一緒に修道院で暮らしているものの、修道女ではなく、伝書士だ。もっとも、シャーリーはまだ見習いだけれど。彼女たちは伝書鳥と呼ばれる鳥を使って、手紙を迅速に運ぶことをなりわいとしている。貴族や豪商の屋敷ぐらいでしか見かけない伝書士がこんなところにいるのには、れっきとした訳があった。

私たちはめったに修道院の外には出ないので、外との情報交換はもっぱら手紙頼りだ。普通の手紙は、食料などを運んでくる商人についでに運んでもらっている。でも急ぎの時や頻繁に連絡を取りたい時には、それでは足りない。

だから私たちは持てる限りの人脈を活用して、伝書士を自前で雇うことにしたのだ。修道院の予算は潤沢なので、それくらいの余裕は十分にあった。

そうして、スーザンとシャーリーがここにやってきた。好奇心旺盛な二人は、思った以上にあっさりと修道女たちとなじんでしまっていた。今では二人とも、私たちの大切な仲間だ。

そんなことを考えている間にも、シャーリーは注意深く手紙を祖母のところまで運んでいる。スーザンは少し足が悪いので、シャーリーがあれこれと手助けしているのだ。

スーザンは伝書鳥の服のポケットに手紙をしまい込み、飛び立たせる準備をしていた。伝書士だけに伝わる方法で、鳥に目的地を教えているのだ。空を指さし、手を複雑に動かして、合間に小さく鳥の鳴き真似《まね》をして。何度見ても、何がどうなっているのかよく分からない。

「今、急ぎの用件って……もしかしてドロシーさんに関係あることっすか？」

じっとスーザンの作業を眺めていたら、シャーリーがこそこそと話しかけてきた。

「ええ、そうなの。……詳細については、問題が片付いてから、ね。今はまだ、何がどう転ぶか分からないから」

「はい、内緒っすね。もちろんです！　……私も一人前の伝書士だったら、もっと活躍できたのになあ。こう、あっちこっちに手紙を出して、秘密の作戦をお手伝いして。ああ、素敵っす……」

するとそこに、すかさずスーザンが口を挟んできた。笑いをこらえているような声だ。

「あんたにはまだ早いよ。しっかりあたしの仕事を見て覚えるんだね」

「ばあちゃん、厳しいんだよね。もっと優しく教えてくれてもいいと思うなあ」

「厳しくしなけりゃ一人前にはなれないだろう。ほら、この地図をしまっておくれ」

二人はそんな風に仲良く言い合いながらも、てきぱきと作業を進めている。息の合ったその様子を見ながら、私は少しうらやましさを感じていた。

私は夫に捨てられてここに来た。おそらく一生、夫は私のほうを見ることはない。だから私には、子供も、孫もできることはないだろう。

……いいえ、それがどうしたのよ。今の私は、かつてのか弱い小娘ではないんだもの。様々な知識と力を身につけたし、頼れる仲間たちもたくさんいる。その気になれば、あの夫を捨てて新たな未来をつかむことだって簡単よ。そう、なんなら新しい恋だって。

「……とはいえ、そこまでして一緒になりたい人なんて、中々見つかりそうにないのよね……」

スーザンとシャーリーが忙しく立ち働く部屋の中で、私のそんなつぶやきは誰にも聞かれることなく消えていった。

それから改めて、ドロシーも含めたみんなで作戦会議を開いた。そうして今後の方針と、具体的な行動を順に決めていく。

まずは、ドロシーとバーナードとの婚約を破棄する。それも、バーナードのせいなのだと周囲の誰もが納得する形で。そしてドロシーの思いを彼女の両親にぶつけ、アレックスとの仲を認めさせる。

そんな方針のもと、私たちは手分けして動き始めた。とはいえバーナードについては既に仕込みが終わっていたから、あとはいいあんばいに事が進むのをわくわくしながら待つだけでいい。おそらく、そう長く待たずに済むはずだし。

そして作戦会議からほんの数日後、予想通りに動きがあった。バーナードのほうを担当していた修道女たちが、食堂に駆け込んでくるなり高らかに言い放ったのだ。

「バーナードの件だけれど、無事に片が付いたわ！」

次の瞬間、食堂が静まり返る。全員が目を輝かせ、言葉の続きを待っていた。

「私たち、最低男のバーナードについて、新しい情報をつかんでたんです」

「彼ったら、ドロシーにきつく当たってただけじゃなくて、使用人や領民のこともいたぶってたみたいなのよ。ほんっと最低」

「しかもね、彼の父であるベルン伯爵は、バーナードの行いを知っていたのよ。それなのに、息子可愛さで目をつぶっていたの。それどころか、他の貴族たちに息子の行いが知られないようにあちこち口止めまでして。こっちも最低ね。似た者同士の最低親子」

その言葉に、そうだそうだ、という合いの手が周囲から次々と飛んでくる。語り手たちがそれを聞いてにやりと笑った。

「だから私たち、ベルン家の前当主であるバーナードの祖父に、バーナードが今までしでかしてきたことを丸ごと暴露してやったんです。あと、ベルン伯爵の行いも」

「ついでに『人望も能力もないバーナード様が跡継ぎだなんて、これではベルン家は没落するに違いありません。弟のセシル様のほうがよっぽどふさわしいのに』って吹き込んでおきました」

「といっても、実際に前当主と話をしてはいないんですけどね。そもそも面識もないですし」

だったらどうやって話を吹き込んだのー!? という、興味津々《しんしん》の声があちこちで上がった。それに答えるように、語り手たちは真相を明らかにしていく。

実は、語り手たちの一人が、バーナードの妹であるエリーの家庭教師と長年の友人だったのだ。彼女たちはその家庭教師の協力のもと、まずはエリーをこちら側に引き込んだ。

エリーは横暴な上の兄バーナードを毛嫌いしており、優しく賢い下の兄セシルを敬愛していた。だから彼女は、バーナードを引きずり下ろすこの作戦にためらうことなく乗ってくれたのだ。

それから家庭教師を通じて、語り手たちはバーナードに不利な証拠の数々をエリーに提供した。そしてエリーはその証拠を持って、前当主である祖父のもとに向かったのだった。

当主の座を退《しりぞ》いたとはいえ、前当主は未《いま》だにベルン家で一番強い権力を持っている。バーナードの愚かなふるまいの数々を知った彼は、すぐに跡継ぎをセシルにすることを決めたのだそうだ。愚かな孫を放置して家の恥をさらすよりは、多少ごたごたしてでもよりふさわしい者を次の当主とする。それが、前当主の判断だった。……この判断力、ベルンの現当主に見習って欲しいわ。

「エリー様から、私たち宛てに手紙をいただきました。『おかげであの嫌な兄を遠ざけることができました、ありがとうございます』だそうよ」

「跡継ぎの座を追われたバーナード様は、怖くて厳しい祖父の下でしごかれて、性根を叩《たた》き直されることになったんですって。いい気味」

「そしてエリー様が盗み聞きしてくれたんですが、前当主は『お前のような出来損ないの不届き者には結婚などまだまだ早い！　しかも婚約者をないがしろにするなど、性根が腐っておる！　お前の婚約は破棄だ、もちろん、お前に全《すべ》ての非がある！』と宣言してたそうです。そんなこんなで、婚約はつつがなく破棄されることになりました。ちゃんと、ドロシーの名誉も守られる形で」

ああ、良かった。隣に座るドロシーの耳元で、ひときわ優しく告げた。

「おめでとう、ドロシー。これで、ひとまずバーナードからは解放されたわよ」

彼女はぽかんとした顔で、ただじっと前を見つめていた。どうやらまだ、今聞いた話が信じられないらしい。けれどやがて、その顔に理解の色が広がっていく。

「わたし……本当に、助かったんですね……夢みたい……本当に、ありがとうございました」

喜びの涙をぽろぽろとこぼしているドロシーの肩を、隣のアイリーンがしっかりと支えていた。

「良かったね。それじゃあ今度は、素敵な夢と幸せをつかみ取りにいこうよ」

「アイリーンの言う通りよ。さあ、ここからはあなたの出番よ、ドロシー！」

力強く言い放つと、ドロシーはこくりとうなずいた。涙を流しながら、でもとっても穏やかな顔で。

◇

「アイリーン、ごめんね……わたしが、一人じゃ怖いって言ったから……」

馬車の中、向かいに座るドロシーが私に声をかけてきました。ちょっとしょんぼりした顔で。

「水臭いこと言わないでよ。私たち、親友でしょう？　こういう時に力を貸すのは当然だもの！」

バーナードの件が無事に片付いてから十日ほど経《た》ったある日。私とドロシーは、こうして二人一緒に彼女の両親が待つルーリエの屋敷に向かっていたのです。

ドロシーは、自分の思いを思いっきり両親にぶつけるのだと決意しました。けれど彼女は、これまでの人生で強く自己主張したことなどありません。不安がっている彼女を励ますために、彼女の親友である私が同行することになったのです。

……それに、これから起こることを実際に見聞きしておけば、より臨場感あふれる情報をみんなに伝えられます。ふふ、帰ったらみんな、ものすごく話を聞きたがるんだろうな。

バーナードがベルン家の跡継ぎの座を下ろされてまもなく、ドロシーの両親は彼女を呼び戻しました。彼との婚約は破棄された、新しい婚約者を見つけたからすぐに帰ってこい、そう言って。

次の婚約者、って……。いずれそうなるかなって予想はしていましたけど、いくら何でも早すぎです。本当にドロシーの両親は、せっかちというか自分勝手というか。嫌な親だなあ。

しかしその知らせを聞いたミランダさんは、憤《いきどお》る私たちにあでやかに微笑みかけました。

「それじゃあ、いよいよ作戦の続きに取りかかりましょうか。大丈夫、うまくいくわよ」

あの大人の余裕、落ち着き払った色っぽい仕草、憧れます。しかも、それでいて時折無邪気な愛らしさまで見せるのですから、ミランダさんは素敵すぎて反則です。いいなあ。

ともかくその作戦のために、ドロシーは親の言いつけ通り家に向かっていました。私は彼女の友人である令嬢ということになっています。彼女と一緒に旅をするのは、とても楽しいことでした……久しぶりに着る令嬢らしいドレスがあきれるほど堅苦しくて、肩がこること以外は。

「あの……アイリーン、どこか苦しいの？　顔が怖い、けど……」

心配してくれるドロシーに、大丈夫、と明るく笑いかけました。

「修道院でのびのびしてたせいで、ドレスがちょっと窮屈なだけ。昔は毎日こんなのを着てたなんて、自分でも信じられない」

そうして、ついでに私の身の上を語ってみました。実は、ドロシーに話すのは初めてです。

実は私、これでもれっきとした子爵家の娘なのです。ただ小さい時からおてんばが過ぎて、毎日きつく叱られてばかりでした。そんなある日、継母《ままはは》ともめてとびきり腹を立てた私は、屋敷全体に大掛かりないたずらをしかけました。

両親は激怒し、私をこの修道院に放り込みました。ここで頭を冷やして行いを改めるならばよし、そうでないならもう戻ってくるなと言い渡して。

ちょっとした子供のいたずらに、両親はあまりに重い罰を科しました。でも継母とそりが合わなかった私としては、こうなってよかったなと思っています。それにこの修道院では、私のおてんばがかすむくらいにみんな好き勝手にふるまっていますし、実家になんて頼まれても帰りたくありません。

「……アイリーン、大掛かりないたずらって……何をしたの？」

ドロシーは目を丸くしながらも、ちょっぴり身を乗り出してそう尋ねてきました。

「屋敷中のクローゼットにカエルを放り込んだのよ。両親の部屋から物置まで、全部に」

「カエル……」

「近所の川にたくさんいたの。ちょっと探せば、すぐ手桶《ておけ》いっぱい集まるの。可愛いよ？」

「可愛い……のかな……？」

ドロシーは微妙な表情になって黙ってしまいました。やはり彼女も、この気持ちを共有してはくれないようです。可愛いのに。けれどドロシーは、すぐにいつも通りのふんわりとした笑顔をこちらに向けてくれました。

「そうね、カエルが好きで、いたずら好きでも……あなたはわたしの大切な友達よ、アイリーン」

「ありがとう、ドロシー」

そうやって笑い合い、二人同時にふと窓の外に目を向けました。そこには、ルーリエの屋敷が小さく見え始めていました。

ルーリエの屋敷にやってきた私たちを、気難しそうな父親と気弱そうな母親が出迎えました。どうやら、ドロシーは母親似のようです。

「あの……ただいま戻りました。こちらは、友人のアイリーンです……」

「はじめまして、アイリーンです」

精いっぱいしとやかに明るく挨拶《あいさつ》したというのに、ドロシーの父親は私には目もくれません。彼は口をへの字の形にして、ドロシーに向き直りました。

「ドロシー、さっそくだがお前には別の相手と婚約してもらう。これからすぐに、先方のところに向かうぞ。すぐに支度をしろ」

そうして父親が告げた名前は、やっぱりアレックス様のものではありませんでした。ドロシーが青ざめ、後ずさります。

ルーリエの屋敷に戻ったらいずれ、こんな事態に直面することになるだろう。修道院のみんなはそう予想していました。そして私とドロシーは、どう対応するかについて練習してきました。

さあ、ここからはあなたが頑張る番だよ、ドロシー。練習の通りにやれば大丈夫だから。そんな思いをこめてそっとドロシーに視線を送ると、彼女は震えながらも力強くうなずき返してくれました。

「いいえ、お父様。わたしはその方のもとには参りません」

どうやら彼女が反論したことが予想外だったらしく、両親は同時にうろたえました。ドロシー、ずっといい子でいたんだなあ。私とは大違いだ。

「何を言い出すかと思えば……お前がこんなわがままな娘だとは思わなかったぞ」

「相手の方はとっても立派なお家の方ですし、あなたのことも大切にしてくれるわ」

難しい顔の父親と、困った顔の母親。大切な娘を立派な家に嫁がせる。ドロシーのことを思っての行動だとは思うのですが、一番大切なところが抜けてしまっています。そう、ドロシー本人の気持ち。

「わたしは……アレックス様以外の方には嫁ぎません」

きっぱりと自分の思いを告げたドロシーに、父親はうんざりしたような目を向けていました。

「はっ、アレックスか！　あんな継ぐ家すらない男に、価値などない」

そんなことを平然と言ってのけるあなたのほうが、よほどろくでなしじゃないですか。だいたいアレックス様は、ユスト伯爵家の跡継ぎになられる方なんですよ。今はまだ、内緒なだけで。

ああ、できることならそう言ってやりたい。でも駄目。私はここでは見てるだけ。ここで頑張るのはドロシーの役目なんだから。そう自分に言い聞かせました。

「わたしの幸せは彼と共にあることです。……他の方に嫁ぐくらいなら、命を絶った方がましです」

うんうん、いい調子。普段の弱気な彼女とは打って変わって、その言葉は堂々としていました。

「でも、わたしは生きて幸せになりたい！　だからもう、ここにはいられません！」

あれ、予定と違います。このまま親子喧嘩《げんか》に持ち込んで、気の短い父親に「出ていけ！」と言わせるのが目的なんですが。ドロシーったら、珍しくも熱くなっているようです。

「親に逆らうなどと、私はお前をそんな親不孝者に育てた覚えはないぞ！　よし分かった、そう言うのなら今すぐにここを出ていけ！」

あ、でもどうにかこうにか予定通りの展開になりました。ドロシーから聞いてはいましたが、本当に父親は気が短いようです。おかげで助かりましたけど。

そうしてドロシーは、深々と頭を下げました。緊張からかほんの少し震えた声で、それでもきっぱりと言い放ちます。

「はい。お父様、お母様。今までありがとうございました。もう会うこともないでしょうが、どうかお元気で」

淑女のお手本のように優雅に礼をして、ドロシーがきびすを返しました。そのまま、さっき降りたばかりの馬車に乗り込んでいきます。

そんな彼女に続きながら、ちらりと両親の様子をうかがいました。二人ともぽかんと口を開け、呆然と立ち尽くしています。自分が見たものが、聞いたものが信じられない。そんな顔でした。

二人がそんな反応をするのも当然のことでしょう。修道院に入る前のドロシーと今のドロシーは、まるで別人なのですから。私たちと一緒に暮らして、彼女は強くなりました。

さて。ひとまず両親にドロシーの思いを伝え、衝撃を与えることには成功しました。ここまではとっても順調です。でもまだまだ、作戦は途中です。気を抜かないようにしないと。

こっそりと笑いを噛み殺しながら、私もするりと馬車の中に戻っていきました。

「アイリーン……わたし、ついに言っちゃった……家を出ちゃった……」

さっきまで毅然《きぜん》と話していたドロシーは、またいつものようにおどおどとしていました。馬車の座席に腰を下ろし、赤く上気した頬《ほお》を両手で押さえています。

「よく頑張ったね、ドロシー。このまま私たちが無事に目的地にたどり着くことができれば、もう作戦は成功したも同然だよ！」

私とドロシーは、ルーリエの屋敷を離れて別の場所に向かっていました。目的地は、あらかじめ御者《ぎょしゃ》に伝えてあります。あとは、我に返ったドロシーの両親が即座に追っ手を出してこないよう祈るだけ。途中で捕まってしまったら、ちょっと面倒です。素直に捕まるつもりはありませんが。

「そうね……お父様たちが、追ってこなければいいのだけど……」

「大丈夫よ、そうなった時に備えてちゃんと予備の作戦も立ててあるもの。私たちを信じて、ドロシー。アレックス様と幸せになるんでしょう？」

そう尋ねると、頼りなげに眉を寄せていた彼女が、私をまっすぐに見つめました。

「うん。それだけは、譲れない」

それは強い意志を秘めた、思わず見惚《みと》れるような美しいまなざしでした。

恋は人を強くする。ヘレナの時にもそう思いました。この強さがあれば、何があっても大丈夫。そう確信しながら、笑顔でドロシーにうなずきかけました。

幸い邪魔が入ることもなく、私たちは目的の屋敷にすんなりとたどり着くことができました。もう辺りはすっかり暗く、屋敷の明かりだけが闇夜をぼんやりと照らしています。

屋敷の使用人に来訪の旨《むね》を伝えて、ドロシーと一緒に玄関で待ちます。と、奥のほうから一人の青年が姿を現しました。彼はものすごい勢いで、私たちのところまで駆けてきます。

「ドロシー、本当に来てくれたのですか……」

「アレックス様！　ああ、お会いしたかった！」

なるほど、これが例のアレックス様か。親しげに抱き合う二人に気づかれないように、こっそりと彼を観察しておきます。彼がどんな人物か、修道院のみんなは猛烈に知りたがっていましたし、ここでしっかり見ておいて、きちんと伝えてあげないと。ふふっ、みんなに自慢できそう。

彼はつややかな栗色の髪を丁寧《ていねい》に整えた、気品あふれる男性でした。ドロシーを見つめる緑の目はとても優しく、紳士的です。体格はやや大柄かな、というくらいなのですが、彼を見ているとなぜか大きな犬を思い出します。おっとりとした目元と、柔らかな笑みを浮かべた口元が、優しさと頼れる雰囲気をかもし出しているからかもしれません。

そして彼はそっとドロシーから離れ、今度は私に笑いかけてきました。礼儀正しくさわやかな、好感の持てる笑みでした。

「貴女《あなた》が、彼女の友人のアイリーンさんですね。はじめまして、僕がアレックスです。お話はミランダさんからうかがっています。どうぞ気兼ねなく、滞在していってください」

「は、はい。喜んでお招きにあずかります」

久しぶりに令嬢らしく喋ろうとしたせいでうっかり舌を噛みそうになった私を、アレックス様は優しく見守っていてくれました。ドロシーと二人並んで、穏やかに微笑みながら。

こうして、ドロシーと私は、アレックス様が暮らすユラの屋敷に留《とど》まることになりました。予定通りに。

ミランダさんはドロシーからアレックス様の話を聞くとすぐに、アレックス様に手紙を書きました。ドロシーが置かれた状況について打ち明け、『あなたがまだ彼女を思っていてくれるのであれば、そして、彼女を妻としたいと望むのなら、どうか力を貸してもらえませんか』と頼んだのだそうです。

アレックス様からの返事は『もちろんです。何よりも大切なドロシーを守り、愛することが許されるのなら、僕はどんなことでもいたします』でした。大変潔《いさぎよ》く男らしい返事です。

そうしてミランダさんは、ドロシーと私をここに滞在させてやってくれと彼に頼んだのです。もちろん、アレックス様は快く承諾してくれました。

ユラの屋敷は落ち着いていて、居心地の良い場所でした。そして何より、ドロシーがとっても幸せそうにしているのが、自分のことのように嬉しかったです。

ドロシーは、とても生き生きとしていました。修道院に来た時の打ちひしがれた様子でも、修道院で暮らしていた時のどことなく寂しげな様子でもない。今の彼女の顔には、ただ幸せだけがあふれていました。特に、アレックス様と親しく話している時のドロシーの表情ときたら。彼女は見ているこっちまで思わず笑顔になってしまうような、そんな笑みを浮かべていたのです。

愛する人に巡り合うって、素敵だな。心からそう思います。ヘレナとロディもとってもお似合いだったけれど、この二人もすっごくお似合いです。

私も、一度家に帰ってみようかな。おてんばな部分は隠しておいて、一人前の淑女としてふるまってみせれば、きっと両親も私のことを許してくれると思うんです。そうして社交界にデビューして、素敵な殿方と知り合って、それから……。

「あーあ、私も素敵な幼馴染が欲しかったなあ。いいなあ、ドロシー」

堂々とこんなことをぼやけるくらい、平和でした。もっとも本当の平和が訪れるまで、もう一波乱ある予定なのですが。今はせめて、ゆったりとくつろごう。

そんなことを考えながらベッドで大きく伸びをします。とってもふかふかで、いつの間にかうたた寝してしまっていました。

そして、次の波乱は思ったよりも早くやってきました。

「ドロシーを出せ、ここにいるのは分かっているんだ！」

ある夜、聞き覚えのある腹立たしい声がユラの屋敷に響き渡りました。この感じ、玄関ホールですね。そして声の主は間違いなく、ドロシーの父親、ルーリエ男爵でした。他人の屋敷にいるとは思えないくらいに、偉そうな物言いです。あの人、やっぱりちょっと非常識な方なのかもしれません。

そんなことを考えながら客間を飛び出し、二階の廊下の角からこっそりと顔だけを出して玄関ホールの様子をうかがいました。もうすぐ、私の出番がやってくる。その好機を見逃さないように、しっかりと状況を確認しておかなくちゃ。

玄関ホールには、怒りで真っ赤になったドロシーの父親と、反対に青ざめたドロシーの母親が並んで立っていました。

「お久しぶりです、ルーリエ殿。こんな遅くにどうされたのですか」

そんな二人のもとに、アレックス様がゆったりと近づいていきます。そのすぐ隣には、不安そうな顔のドロシーも付き添っていました。

そしてドロシーの父は、アレックス様のことはまるで無視して、ドロシーを怒鳴りつけました。

「まったく、飛び出していくなりこんなところに転がり込んでいるとは、ふしだらにもほどがある」

「ええ、まさかこんなことに……もう一度修道院に送って心身ともに清めてしまわないと、とてもお嫁になんて出せないわ。ねえ、あなた」

ドロシーの母は青ざめながらも、結構ひどいことを言っています。案外似た者夫婦なのかもしれません。ドロシーだけまともなのかも、この家。

ただ二人とも、どことなく腰が引けています。先日ドロシーがはっきりと意志を表明し、二人に逆らったからでしょう。ドロシーは従順なお人形ではなく、自分の頭で考え行動できる一人の人間。そのことに、二人がちゃんと気づくでしょうか。個人的には微妙なところだなと思います。

ドロシーの両親に見つからないように気をつけつつ必死に耳を澄ませていたら、ドロシーの凛《りん》とした声が聞こえてきました。

「お父様、お母様、何をしに来られたの」

普段の彼女からは想像もつかない貫禄《かんろく》、ちょっとミランダさんを思わせる悠然とした態度に、さらに彼女の両親がたじろいだようでした。ドロシー、いい感じ！

「無論、お前を連れ戻すためだ。こんな継ぐ家のない男のところになど、絶対に嫁がせんからな」

するとアレックス様がゆっくりと息を吸いました。優しげな犬のようだった顔は、一転して獰猛《どうもう》な猟犬のような雰囲気をまとっています。すごい、あの人ってあんなに雰囲気を変えられるんだ。

「……家を継ぐということは、そこまで重要なことなのですか」

あ、父親がさらに揺らいでいます。気圧《けお》されたように、半歩後ろに下がりました。普段穏やかなアレックス様までがいつになく強硬な態度を取っているのですから、それも仕方ないでしょう。

「な、何を言うか。当然だろう。一家の主となるか、一家のお荷物となって一生を過ごすか。大違いだ。娘をわざわざ日陰に追いやるような真似、親としてできるものか！」

「僕はドロシーを愛しています。僕は彼女を幸せにするためなら何でもいたします。分家を作ってもらってもいいし、商売を始めてもいい。僕のその思いは、認めていただけないのでしょうか」

「思いなど、何の役にも立たん！　分家だ、商売だ⁉　あり得ん。お前のような価値のない人間に、娘はやらん！」

ドロシーの父親が力いっぱい言い放ったその言葉に、私は必死に笑いをこらえるはめになりました。だってアレックス様は、ユスト伯爵家の跡継ぎになることが内定しているのですから。あの父親の価値観からすると、アレックス様は無価値どころか、あの父親よりずっとずっと上です。

どうにかこうにか笑いをこらえて、背筋《せすじ》を伸ばし小さく咳払《せきばら》いをしました。さて、そろそろ私の出番です。よし、頑張ろうっと。

隠れ場所を出て、精いっぱい優雅に歩き出しました。そのまま、玄関で言い合っている二人に近づいていきます。二人の視線におっとりとした笑みで応《こた》えて、ゆっくりと口を開きました。

「アレックス様、お祝いを申し上げるのを忘れておりました」

「お祝い、だと？」

先に反応したのはドロシーの父親でした。彼ににっこりと上品に笑いかけ、前もって準備しておいた言葉を口にします。とびきり晴れやかな、明るい声で。

「はい、ルーリエ様。アレックス様はこのたび、ユスト伯爵家の跡継ぎとなられることが決まったのだと、そう聞いております」

私が投げかけた、たったそれだけの言葉。それは、おかしくなるくらいにばっちり効きました。

ドロシーの母親は目を見開いて、ぽかんと口を開けたまま硬直しています。そして父親は真っ赤になったと思ったら真っ青になり、今度は冷や汗をかきながら赤くなっています。人間って、ここまでせわしなく顔色を変えられるものなのですね。びっくりです。

そんなことを思いつつ、さらに追い打ちをかけてやります。手加減はしません。

「そして、アレックス様。フェルム公爵夫人から、お祝いの言葉をあずかっております。『あなたのような素晴らしい方が次の当主となるのなら、ユストの家はますます栄えるでしょう』と」

実は、フェルム公爵夫人が誰なのか私には分かりません。ただミランダさんから、もしこういう状況になったらこう言え、と教わった言葉をそっくり喋っているだけで。

しかしその名前は驚くほどの効果を発揮したようで、ドロシーの父親は真っ白になって口をぱくぱくさせていました。陸に打ち上げられた瀕死《ひんし》の魚そっくりです。それも仕方ないかな。公爵って、男爵よりも、それどころか伯爵よりもずっと上だし。同じ貴族とはいえ、ほぼ雲の上の、別世界の人。

「お前……いや、あなたが、次のユスト伯爵……」

「なんて、立派な家に……ドロシー、あなたがそちらに嫁いでくれれば、ルーリエの家も安泰ね」

うわあ、予想以上に見事な手のひら返し。このままいけば、ドロシーは未来のユスト伯爵夫人。ルーリエ男爵夫妻からすれば、格上の家との強いつながりが得られるということを意味します。だからって、ここまで豪快に態度を変えるのはちょっと……恥とか、ないんでしょうか。

そんな風に感じたのは私だけではなかったようで、アレックス様は厳しい目をしてきっぱりと言い切りました。

「僕はドロシーと結婚します。しかし今のあなた方を、父母と呼びたくはありません」

そして、ドロシーが言葉を続けます。ためらうことなく、胸を張って。

「わたしはずっと、アレックス様と一緒になりたいと懇願していました。でもお父様とお母様はその思いを踏みにじり、わたしをあのバーナード様のところに嫁がせようとしました。どれほどわたしが嫌だって言っても、これっぽっちも聞いてくださらなかった」

ドロシーの目には、思わず惚《ほ》れ惚《ぼ》れするほど強く美しい光がきらめいていました。

「だからわたしは、あなた方を捨てる覚悟を決めたんです。わたしを不幸にする人たちなんて、もう親じゃないって」

一生懸命になるあまり少し涙ぐんでいるドロシーを抱き寄せて、アレックス様が毅然とした態度でドロシーの両親を見据えます。

「ルーリエ殿、夫人殿。どうかお引き取りください。そして、さようなら」

何も言えずに呆然とする二人を残し、幸せな恋人たちはその場から立ち去っていったのでした。

「……以上が、私がドロシーに同行して見てきたものの全てです！」

両親との対決の後、ドロシーとアレックス様に見送られ、私はまた修道院に戻ってきました。そうして戻ってくるなり、「早く全部喋りなさい!!」と血相を変えたみんなに出迎えられたのです。やっとのことで話し終えると、みんなは今の話についてわいわいと語り始めました。私をそっちのけで。

「ああよかった、ドロシーはちゃんとアレックスと結ばれるのね」

「アレックスにならば、安心してドロシーを任せられそうよね。……実物、見てみたかったわあ」

「ドロシーの両親も、これで少しは心を入れ替えるんじゃない？　生まれて初めて、娘にがつんとやられて。劇的な和解とか、あるかしら？」

「どうかしらねえ。結構自己中心的な似た者夫婦みたいだし……」

「まあその辺りのところも、アレックスがいい感じにどうにかしてくれるでしょ。彼、人格も能力もあるみたいだし」

「ドロシーがかなり腹を立てているみたいだから、そっちが落ち着いてからでしょうね」

お喋りは止みません。私が口を挟む隙《すき》もありません。

喜ばしい結果になってはしゃぎたいっていうみんなの気持ちは分かるけれど、私にもお疲れ様の一言くらい欲しかった。そうすねていたら、いきなりふわりと頭をなでられました。

「おかえりなさい、アイリーン。色々と大変だったでしょう、お疲れ様。助かったわ」

それはミランダさんの手でした。柔らかくてほんのり温かくていい匂いがします。さっきまでのふて腐れたような気持ちが、すっと消えていきました。

「あ、ミランダさん。いえ、私はずっとドロシーについていただけですから。最後の一押し以外、特に何もしてません」

「いいえ。ドロシーが毅然とふるまえたのは、あなたのおかげだと思うの。すぐ近くで、大切な友人のあなたが見守ってくれていた。だから彼女は頑張れた。きっとそうよ」

「そうでしょうか。……そうだったら、嬉しいな」

ドロシーと過ごした時間は、そう長くはありません。それでも、私にとって彼女はかけがえのない友人になっていました。彼女も、そう思ってくれている気がします。

けれどもう、私が彼女にしてあげられることはありません。それが少し寂しいなと思っていると、みんなの大騒ぎを眺めていたミランダさんがゆっくりとこちらに向き直りました。

「あとはただ祈りましょう、アイリーン。どうかあの二人が末永く幸せであるように、って」

「祈る、ですか？」

「そう。だって私たちは、これでも一応神に仕える修道女なのよ。だからきっと、祈りは届くわよ。……個人的には、神ってあんまり信用してないけれど、ね」

いたずらっぽくそう言ったミランダさんの顔には、まるで子供のように純粋で、晴れた日の空のように透き通った笑みが浮かんでいました。

3. 鋼鉄の淑女は夢を見る

アイリーンの活躍もあって、ドロシーの問題は片付いた。風の噂《うわさ》によると、それからもドロシーとアレックスは仲良くやっているらしいし、ドロシーの両親も大いに反省したらしい。

あのドロシーが、今では幸せに暮らしている。そのことはとっても喜ばしかった。ただ私たちは、どうにも物足りない日々を送っていた。いつも通りに過ごしているのに、満たされない。理由は明らかだった。

「ねえミランダ、また何か面白《おもしろ》そうな騒動はないの……?」

「ぱあっと大騒ぎできるような、解決し甲斐《がい》のある問題がいいわ……」

みんなは口々に、そんなことを訴えていた。ヘレナにドロシー、二人の乙女《おとめ》の困りごとに関わったからか、みんなは問題を解決するのがすっかり癖になってしまっていたのだ。しかしそんなことを私に訴えられてもどうしようもない。修道院に助けを求めてくる乙女なんて、そうそういないだろうし。

そう、思っていたのだけれど。まさかこんなことになるなんて、ねえ。

午後の気《け》だるいひと時。いつものように修道院の中をふらふらしてから、食堂に顔を出す。ちょっぴり、笑いをこらえながら。

そのまま、入り口近くの机に近づいていった。そこには数人の修道女がぐったりと座っている。互いに目を合わせないまま、力のない声でだらだらと喋《しゃべ》っていた。

「また、何か興味深い騒ぎが起こらないものかしら……」

「ドロシーの時は本当に面白かったわね……人助けもできたし……」

「ヘレナにあれこれ教えるのも、楽しかった……」

「もっと血沸《わ》き肉躍《おど》る騒動に巻き込まれたい……刺激が足りない……」

「そうねえ……いっそ外の友人に、騒動を探してもらおうかしら……」

微動だにしないままそんなお喋りを続ける彼女たちに、明るく声をかける。

「みんな、退屈そうね？」

そう言いながら、さりげなく手にしたものを見せつける。大きさの割に妙に分厚く、上品な字がきちんと並んでいる封筒を。

「ミランダ、まさかそれって……」

「もしかして、また手紙が来たの!?」

「誰から誰から!?　見せて!!」

今までぐったりとしていたのが嘘《うそ》のように、全員が同時に飛び起きた。そんな彼女たちに、ゆったりと告げる。

「臨時の報告会を開くから、みんなを集めてちょうだい。そうね、ここでやりましょうか」

次の瞬間、彼女たちは四方に散っていた。ある者は食堂の外に飛び出していき、またある者は食堂

るのかしら。それでもひとまず、いつもの決まり文句を口にしてみた。

「……ようこそ、修道院へ」

「ここは追放された女たちの楽園よ……？」

すると、間髪をいれずにグレースが口を開いた。生徒の間違いをただす教師のような声と表情で。

「いえ、わたくしは追放されていませんわ。ヘレナの勧めで、自らここに来たのですから」

どうにもこうにも、取りつく島がない。仕方ない、根気よく守りを崩していくしかなさそうね。

小さくため息をついて、グレースの前に進み出る。瑠璃色の視線がこちらに向けられた。鋭すぎて、射抜かれてしまいそう。この子、美人なのだから、微笑《ほほえ》んでいればとっても可愛《かわい》いでしょうに。

「ようこそ、グレース。私は院長のミランダよ。ちょっと話したいのだけれど、いいかしら」

「はい」

やはり彼女は、礼儀正しくそう答えた。悩みも悲しみも苦しみも、その声からは感じ取れない。おかしいわね。ヘレナの手紙によれば、グレースも何か困りごとを抱えているはずだ。私たちも、それらしい情報はつかんでいる。なのに当の本人からは、そんな雰囲気がみじんも感じ取れない。

内心大いに首をかしげつつ、さらに言葉を投げかけてみた。ちょうど、ドロシーにしたのと同じような話を。

「グレース、あなたはルーン伯爵家の跡取りケネスとの婚約が決まっている。けれどあなたは、そのケネスのことで悩んでいる。そうでしょう？」

「……はい」

ようやっと、グレースの表情が少しだけ変わった。その目元が、かすかに引きつったのだ。それを見て取ったみんなが、一斉に喋り出す。今だ、畳みかけろと、そう言わんばかりの勢いで。

「ケネスって人懐《ひとなつ》っこいからか、やたらともてるみたいね。いつも女の子に囲まれてるって聞いたことがあるわ。やっぱりグレースも、それに不満があるんじゃない？」

「美形すぎると逆にもてなかったりするんだけど、その点ケネスはほどよい美形らしいわね。手の届きそうな感じと親しみやすさを備えているっていうか。でもそれが婚約者となると大変よね」

「というか彼、しょっちゅうお茶会を開いてるって聞いたわよ。女の子もたくさん呼んで」

あら？　グレースがほんの一瞬、まばたきするよりも短い間だけ、表情を変えたような。弱々しく目を伏せて……さっきまでの態度とはまるで違うけれど、気のせいかしら。

彼女のそんな表情には気づかなかったのか、みんなはさらに元気に喋り続けている。

「あらあらあ、つまりケネスはグレースとの婚約が決まったというのに、彼女をほったらかしでよその女と親しくしている、ということかしらねえ」

「いかにも潔癖そうなグレースには、ちょっと厳しい状況じゃない？」

「だったら、そんな男とは別れてさっぱりしちゃえば？　婚約を破棄できるよう、手を貸すわよ？」

そう言って、みんながグレースをちらりと見た。あなたの悩み、これで合ってるわよね。そんな目つきで。

ところがグレースは、またしても思いもよらない言葉を返してきたのだった。

「違いますわ！」

彼女は怒っているような、けれど泣きそうな表情で叫んだのだった。あっけに取られたみんなが、ぴたりと口をつぐむ。震える声で、彼女はさらにつぶやいた。

「わたくしは……ケネス様のもとに嫁ぎたい。婚約破棄など、絶対に考えられません」

「グレース、どうしてそう思うの？　婚約を破棄して、親をがっかりさせたくない……とかかしら？」

「それも、違います」

私の問いかけをきっぱりと否定すると、グレースはそのまま口を閉ざしてしまった。ためらっているように視線をさまよわせ、うつむいて。そうして彼女は、ぽつりと言った。

「わたくしは……ケネス様を、愛しているんです」

誰も、何も言わない。みんな、グレースの言葉に驚きを隠せずにいた。愛だ恋だという言葉とは無縁そうなお堅いグレースが、ちょっぴり浮気性のケネスのことを愛していると言い切るなんて、さすがの私たちも予想していなかった。

それはそうとして、私はグレースの表情が気になってしまっていた。今、彼女が恥じらっているのは間違いないのに、ほとんど顔に出ていない。もしかすると彼女って、恐ろしく感情表現が苦手なのかも。きっとそのせいで、余計に怖く見えるんだわ。何とかできないかしらね、あれ。

気になることはもう一つあった。彼女はケネスのことを愛していると言い切った。そこまで覚悟を決めているのなら、どうしてヘレナは私たちを頼ったのだろうか。どうしてグレースはここに来たのだろうか。

浮気性の夫に苦労している妻なんてたくさんいる。彼女たちは夫を叱りつけたりなだめすかしたりしながら、どうにかこうにか折り合いをつけているのだ。これだけの強さを備えるグレースであれば、そうやってケネスの手綱《たづな》を取っていくことも可能だと思うのだけれど。

おそらくグレースは何か別に、本当の悩みを抱えている。それを聞き出し解決することを、きっとヘレナは望んでいるのだと思う。たぶん、ヘレナはグレースの本当の悩みについてうっすら気づいているのだろうけど……グレースに配慮したのか、あるいは確信が持てなかったのか、手紙には何も書かれていなかった。

でも、一筋縄ではいかなさそうね。あっさりここになじんだヘレナや、素直に助けを求めてきたドロシーとは違い、グレースはとにかく守りが堅い。しかも、はしゃぐみんなに戸惑っているのか、余計にかたくなになっているように見える。仕方ない、ここはいったん仕切り直しましょう。

「……あなたの気持ちを聞かせてくれてありがとう、グレース。ひとまず、部屋に案内するわ。今日はもう、ゆっくりと休みなさい。細かい話は、また今度にしましょう」

できるだけ穏やかにそう言うと、グレースはわずかにほっとしたような顔をした。落ち着き払っているように見えた彼女も、やはり慣れないこの状況に緊張していたらしい。年頃《としごろ》の女性らしいそんな様子に、思わず笑みがこぼれた。

しかしみんなは、それが不満だったらしく、一斉にうめき声を上げている。

「ええっ、もう解散なの？」

「もうちょっと話をしたかったのだけれど……」

そんな未練がましい声を無視して、グレースを連れて食堂を出ていった。

「ここがあなたの部屋よ。何か困ったことがあったら、誰でもいいから気軽に尋ねて。みんなあなたに力を貸したくてうずうずしているし、何でも教えてくれるから」

グレースは自室となる部屋を静かに眺めていたけれど、やがてこちらに向き直った。

「ありがとうございます。……ヘレナから聞いていた通り、ここの方々は親切なのですね」

「ふふ、素直に言っちゃってもいいのよ、おせっかい焼きばっかりだって」

冗談めかしてそうささやくと、やっとグレースは小さく笑った。先ほどまでの堅苦しい雰囲気が消え、ひどく可愛らしい表情になる。

「あら、あなたって笑うととっても可愛いのね。好きだわ、その表情」

思ったままを口にすると、彼女は目を見開いた。それからぷいと視線をそらしてしまう。その耳がちょっと赤い。

「可愛いだなんて、そんな……」

「自信を持ちなさいな。まるで花が開くような、素敵な笑顔だったわよ」

恥じらうグレースがあまりに可愛らしかったので、ついついそんな言葉を重ねてしまう。彼女は困ったように胸に手を当てて、口をとがらせていた。こうしていると、ごく普通の令嬢そのものだ。

と、彼女が思いもかけないことをつぶやいた。

「……あなたは、少しだけケネス様に似ていますわ」

あら、それってどういう意味かしら。思わず首をかしげると、グレースはあわてて首を横に振った。

「あ、いえ……彼も、そうやってわたくしの笑顔を褒めてくれたんですの」

そう言いながらこちらをうっとりと見つめてくる彼女の、愛らしいことといったら。頬《ほお》をほんのりと染めて、柔らかく目を細めて。彼女にとってどれほどケネスが特別なのかが、一目で分かる表情だった。この子、こんな表情もできたのねえ。驚きだわ。

「ふふ、あなたは本当に、ケネスのことが好きなのね。……いずれ気が向いたら、あなたの悩みごとを話してくれると嬉しいわ。私たちは、あなたの力になりたいのよ」

私の言葉に、グレースは落ち着いた様子でうなずいていた。けれどその頬には、さっきの淡い桜色がほんのりと残ったままだった。


そうして、グレースはこの修道院で暮らし始めた。

私たちの生活は、ちょっとだけ変わった。ヘレナやドロシーの時みたいに、報告会はしばらくお休みにした。それとは別に、食堂でのお喋りや大騒ぎもかなり控えることにしたのだ。うっかり私たちの普段の姿を見せてしまったら、真面目《まじめ》なグレースは卒倒するかもしれないし。

一方のグレースは、模範的そのものの修道女として過ごしていた。毎日規則正しく生活し、空いた時間は礼拝堂のそばにある小さな礼拝室で神に祈りを捧《ささ》げたり、静かに読書に没頭したり。

それにしても、あの礼拝室が本来の用途で使われるのって何年ぶりかしらね。普段は、少人数で集まって内輪のお喋りをする場になっているし。

今日も今日とて、グレースは礼拝室にこもっている。その隙をついて、私たちは食堂に集まっていた。彼女に見つからないように、こっそりと作戦会議をしていたのだ。

「……ねえ、誰かグレースの悩みを聞けた？」

一人が発したその問いに、全員が難しい顔で首を横に振る。声をひそめて、みんなに呼びかけた。

「だったら別の角度から当たってみましょうか。彼女はケネスに関することで悩んでいる。それだけは確かだから。ケネスについての情報を、まとめ直してみるのはどうかしら」

今度は、全員が神妙な顔で首を縦に振った。そしてすぐに、様々な情報が飛び交い始める。

「ケネスの屋敷に勤めているメイドからの情報なのだけれど、ケネスって意外にも、女の子と深い仲になったことはないみたいね」

「つまり、お茶会や舞踏会には気軽に顔を出しまくって女の子と仲良くしまくる割に、手は出さないってこと？」

「そうみたいね。とにかく、可愛い女の子と気軽にたわむれていたいっていうだけの男みたい。というか、男女関係なく顔が広いっていうか……」

「……それはそれで、たちが悪い気もするのだけど」

みんなの言葉を聞いて、思ったことを述べてみる。

「聞いた感じでは、ケネスはそこまでひどい男ではなさそうだけれど……グレースの悩みの内容によっては、一度がつんと痛い目にあわせる必要があるかもしれないわね。判断が難しいわ」

私のそんなつぶやきに、みんながうんとうなり始めた。困っている。

「根っからの駄目男なら、遠慮なくとっちめられるのだけれど……ほら、マーティンやバーナードみたいに。あれはすっきりしたわあ」

「でもケネスにおしおきをしたら、グレースは悲しむんじゃないかしら。好きだって言ってたし」

「同感だわ。どうしてあんな真面目な子が、あんなふわふわした男に惚《ほ》れ込んじゃったのかしらねえ」

「そうよねえ。彼女の思いを尊重するなら、もっと穏便な、別の方法で解決するしかないんじゃないかしら。……具体的に何をどうすればいいのか、まったく思いつかないのが困りものだけど」

「やっぱり、グレースの悩みについてもうちょっと情報を集めてからでないと……」

みんながため息をついて黙り込んだその時、アイリーンが勢いよく立ち上がった。

「だったら、ミランダさんがグレースに聞いてみたらいいと思います！」

「えっ、私が？　……アイリーン、あなたの方が年も近いし、適任じゃないかしら。ほら、ドロシーの時みたいに」

あわてててアイリーンに言い返すと、彼女は小さく舌を出しながら苦笑してみせた。

「実は私、グレースにちょっぴり警戒されちゃってるんです。彼女はとっても真面目だからか、私とはあんまり合わないみたいで」

確かに、開けっ広げでぐいぐいと距離を詰めていくアイリーンは、慎《つつ》ましやかなグレースとはあまり相性が良くないかもしれない。

「だからここはミランダさんの出番です。彼女、ミランダさんに一番心を開いてますから」

その言葉に、そうだそうだと同意の声が上がる。ちょっと待って、初耳よ、それ。

「え、そうなの？　あの子、やっぱり今でも礼儀正しいのだけれど」

「でも彼女、ミランダさんといる時だけ表情がちょっぴり柔らかいんですよ！」

心当たりがあるような、ないような？

「気づいてないの、ミランダ？　はたから見てたらよく分かるわよ」

「ともかく、グレースに一番近づけるのはあなたみたいねえ」

さっきまで黙りこくっていたくせに、あっという間に活気づいてそんなことを言っているみんな。どうにかして私をやる気にさせようと、そう企《たくら》んでいるのが見え見えだ。

とはいえ、行き詰まっているのは確かだし、ちょっと乗せられてみましょうか。

「……そうね。だったらちょっと、あの子と話してくるわ。駄目で元々、期待せずに待っていて」

みんなにくるりと背を向け、食堂の出口に向かう。背後から、たくさんの声援が聞こえてきた。


その足で、グレースがいるだろう礼拝室に向かう。彼女が祈りを捧げるようになってから、みんなはあの部屋に近づかなくなった。彼女の祈りをうかつに邪魔すると、あの鋭い視線でにらみつけられてしまうから。

覚悟を決めて、そろそろと礼拝室の扉を開ける。すぐに、祈るグレースの姿が目に飛び込んできた。彼女の持つ高潔で清廉《せいれん》な雰囲気と相まって、まるで一枚の宗教画のような光景だった。

「……あ、ミランダさん、何か御用でしょうか」

私に気づいたグレースが祈りを中断し、こちらを向く。にらまれなかった。確かに、私には多少なりとも気を許してくれているのかしら。

「ちょっと、ね。あなたと話がしたくて。都合が悪いなら出直すけれど」

「いえ、大丈夫です。ここでいいですか？」

グレースはそう言って、礼拝室にある椅子《いす》を勧めてきた。向かい合わせに座って、深呼吸を一つ。変に持って回った言い方をしても、たぶんするりとかわされる。ならば、正面から切り込もう。

「実はね、ずっと気になってたことがあったの」

私の声音に何かを感じ取ったのだろうか、グレースの表情がすっと引き締まった。

「あなたはケネスを愛していると言ったわね。けれどケネスは女性にとても甘い。そんな彼とこのまま結婚して、あなたは幸せになれると思う？　ああいう男性の手綱を取るの、結構大変よ？」

「それは……わたくしは器用ではありませんし、ケネス様の行動を縛るなんて、とても……。ですから、ケネス様がわたくしのほうを見てくれる日をひたすらに待つことにしましたの」

「心の強いあなたなら、ひたすらに待ち続けることもできるかもしれないわね。でも、それが報われるとは限らない。……私みたいに、ね」

グレースの純粋でまっすぐな思いは、まぶしくて美しい。けれどこのままでは、おそらく彼女は幸せになれない。彼女の本当の悩みが何なのかはまだ分からないけれど、この問題も放っておけない。

「かつて私も、女癖の悪い夫に手を焼いていたの。もう、何年も前」

静かに、淡々と告げる。ヘレナの時といい、私は不思議なくらいに素直に過去を口に出せていた。

いつもは心の奥に押し込めて、忘れたことにしている記憶なのに。

「いつか夫が振り向いてくれるかもしれないって、私はそう信じてずっと待っていた。でも結局、夫は私を裏切り、私をここに放り込んだ。……ここでの暮らしはとても楽しいし、こうなって良かったとは思っているわ。これはこれで、幸せなの。だけど……」

ことさらにゆっくりと、一言ずつ噛《か》みしめるようにして言葉を紡《つむ》ぐ。

「……グレース。あなたの望む幸せは、そういった形のものではないでしょう？」

私のそんな問いかけに、彼女は無言でうなずいている。と、思いもかけないことが起こった。軽くうつむいた彼女の滑らかな頬を、涙が一粒転げ落ちていったのだ。

「誰かを悪く言うのは、はしたないと思います。でも、言わせてください。ミランダさんをそんな目にあわせるなんて、あなたの夫はひどい人間ですわ！」

「ありがとう、グレース。私のために悲しんでくれるのね。あなたはとてもまっすぐで、優しくて……だからこそ、その優しさにケネスが甘えて好き勝手するのを止めたいの」

すると、グレースがぱっと顔を上げた。まだ涙に濡《ぬ》れたままの目で、まっすぐに私を見つめてくる。

「甘えて好き勝手だなんて、ケネス様はそんな方ではありません！」

「ええ、おそらく彼に悪意はない。ただ、どうしようもなく無邪気で能天気なのでしょうね」

そう返したら、彼女は言葉に詰まっていた。どうやら、そこのところには気づいていたのね。

「私は……私たちは、あなたに幸せになって欲しいの。……だからどうか、聞かせてくれないかしら。あなたの本当の悩み、本当の望みを」

「わたくしの、本当の……望み？」

「ええ。あなたが何に悩んでいるのか、何を望むのか。そういったことを教えてくれれば、私たちはあなたの力になってあげられる。かつてヘレナに、ドロシーに力を貸したのと、同じように」

そうして、とびきり甘く優しくささやきかけた。最高の微笑みを添えて。

「私たちは、あなたの味方よ、グレース」

グレースの目が、大きく見開かれる。その頬が、見る見るうちに赤く染まっていった。小さな唇を薄く開いて、かすかにため息を漏らして。まるで恋人を目の前にした乙女のような、見事な表情だ。

その普段とはまるでかけ離れた様子に、こっちが動揺してしまう。私、そこまでとんでもないことを言ったかしら。内心おろおろしていたら、グレースがゆっくりと口を開いた。

「……わたくし、ケネス様に初めてお会いした時に、褒めていただいたんですの。笑顔が可愛い、って。そんな風に言われたのは、生まれて初めてでした。ですからあの方は、わたくしにとって特別な方。わたくしの、初恋でしたの」

その声には、隠しようのない恥じらいと、そして初々《ういうい》しいときめきがにじんでいた。

「偶然、あの方との婚約が決まった時は、本当に嬉しかった……けれど彼は、たくさんの方に愛されている方ですわ。そんな彼をこんなわたくしが独占しようなんて、身の程知らずなのです。……わたくしはこの通り面白みに欠けた、愛想のない女ですから」

色々と口を挟みたいところはあるけれど、今は我慢だ。彼女の話を邪魔してはいけない。

「ですからわたくしは、ケネス様の行いをとがめるつもりはありません」

諦めのような表情を浮かべて淡々と語っていた彼女の顔が、不意に苦しげにゆがむ。

「でも、少しだけわがままを言うことが許されるのなら……わたくしは、ケネス様の一番になりたい。彼が他の女性たちと親しくしていても妬《や》かずに済むような、そんな自信が欲しい」

ああ、これが彼女の本当の悩みだったのね。この望み、何としても叶《かな》えてあげないと。安堵《あんど》とやる気がわき起こってくるのを感じながら、グレースに微笑みかける。

「ありがとう、グレース。あなたの悩みを、望みを教えてくれて。……それじゃあこれから、その望みを叶えるために頑張りましょうか！　大丈夫よ、私たちがついてるから、どんと任せて」

「え、ですが、こんな大それた望みを……」

「大それてなんかいないわよ。恋する乙女としては、ごく当たり前の望みじゃないの。それに幸せは、自分からつかみ取りにいかなくちゃ、ね？」

くすくすと明るく笑う私に、グレースはどぎまぎしながらもこくりとうなずいた。

「は、はい……」

「ふふ、そうと決まればさっそくみんなのところに行きましょう！」

返事を待たずに、グレースの手を引いて立たせる。それから二人一緒に、礼拝室を飛び出していった。

「みんな、やることが決まったわよ！」

食堂に戻るなり、大きな声で叫ぶ。じれったそうに待っていたみんなの表情が、期待に輝いた。

「あ、あの、ミランダさん？」

すぐ後ろから、グレースが呼び止めてくる。ちょっぴり状況についていけないのか、少しばかり上ずった声だ。それを聞かなかったことにして、さらに声を張り上げた。

「ケネスをグレースにべた惚れさせるのよ！　よそ見できなくなるくらいに！」

一瞬の沈黙。そして、食堂中に特大の叫び声が響き渡った。

「なるほど、グレースを改造するのね!!」

「改造だなんて人聞きの悪い。特訓とかレッスンとか、そういうことでしょ」

「どっちでも同じよ。隠れていた魅力を引っ張り出して、とびきり素敵な女性にしちゃえばいいんだもの！　グレース、素材はいいからやりがいがあるわ」

「あ、でもそれなら時間稼ぎが必要よね。彼女を鍛え上げる間、ケネスが他の女性によそ見しないよう封じ込めておかないと」

「そうねえ……何か噂でも流してみる？　令嬢たちが、ケネスに近づきにくくなるような」

あっという間に、みんなは大騒ぎを始めてしまった。とっても生き生きした顔で、あれこれと楽しそうに話し合っている。ちらりと背後に目をやると、呆然《ぼうぜん》とした顔のグレースと目が合った。

「あの、わたくし……どうなってしまうのでしょうか？」

「大丈夫よ。心配しないで。悪いようにはならないから」

たぶんね、という言葉を呑み込んで、笑顔で答える。そんな私たちのところに、数人の修道女が近づいてきた。眉間《みけん》に薄くしわを寄せて。

「ひとまず、ケネスの周りから女性を遠ざけるための噂を考えてみたのよ。ただ……」

「ささやかな嘘を混ぜればどうにかなりそうなんだけど、ちょっと微妙な内容になっちゃって……」

「グレースに確認を取らずに流すのは、ちょっとまずい気がして。聞いてもらえる？」

そうして彼女たちは、声をひそめてその噂について話し始めた。耳を傾けているグレースの顔が、どんどん険しく引きつっていく。それを見ながら、小声でつぶやいた。

「……『ケネスはああ見えて、かなりの甘ったれ。婚約者と二人きりの時は子供のようになってしまう。膝枕《ひざまくら》が大好き』……またとんでもない噂を思いついたわね」

確かにその噂なら、ケネスに近づく女性を減らせるだろう。今の社交界では、頼りになる大人な雰囲気の男性が人気だから。ちょうど、ドロシーと結ばれたアレックスみたいな男性が。

みんなの視線が、グレースに注がれる。彼女は乱れた呼吸を必死に整えようとしているのだろう、胸に手を当てて肩を上下させていた。怒っているのかしら。しかし彼女は少しして、戸惑いがちに言葉を返してくる。

「……その……ケネス様には申し訳ないですが、その噂で、いいと思いますわ……といいますか、本当にそうなったらいいなって……あ、すみません、今のは忘れてくださいませ」

どことなく嬉しそうな彼女の返答に、みんなが興味深そうに目を見開く。あ、これ怒ってるんじゃなくて、照れてるんだわ。本当にもう、分かりにくいんだから。

「分かったわ、任せておいて！　グレース、あなたが本当にケネスと仲良くいちゃいちゃできるように、私たち頑張るから！」

そう言って、修道女たちは意気揚々と私たちのそばを離れていく。

「いちゃいちゃ……ちょっと憧れますわ……いえ、そんなはしたないことを……ああ、でも……」

一方のグレースはほんのり頬を染めて、そんな言葉をこっそりと繰り返していたのだった。


そして気づけば、盛大な作戦会議が始まっていた。グレース抜きのひそやかなものではなく、グレースも巻き込んで、にぎやかに。

「じゃあ本題に入りましょうか、ケネスをグレースにべた惚れさせる、具体的な対策について」

「グレースの魅力を磨くのは当然として……どうせなら、ケネスの好みにちょっと寄せてみるのもありじゃない？」

そんな提案に、別のほうから気まずそうな声が返ってくる。

「それなんだけど……ケネスはか弱い女性、思わず守ってやりたくなるような女性が好みだって、そう聞いた覚えがあって……」

それまでわいわいと騒いでいたみんなが、ぴたりと黙った。自然とその視線が、グレースに集まっていく。妙に気まずい空気が、辺りに漂い始めていた。

思わず守ってやりたくなるような女性。例えばこないだここに来ていたドロシーなんかは、まさにケネスの好みのど真ん中だろう。でもそうなると、グレースは少々厳しい気がする。時折愛らしい表情を見せるものの、彼女は上品で高潔で強そうな雰囲気の女性だから。

隣でうつむいているグレースを気遣《きづか》いつつ、そろそろと口を開く。

「でも、今からグレースがそういう弱々しい女の子になるのは難しそうだし、無理をしてケネスの気を引いても、長続きはしないわ」

グレースが肩をこわばらせ、膝の上でぎゅっと拳《こぶし》を握った。ごめんなさい、でもちゃんと代わりの案は考えたから。心の中で謝って、声を張り上げる。

「けれど、グレースにも可愛らしいところはちゃんとあるわ。だから、それをきちんとケネスの前で見せてやればいいと思うの。ケネスを魅了できれば、それでいいのだから」

「あの、具体的に何をどうすればいいのでしょうか……わたくし、努力は惜しみませんが……」

その声に振り向くと、グレースが顔を上げて自信なげにこちらを見ていた。途方に暮れているような表情に、また申し訳なくなってしまう。

「そうねえ……あなたの場合は何かを努力するというよりも、肩の力を抜くことが必要だと思うのよ」

今までの彼女のふるまいを思い出しながら、さらに答える。

「あなた、時折無意識に可愛らしい表情を見せているの。笑顔なんか特に素敵。……ああいった一面をもっと積極的に出せるようになれば、それで全部解決しちゃうんじゃないかしら」

するとと周囲から、一斉に不満の声が上がった。

「ちょっとミランダ、そんな表情を見てるの、たぶんあなただけよ！」

「グレースの笑顔⁉　うわあ、私も見たかったです！　というか、これから見せて欲しいです！」

アイリーンのひときわ大きな叫び声に、そうだそうだとみんなが唱和する。その熱意にグレースがたじろいでいるけれど、みんなはお構いなしに騒いでいた。

「ねえ、いいこと思いついた。ミランダがつきっきりでグレースの面倒を見てあげたらいいんじゃない？　ミランダに見せている素敵な表情をもっと引き出して、ケネスにも見せられるように一緒に訓練していく。ほら、ばっちりだわ！」

「じゃあ、グレースはミランダに任せて、私たちはケネスのほうを何とかしましょう」

「さっきの噂を流す以外にも、できることがありそうですしね」

「ケネスの男友達に頼んで、それとなくケネスをたしなめてもらうのはどうかしら。婚約者がいるのだから少し行いを慎めとか、そんなことを言ってもらうの」

「やってみる価値はありそうね。あ、そうだ。ついでに、グレースのことが気になっちゃうような噂をケネスの耳に入れてもらうのはどう？」

「あら素敵！　いいこと思いつくじゃない！」

もう、口を挟む隙がない。というか、ケネスのほうは任せておいても大丈夫そうだ。小さくため息をついて、グレースを見る。

「……ひとまず、場所を変えましょうか」

「……そうですね」

グレースは、やはりこの状況についていけないといった顔でそっとうなずいていた。

二人で食堂を出て、私の自室にやってきた。ここなら院長室みたいにみんなが気軽に駆け込んでくることはないから、ゆっくり二人で話せる。そうしてグレースに椅子を勧め、私も向かいに腰かけた。

「さっそくだけど、ちょっと試してみたいことがあるのよ。そのまま動かないでね」

そう言って、グレースの顔をまじまじと見つめる。ちょっとずつ顔を近づけながら、じっと熱い視線を送ってみた。と、彼女は恥じらうように目をそらして真っ赤になった。

「不思議ねえ。どうして私には、そんな愛らしい表情を見せてくれるのかしら。心当たりはある？」

「あ、あの、ミランダさん、顔が近いですわ……心当たり………と、特に、ありません……」

首をかしげつつまっすぐに座り直し、もう一度グレースに声をかける。

「それじゃあグレース、次は私をケネスだと思ってふるまってみて。彼相手だと、どれくらい雰囲気が変わるのかが知りたいのよ。難しいかもしれないけれど、一応試してもらえると助かるわ」

「ミランダさんが、ケネス様、ですか……」

恥じらっていたグレースが、ふっと真顔になる。さっきまでの愛らしい表情は、もう消えてしまっていた。すっと背筋が伸びて、慎ましやかに目を伏せて。それは、模範的な淑女そのものの姿だった。

あらまあ、なんて見事な変わりよう。じゃなかった、これは良くないわ。

眉間にしわを寄せながら、とっさに口調と声音を男らしいものに変えて尋ねてみる。

「グレース、それが普段ケネスと会っている時の姿なのかな？」

私がこの修道院に来て学んだことの一つに、演技の仕方なんてものもあった。私は背丈もあるほうなので、青年の演技がよく似合っているとみんなには言われている……のはいいとして、グレースは澄ました顔のまま、ゆっくりとうなずくだけだった。ううん、困ったわ。

「どうか、君の素敵な笑顔を見せてくれないか。僕は君の笑顔が好きなんだよ」

本気で口説《くど》くつもりで、ひときわ甘くささやいてみた。どうにかして彼女の守りを崩せないかと、そう考えて。

しかしグレースが浮かべた笑みは、今までに見た可愛らしい笑顔とはまるで違うものだった。上品で、しとやかで、優雅で。どっちかというと作り笑顔ね、これ。もっとも、よくよく見ると彼女の頬はわずかに赤く染まっている。照れているのは間違いない。

問題は、グレースが照れていることがぱっと見ものすごく分かりにくいということだ。彼女の自然な表情を見慣れた私だからどうにか分かるのであって、ケネスはまずこの笑顔に隠された恥じらいには気づかないだろう。彼は天真爛漫《てんしんらんまん》な分、少々鈍いのだと聞いているし。

ううん、厄介《やっかい》だわ。一つ咳払《せきばら》いをして、今度はいつもの口調で呼びかける。

「……そんな気はしていたのだけれど……あなたは本当に、淑女の鑑なのね」

すると彼女は、ほんの少し口をとがらせた。さっきまでの完璧な淑女の表情とは大違いだ。年相応の、むしろちょっと幼くすら感じられる仕草。ああもう、これをケネスに見せられればいいのに。

「……ミランダさん、その……とがめられているように感じるのは、気のせいでしょうか」

「いいえ、あなたのその生き方を否定する訳ではないの。それはあなたが貴族の令嬢として恥ずかしくないよう、しっかりとしつけられたということなのだから。いい親御さんね」

グレースのこの立ち居ふるまいも、この慎み深い性格も、本来ならば良いことなのだ。……グレースがケネスに恋い焦がれたせいで、ちょっとややこしいことになってしまっただけで。

「ただ、ね……その淑女の表情……礼儀正しい仮面をちょっとだけ、外すことはできない？　いつもじゃなくていいの。愛《いと》しいケネスと二人きりの時だけ。どう？」

彼女は、自分を律することに長《た》けている。というか、長けすぎている。もっと大人の男性であれば、彼女のそんなところを愛らしいと思ってくれるだろうけど、彼女と同年代のケネスにそれを期待するのは難しそうだ。

「淑女の仮面の外し方、ですか……申し訳ありません。分かりませんわ……」

しょんぼりしてしまったグレースに、ことさらに明るく言葉をかける。

「でもあなた、私の前ではとても魅力的にふるまえているのよ？　普段は理性的な淑女が、ふとした時に見せる自然な笑顔、恥じらいの表情……そういうのが好みの殿方って、意外と多いのよ。ケネスだってきっと、あなたの新しい魅力のとりこになるわ」

「は、恥ずかしいことをさらっと言わないでくださいませ、ミランダさん！」

ちょっと不機嫌そうにそう言って、彼女はまた赤くなっている。本当に可愛い。この表情を肖像画に描いて、ケネスに送りつけてやりたい。でも残念ながら、私に絵の心得はない。

ないものを嘆いても仕方がない。いったん、状況を整理してみよう。グレースは、なぜか私に対しては心を許してくれている。だったら次は修道院のみんな相手に慣らしていって、そしていよいよケネス……と進んでいくしかないだろう。かなり時間がかかりそう。

じっくりとグレースの面倒を見ること自体は問題ない。どうせ暇だしね、私たち。でものんびりしているのはまずい。あの手この手を使ってケネスの周囲に女性が近寄らないよう牽制《けんせい》する予定だけど、それでもグレースが長く不在のままだと、他の令嬢が彼をかすめ取ってしまうかもしれないし。

「急いだほうがいいわね。何か、思い切った手段を取らないと駄目かしら……あ、そうだわ」

考え込みながら独《ひと》り言《ごと》をつぶやいていたら、ふとひらめいた。かなり珍妙ではあるけれど、うまくいけばすぐにグレースのふるまいを変えられるかもしれない、そんな方法を。

「グレース、ちょっと聞いてもらえるかしら。一つ、思いついたのよ……」

期待に満ちた目で、グレースが私を見つめる。そんな彼女に、思いついたことをささやきかける。彼女は切れ長の目を思いっきり真ん丸にして、呆然としたまま答えた。はい、やってみます、と。


そんな大騒ぎの作戦会議から、数日後。いつものように廊下をぶらぶらと歩いていた私を、通りすがりの修道女たちが呼び止めてきた。

「ミランダ、あなたどんな手を使ったの？　グレースが見違えるように可愛らしくなってしまって」

「ふふ、秘密よ」

そう答えて片目をつぶり、さっそうとその場を去っていく。「いつか口を割らせてみせるから、覚悟してなさいよ」という楽しげな笑い声を背中で聞きながら。

私のおかしな提案を、グレースはたいそう真面目に実行していた。そしてその結果、彼女はあっという間に、誰に対しても自然な笑顔を向けられるようになっていたのだ。まさかここまでうまくいくなんて、思いついた私もびっくりよ。

笑いを噛み殺しながら廊下をさらに歩いていると、ちょうどグレースに出くわした。彼女は私の顔を見ると、すぐに輝くような笑みを浮かべる。つられて笑顔になりながら、彼女に声をかけた。

「グレース、頑張っているみたいね。うまくいっているみたいで良かったわ」

「全部、ミランダさんのおかげです。……あの提案をされた時は、さすがに驚きましたけれど」

私がグレースにした提案、それは『話している相手を私だと思え』というものだった。こんなことを思いついたのは、彼女が『私をケネスだと思って話せ』という私の指示に、それは見事に従ってみせたからだった。

もしかすると、彼女は割と自己暗示が得意なたちなのかもしれない。だったら同様に、話している相手を私だと思うこともできるはずだ。それに成功すれば、素直で可愛らしい顔を他の人にも見せられるようになるはず。そう考えて、駄目で元々と提案してみたのだ。

そうして彼女は、十分すぎるくらいに私の期待に応《こた》えてくれた。彼女はすんなりと、柔らかく自然に笑えるようになっていたのだ。

変わったのは表情だけでなく、態度もだった。最初の頃のような堅苦しさが抜けた彼女は、修道院のみんなとの距離も近づいていった。

肩の力を抜いて、ゆったりと過ごせるのならいいことだろう。グレースには多少遊び心も必要だし。そんな風に考えていた私は、彼女のそういった変化をもろ手を挙げて歓迎していた。

ただそんなある日、私は思いもかけない報告を受けることになったのだった。

「ミランダさん、ちょっと愉快な……じゃない、大変なことになってます！」

アイリーンがそんなことを言いながら、院長室にひょっこりと顔を出したのだ。大変な、と言っている割に、その顔には緊張のかけらもなかった。むしろ、かなり面白がっている。

「愉快で、大変……？　なあに、それ。緊急事態ではなさそうね。ひとまず、何が起こっているのか聞かせてもらえるかしら」

のんびりと尋ねると、アイリーンは私の腕をしっかりとつかんできた。

「説明するより、実際に見たほうが早いです。すごいことになってますから。ほら、こっちですよ」

「はいはい、分かったわ」

そうして、アイリーンに腕を引かれて歩き出す。たどり着いたのは食堂だった。まあ、ここは大体いつも騒がしいし、少々のことでは驚かない。

ところがそこで繰り広げられていた光景は、想像を遥《はる》かに超える、まったくもってめちゃくちゃなものだった。思わず、目を丸くせずにはいられないくらいに。

まだ昼過ぎだというのに、食堂には多くの修道女が詰めかけていて、そしてなぜか陽気に酒を酌《く》み交わしていたのだ。机の上には酒瓶が並び、床には酒樽《さかだる》が置かれている。むせかえるような酒の匂いと、すっかり酔っ払っているらしい調子っぱずれな歌声が食堂に満ちている。いくらこの修道院が自由だといっても、ここまで羽目を外すのはかなり珍しい。

「……で、これはいったい何の騒ぎなの？」

いつもより低い声ですごんでみせると、あきれるほど上機嫌な声がいくつも返ってきた。

「あらミランダ、あなたも来たのお？　今、みんなでグレースとお喋りしてたところなの」

「そうそう。ケネスについて彼女がどう思っているか、もっと詳しく聞きたいなあって」

「お茶でも飲みながら、とも思ったんだけど、それだと堅苦しくなっちゃうでしょ」

「だから、酒盛りにしたの。みんなでわいわいやってるほうが、グレースも話しやすいだろうし」

「大丈夫、節度は守ってるから。あくまでも淑女らしく、ね。うふふふ」

それなりに筋は通っているけれど、べろんべろんに酔った状態で言われても説得力がない。どうしましょう、この惨状。

額を押さえてため息をついていたら、今度はグレースがふらふらと近づいてきた。彼女の頬は赤く染まり、最高に上機嫌な笑みを顔いっぱいに浮かべている。両手で酒杯をしっかりとつかんだまま。

中に入っているのは……あらやだ、飲みやすいけれどかなり強い果実酒じゃないの。この子にこんなものを飲ませたのは誰なのよ。

「ミランダさん、ごきげんよう！」

「ごきげんよう、グレース。……ご機嫌が良すぎるようにも思えるけれど」

「はい、わたくし今、とっても楽しいんですの！」

明るい声でそう答える彼女も、見事なまでに酔っ払っていた。しかしそれでも礼儀正しさを失っていないのはさすがだった。

「そうですわ、ミランダさんも聞いてくださいませ、ケネス様とわたくしのなれそめを」

私の返事を聞くより先に、彼女はさっさと語り始めてしまった。周囲から、酒臭い冷やかしの声がいくつも聞こえてくる。

「初めてケネス様と顔を合わせたのは、とあるお茶会でした。親しい方がろくにいなかったということともあって、わたくしはお喋りに加わることなく静かにしていました」

その光景が目に浮かぶようだ。和《なご》やかに談笑する人々の中で、背筋を伸ばしたまま静かに、そして上品にお茶を飲んでいるグレース。

「けれど、ずっとそうしているのも疲れてしまって……息抜きのためにその場を離れ、庭を見にいったんです。ちょうど薔薇《ばら》が花盛りでしたから」

グレースが酒杯を近くの机に置き、両手の指を組み合わせてうっとりと宙を見つめた。

「美しい薔薇の花に顔を寄せ、その香りを胸いっぱいに吸い込んで。あまりのかぐわしさに思わず目を細めた時、横から声をかけられたんです。『やっぱり君は、笑顔のほうが似合うな。咲き誇る花にも負けない、可愛らしい笑顔だった』って」

それを聞いたみんなが、きゃあきゃあとはしゃぎ始めた。みんな、彼女の話を相当面白がっているらしい。というかみんなは、この話を一度聞いているんじゃないかって思うのだけれど。さっきグレースは「ミランダさん『も』聞いてください」って言ってたし。

「あんなことを言われたのは、生まれて初めてでしたの……あの瞬間、ケネス様のことしか見えなくなってしまいました。きっとあれが、一目惚れというものなのでしょう」

彼女は目を細めると、ほうと甘いため息を漏らした。すっかり自分の世界に入ってしまっている。

「それからしばらくして、あのお茶会でのできごとを知らないはずの両親が、ケネス様との婚約の話を持ちかけてきたのです。その時、これは夢ではないかと思いました。こんな幸せな偶然があっていいのかと」

すかさず、真っ赤な顔をしたみんなが合いの手を入れる。

「いいえ、きっとあなたとケネスとの出会いは偶然じゃない。運命だったのよお」

「だから、あなたたちが幸せになるのも運命なのよねえ」

ろれつの回らない口でやんややんやとはやしたてられて、グレースはもじもじと恥じらった。そんなグレースたちをじっと見つめ、ぽつりとつぶやく。

「……これはこれで楽しそうだし、好きにさせておきましょうか。どのみち、もう手遅れでしょうし」

「明日あたり、グレースが自己嫌悪とか後悔でへこみそうな気がするんですけど、いいんですか？」

私に隠れるようにしながら食堂の様子をうかがっていたアイリーンが、小声で尋ねてくる。

「仕方ないわ。そうなったら、変につつかずにそっとしておいてあげましょう」

「はーい。でも、素敵な話が聞けてよかったです。……グレース、幸せになれるといいですね」

幸せそうに笑うグレースの声を聞きながら、アイリーンと二人、食堂を後にした。


とまあ、色々ありつつも驚くほど順調に計画は進んでいた。

自然にふるまえるようになったグレースは、さらにみんなから色々なことを教わった。ちょっとした話術、年頃の娘らしい華やかさを備えつつも上品な化粧の仕方。そうやって己を磨いた彼女は、凛《りん》としたたたずまいに愛らしい笑顔の、とびっきり魅力的な令嬢に変貌を遂げていた。

ケネスに対する私たちの働きかけも、今のところ順調のようだった。あの根も葉もない噂は思っていた以上に効いてくれたようで、彼に近づく令嬢はめっきり減ったらしい。なので最近の彼は、もっぱら男同士でつるんで遊んでいるとか。彼に虫がつかないのなら、それでいい。

けれどそろそろ、頃合いかもしれない。そう考えた私は、グレースを自室に呼んだ。

「ミランダさん、どういった御用でしょうか？　なんだか、難しい顔をされているようですけれど」

嬉しそうな顔で部屋を訪れた彼女は、私の眉間に寄っていたしわを見て心配そうな顔をする。

「ああグレース、気にしないで。それより、今日の笑顔もとても素敵ね」

たちまちグレースは真っ赤になり、両手で頬を押さえた。恥じらいつつも、どこか誇らしさを伴った笑みがその顔に浮かぶ。

「わたくしがこうして自然に笑えるようになったのは、ミランダさんのおかげです。それにここのみなさまのおかげで、より魅力的な立ち居ふるまいを学ぶこともできました」

「ふふ、あなたは本当に努力家なのね。この短期間にここまで変わるとは思わなかったわ。あの提案、今でも実行しているの？」

「いえ、その……最近ではもう、ミランダさんの提案もあまり意識しなくなっているんです」

その返事に、確信する。今こそ、次の段階に進むべき時なのだと。

「それはいいことだわ。……だったらそろそろ、あなたはここを出たほうがいいかもしれないわね」

しかし私がそう告げると、彼女は一転して悲痛な顔をした。こちらの決意が揺らぎそうになるくらいに哀れを誘う、そんな表情だ。

「でも、わたくし……まだここで教わりたいことが、たくさんあって……」

「そうね。私たちも、まだまだあなたに教えてあげたいことがあるわ。でも、あまり長いことケネスを放っておくのも良くない。分かるでしょう」

それを聞いた彼女ははっとした顔になり、すぐに口をつぐんだ。彼女も、自分が不在にしている間に誰かがケネスに言い寄ってしまう、そんな可能性を考えてはいたのだろう。

苦しげにうつむくグレースに、優しく声をかける。

「今のあなたは十分すぎるくらいに魅力的になったわ。自信を持って」

「そう、でしょうか……」

「幸せをつかみとるには勇気も必要よ。怖くても、踏み出さなくてはならない。でも心配しないで。だって、あなたは一人じゃないのだから。私たちはいつだって、離れていたってあなたを支えるわ。あなたがケネスと結ばれて、幸せになるのをここで見ているから」

「ミランダさん……」

グレースは途方に暮れた顔のまま、両手を胸の前で握りしめている。今にも泣き出しそうだ。

「情けない顔をしないの。これまで私たちが頑張ってきたその成果を、形にする時が来たのよ。あなたの本気、ケネスに見せつけてやりなさい！」

「……はい！」

元気よく答えた彼女の目は潤んでいたけれど、その顔には満面の笑みが浮かんでいた。こんな風に笑えるのなら大丈夫。彼女はちゃんとやっていける。自分もちょっぴり涙ぐみながら、そんなことを思った。

そうして、グレースはみんなに見送られて修道院を後にした。もちろんそれからも、私たちは彼女を陰ながら支援していた。ケネスに女性が近づきにくくなるような工作を続け、グレースとケネスについての情報も集め続けて。

でも一番肝心な情報、あれからあの二人がどうなったのかについては分からずじまいだった。私たちはただやきもきしながら、じっと待つことしかできなかった。

「ケネスはおとなしくしてるみたいだし、グレースは頑張っているんでしょうけど……」

「ちゃんと進展したのかしらねえ、あの二人。グレースは純情で奥手で、ケネスは鈍いから……」

「いずれ、何か報告があるとは思うけど……ただ待っているのってもどかしいわ」

「ねえミランダ、グレースから手紙は来ていないの？」

いつしか修道院中で、そんな声が飛び交うようになっていた。そうして私が「手紙は来てないわよ」と答えると、みんなは盛大にがっかりした顔をする。毎日これの繰り返しだ。

そんなある日、一通の手紙が届いた。グレースからではなく、ヘレナから。

ドロシーを、グレースを私たちに託したように、また悩める乙女の救援要請なのかしら。それとも、いつものようにおいしい情報を分けてくれるのかしら。

などと考えながら手紙に目を通した私は、すぐに頭を抱えることになった。

「……これは、ちょっと……面倒なことになってたのね……」

大急ぎでみんなを集め、臨時の報告会を開く。ヘレナから手紙が来たの、グレースについて教えてくれたわ。そう前置きしてから、手紙を読み上げていった。

『グレースは見違えるほど魅力的になりました。彼女とケネス様の距離も、ぐっと近づきました。これもみなさんのおかげです。……けれど』

そこで思わせぶりに言葉を切ると、みんながさらに前のめりになる。早く続きを読んでよと、みんなの顔にはそう書かれていた。

『こう言っては何ですが……あの二人の間には、恋の甘さが足りない気がするんです。そう、私とロディの間にあるような、そんな甘さが』

相談ついでにのろけているヘレナの言葉に、一斉に冷やかしの声が上がった。かつては従順な令嬢と、その家に仕える若い執事だった二人。けれど今では、すっかり甘々の恋人たちになっている。幸せそうで何より……って、今はグレースの話よね。

グレースとケネスの間には甘さが足りない。ヘレナの目にはそう映っている。となると、きっと当のグレースもかなりもどかしく思っているのだろう。あの子は淑女の鑑と見せかけて、心は夢見る乙女だ。白馬の王子様に憧れるような、そんなところがあるから。

「これは何とかしてあげないとって、そう思わない？」

そう問いかけると、みんなから同意の声が上がった。

「彼女はあんなにケネスにぞっこんなのに、甘さが足りないなんて悲しすぎるわ」

「グレース、頑張りましたもんね。やっぱりご褒美《ほうび》は必要ですよね」

「となると、今度はケネスのほうをつついてみるべきかしら？」

「つついて本気にさせるってこと？　でもどうやって……あ、適任がいるじゃない」

こそこそとささやき合っていたみんなが、ちらちらとこちらを見てくる。え、私？

「ミランダ、やっぱりここはあなたが一肌脱ぐべきだと思うの」

「グレースが一番なついていたのはあなただし、ちょうどいいわ」

「まさか嫌だなんて、そんな冷たいこと言わないわよねえ？」

……どうやら、みんなは何か思いついたらしい。グレースの状況をどうにかできる妙案を。ただそれは、いたずらとか悪だくみに近い何かなのだと思う。それも、私が駆けずり回ることになるような、そんな案だ。みんなのあの表情からすると、それで間違いない。

でも、腹をくくってその案に乗ってみよう。これもグレースのためなのだから。

「分かったわ。あなたたちが何を企んでいるのか、聞かせてちょうだい」

腰に手を当ててそう言い放つと、みんながやったあ、と歓声を上げていた。

◇

ミランダさんと修道院のみなさまに鍛えられたわたくしは、どきどきしながらケネス様のもとを訪れていました。特訓の成果を見せるために。

「ケネス様、ごぶさたしております」

「やあグレース、久しぶりだな。修道院にいたと聞いたが……元気そうで何よりだ」

そう言って微笑みかけてくるケネス様は、今日もとっても素敵でした。若木のようにしなやかなその姿、力強くも優美なたたずまい。優しい銀色の目はきらきらと宝石のように輝いています。癖のある赤い髪はまるで炎のようで、生命力にあふれた彼にはとっても似合っていました。

線が細すぎず、かといって武骨すぎず。こんな美しい方、そうそういません。……修道院でそう言ったら、アイリーンが『そういうものなのかなあ？』という顔をしていました。誰が何と言おうと、わたくしにとってケネス様は、この世で一番素敵な方です。

「はい。とても、有意義な時間を過ごせました」

いつものように優雅に微笑みそう……になったところで、ミランダさんの教えを思い出しました。目の前にいるのはケネス様ではなくミランダさん。そう自分に言い聞かせると、驚くほど自然に笑みが浮かびました。

「気のせいかな、少し雰囲気が変わったような……君は、そんな風に笑う女性だったか？」

「ふふ、ケネス様のために頑張ったんですの」

「頑張った……とは何だろうか？」

「それは乙女の秘密ですわ。ただ、あなたに喜んでもらいたいと思って」

「そうか、私は果報者だな。こうして、君の素敵な笑顔をまた見られたのだから」

ああ、ケネス様が喜んでくださった。それだけで、わたくしは天にも昇る心地でした。ありがとう、ミランダさん。ありがとう、修道院のみなさま。

心の中で深く感謝を捧げながら、わたくしはケネス様と話し続けました。そう長くもない別離の時間を埋めるかのように。

こんな風に、ケネス様はわたくしの変化を喜んでくださいました。そうしてわたくしたちの距離も、ぐっと縮まったのです。修道院のみなさまに教わったささやかな手練手管《てれんてくだ》の数々も、それはもう不気味なほど役に立っていました。ちょっぴりすねたような表情、上目遣い《うわめづか》い、そんなささいな仕草がこんなにも殿方の気を引くものなのだと、初めて知りました。

それなのにわたくしは、どうにも満たされないものを感じていました。

今のわたくしは、堂々とケネス様を独占しています。けれど彼の態度は、以前とほとんど変わることがありませんでした。彼は公平な方ですから、わたくし一人を特別扱いはできないのでしょう。そんなところも、とっても好ましい。けれど同時に、恨めしく思えてしまうのです。

いっそ、あの嘘の噂のように、ケネス様がわたくしに甘えてくれないだろうか。膝枕くらいしてみたい。そんなおかしな思いを、わたくしはひっそりと抱えるようになってしまったのです。

まったく、わたくしもわがままになってしまったものですわ。そう思いながらも、わたくしの胸の中に吹く隙間風は、一向に止《や》むことがありませんでした。

この状況をどうにかしたい。でも、どうしたらいいのか分からない。やきもきしているわたくしをよそに、どんどん時間だけが無情に流れていきました。

そんなある日、修道院から突然手紙が届いたのです。

「十日後に、ケネス様をわたくしの屋敷に呼ぶように……？　その日に修道院から人を送るから、その人物とケネス様を会わせるように……？」

手紙には、そんな指示が記されていました。訳が分かりません。ですが、あの修道院のみなさまのおっしゃることですもの、何か理由があるに違いありません。

急ぎケネス様に手紙を書き、さらに屋敷のみなにも話を通して準備を進めます。十日後に何が起こるのか、楽しみでなかったと言えば嘘になります。

そうして当日、やってきたのは思いもかけない方でした。


「やあグレース、君に会えて嬉しいよ」

そう優雅に微笑みかけてきたのは、誰あろうミランダさんでした。けれど彼女がまとっていたのはいつもの質素な修道服ではなく、華麗な男物の略装でした。髪をまとめ声も低く改めた彼女は、どこからどう見ても若き貴族の令息そのものでした。それも、とっても麗《うるわ》しい。

ミランダさんは、元々とっても魅力的な方です。すらりと背が高く、その肢体は優美な曲線を描いています。そして、穏やかな微笑を絶やさない、誰もが思わず見惚《みと》れるだろう美貌。そういったものを抜きにしても、彼女には男も女もまとめて魅了してしまうような、そんな雰囲気があったのです。そう、質素な修道服をまとっていてさえ。

そんなミランダさんが、一分《いちぶ》の隙もなく男装していきなり現れたのです。どうしましょう、胸がどきどきします。わたくしにはケネス様という婚約者がいますし、そもそもミランダさんは女性です。そう自分に言い聞かせてはみたものの、ちっとも心臓が落ち着いてくれません。

「ふふ、緊張しているのかな？　相変わらず君は可愛いね」

ミランダさんがさらに甘くささやきかけてきました。わたくし、そろそろ限界です。何か受け答えしなくてはならないと分かっているのに、頭がふわふわして言葉が浮かびません。

すると、ミランダさんがすっとこちらに歩み寄り、わたくしの手をうやうやしく取りました。線の細いその手は、まるで絵本に描かれた白馬の王子様を思わせるもので……。

しかしちょうどその時、ケネス様がやってきてしまいました。困りましたわ、まさかこんなところを見られてしまうなんて。って、別にわたくしはやましいことなど……？

ときめきと焦《あせ》りであわあわしているわたくしに、ケネス様が声をかけてきました。

「グレース、彼が君の言っていた客人かな？」

ケネス様は、どことなく不機嫌そうでした。普段はさわやかな笑みを浮かべているその顔も、ほんのわずかに曇っているように見えました。こんな表情、初めて見ます。

「貴方《あなた》がケネス様ですね。僕はミラ、グレースの親しい友人です」

少しも動じることなく、ミランダさんがそう言ってのけました。わたくしの手をしっかりと、とても優しく握ったまま。しかも今『親しい』をやけに強調していたような。

「グレースが貴方と婚約したことは知っていたのですが、忙しくて中々お祝いを言いにくることができなくて……おめでとう、グレース」

すぐ近くでこちらを見ているミランダさんの目には、とろりとした甘さがたっぷりと浮かんでいました。わたくしは彼女が女性だと知っているのでたぶん問題はありません……いえ、ちょっとよろめ

いてしまいそうですが、耐えることにします……耐え切れるといいのですが……。

　ですが、このままではケネス様に勘違いされてしまいますわ。そろそろと身をよじってミランダさんから離れようとしたところ、逆にしっかりと肩を抱かれてしまいました。彼女はうっとりとわたくしを見つめ、ため息を漏らしています。ああ、駄目です。もう彼女から目が離せません。

「今だから言うけれど、僕は君に婚約を申し込みたいと思っていたんだ。君が幸せなら、このまま身を引くよ。……でも、もし君が不幸せなら……僕は君をさらってしまうかもしれない」

　ミランダさんが紡ぐ甘い甘い言葉に、頭がしびれてきます。ケネス様の視線も、彼女がどうしてこんなことを口にしているのかということも、もう気にする余裕はありませんでした。

　けれどそうやって呆《ほう》けていられたのも、一瞬のことでした。なんとケネス様が荒々しく割って入り、わたくしの腰を抱き寄せるようにしてミランダさんから引きはがしたのです。普段の彼の優雅で軽やかな仕草とは、まるで違うものでした。

　わ、わたくし、今度はケネス様に抱きしめられてしまっています。どうしましょう、嬉しいですがどうしましょう。

　するとケネス様はさらにしっかりとわたくしを抱きしめて、まっすぐにミランダさんをにらみつけました。

「ミラ殿、君が彼女の友人だというのなら、節度を守ってくれないか。彼女は私の婚約者だ、なれなれしくしないでもらいたい！」

　ケネス様が取り乱している。それもおそらくは、わたくしのせいで。その事実は、どうしようもなくわたくしの胸をときめかせました。

するとミランダさんが、ひときわ声を低くしてケネス様に言い返しました。目つきも鋭く、まるで刃《やいば》のようです。

「……実は、貴方がグレースをないがしろにしているという噂を小耳に挟んだのです。僕の大切なグレースが悲しんでいるのではないかと思って、こうしてはるばる様子を見にきました」

その言葉に、ケネス様はぎくりとしたようでした。しかしすぐに気を取り直したように、ミランダさんを見つめます。

「……確かに、かつての私はたくさんの女性たちと親しくしていた。だが今は違う。君がグレースに触れているのを見て、はっきりと自覚した」

そうして彼は、声高に宣言しました。まるで教会の鐘のように、その声が朗々と響き渡ります。

「今の私は、グレースを心から愛しているのだ。彼女を悲しませたりしないと、彼女を幸せにすると、そう誓おう。だから君はもう、彼女に近づかないでくれたまえ」

ああ、これは夢でしょうか。ケネス様がわたくしを抱きしめて、愛していると言ってくれている。こんな幸せな夢なら、もう覚めないで。

思わずケネス様にすがりつくわたくしに、ミランダさんがいたずらっぽく笑いかけてきます。彼女は何も言いませんでしたが、その目は「もう大丈夫ね」と言っているように思えました。

◇

グレースとのつかの間の再会を経て、私はまた修道院に戻ってきた。玄関ホールに足を踏み入れたとたん、みんなが一斉に駆け寄ってくる。私の帰りを、正確には私の土産《みやげ》話を待ちわびていたのだ。

「ミランダ、どうだった⁉」

「うまくいった⁉」

はらはらした顔のみんなをもったいぶりながら見渡して、それからおもむろに笑いかける。

「ええ、ばっちりよ。ケネスはしっかりと、グレースを愛していると宣言したわ。他の修道院への視察だなんて嘘の書類をこしらえてまで、ここを抜け出した甲斐があったというものね」

それを聞いてようやっと、みんなも安心できたようだった。互いに手を取り合って、楽しげに話し合っている。まるで子供のように無邪気な顔で。

「やっぱり、ミランダを向かわせて正解だったわね。そんじょそこらの男よりずっと素敵だもの」

「きっとケネスは盛大にやきもちを焼いたでしょうね。ああ、そのさまを見てみたかったわ」

「グレース、やっぱり驚いてた？　って、聞くまでもないわね」

「それにしても、やっぱり男って単純よね。自分のものを他人が欲しがったとたん、がっちりとつかんで離さなくなるなんて、ほんっと単純」

「まあまあ、いいじゃない。きっかけは何であれ、これでケネスも自分の思いをしっかりと自覚したんだから。きっとヘレナとロディみたいに、甘々のお二人さんになるわよお」

「そうね。やっと、グレースも幸せになるのね……良かったわ」

「おめでとう、グレース!!　末永くお幸せに!!」

まるで自分のことのように喜びながら大はしゃぎするみんなを尻目に、そっと自分の部屋に戻っていく。もうグレースがここに戻ってくることがないようにと、そう願いながら。

4．どうして面倒ごとって、重なるのかしらね？

そうしてまた、修道院にいつもの日常が戻ってきた。グレースからは礼の言葉をつづった手紙と共に、今貴族たちの間で流行《はや》っているという焼き菓子が山のように届けられた。

話には聞いていたけれど実物を見るのは初めてだった私たちは、盛大なお茶会を開いてみんなで焼き菓子を味わった。……もっとも、喜びすぎて羽目を外したせいで、途中からまたしても酒盛りになっていたけれど。

話題は自然と、グレースを巻き込んだいつぞやの酒盛りの思い出になっていた。あの時は楽しかったわねと、時折しんみりしながらもみんなはやはり盛大にはしゃいでいた。

今はまだ、グレースの騒動の熱が残っている。けれどじきに、またみんな退屈だとぼやき始めるのだろう。しかしそんな私の予想は、それは見事に裏切られてしまうのだった。

深夜、修道院に響き渡る男の叫び声。それが異変の始まりだった。

「何よ!?　もう、せっかく気持ちよく寝てたのに……それにしても、侵入者なんて珍しいわね……」

ぶつぶつとつぶやきながら、寝間着の上にガウンをひっかける。裸足《はだし》のまま靴を履いて、修道院の奥にある塔に向かった。伝書士のスーザンと見習いのシャーリーが暮らしている、あの塔だ。

ぱたぱたと階段を昇り、塔の途中の階にある部屋に向かう。扉のそばにぶらさがっている紐《ひも》を引いたら、部屋の中で鐘のような音がした。少し遅れて、扉の脇に取り付けられた金属の管から「どうぞ」という声が聞こえてくる。

扉をくぐり、中に入る。そこには、一人の修道女がいた。修道服の上から質素なエプロンをつけ、革でできた作業用の薄い手袋をはめている。彼女はこちらに背を向けて、壁際で何やら忙しく手を動かしていた。彼女の前にあるのは、大きな木箱のようなもの。あちこちから棒やら紐やらが飛び出していて、どうにも不格好だ。

彼女の服装もきびきびとした動きも、さっきの声を聞いて飛び起きたようにはとても見えない。もしかして、またこんな時間まで起きていたのかしら。

「ねえジル、さっきの叫び声って侵入者かしら？」

「たぶんそう」

ジルは手を止めると、こちらに向き直った。そばかすの散った色白の顔は、不愉快そうにしかめられている。彼女がうなずいたその拍子に、少し伸びすぎた灰色の髪がばさりと目に垂れかかった。

「北東の罠《わな》が作動した。侵入者は捕まえた。でもそいつが暴れたせいで少しだけ罠が壊れた」

前髪を雑にかき上げ、暗い紫の目を細めながら、ジルがうめく。

「そちらは明日修理する。ついでにもっと頑丈で強力な罠にしたい。ミランダ、もっと予算を回して」

「予算ね。今のところは余裕があるから、明日話し合いましょう。でも罠の強化もほどほどにね。うっかり侵入者を殺してしまうと後が面倒だから」

「生け捕りにする、そのことは重視してる。ちゃんと実験もした。だから大丈夫」

この修道女、ジルもまた貴族の令嬢だ。しかし彼女は木片や紐、針金なんかを使った『からくり』とかいう仕掛けに魅了され、研究がしたいといって親と大喧嘩《げんか》をしたのだった。親族一同を巻き込んだ、ものすごい戦いだったらしい。

その果てに彼女は、自らここに来ることを選んだ。そしてほとんど空いていた塔に住みつき、思う存分からくりの研究に没頭するようになったのだ。扉のところに仕掛けられていた紐と金属の管も、その一つだ。ああしておけば、作業に集中していても簡単に来客の対応ができるのだとか。

さらにジルはその研究の成果を活《い》かし、この修道院を取り巻くように罠を張り巡らせた。それも、たった一人で。しかもこの罠ときたら、賊を追い払ったり捕らえたりできるだけでなく、罠がどこで作動したのかがこの部屋から分かるようになっているのだ。

この修道院は人里離れた荒野にあるけれど、それでもごくたまに盗賊などがやってきたりする。ジルが来る前は数人一組で寝ずの番をしていたけれど、彼女が警備担当となった今では、みんなでのんびり眠ることができるようになった。……とはいえ夜更《よふ》かしが好きな面々は、自主的に夜通し起きてたりするのだけれど。

「ジル、さっきのってなあに？　あら、ミランダじゃない。もう来てたのね」

背後から、そんな声がした。振り返ると、そこには数名の修道女が集まっていた。眠そうな者、目を輝かせている者、酒臭い者など様々だ。深夜ということもあって、みんな修道服ではなく寝間着や私服をまとっている。どうやら、さっきの叫び声を聞きつけて状況確認に来たらしい。

「ああ、眠いわあ……こんな時間に侵入者なんて、やめて欲しいわね……ふわあああ……」

「でもちょっとわくわくしない？　何が来たのかしら？　気になるわ」

「元気ねえ、あなた。もし賊だったら、その後が面倒なのよねえ……うっかり捕まえちゃったら、身柄を引き渡すまで面倒を見なくちゃいけないし。あ、美形の賊ならありかも」

「美形の賊って、聞いたことないわよ。でも賊が出たら、その後の状況確認に役人が来るでしょう？　あれ、実は楽しみなのよね。次は渋い美形が来てくれないかしら……ちょっと筋肉質だと最高」

「状況を説明する。みんな黙って」

夜中とは思えないにぎやかなお喋《しゃべ》りに眉《まゆ》をひそめながら、ジルは壁を指さす。そこには、修道院の見取り図が貼られていた。

「防壁外側、北東の角、二番区画。そこの罠に何かが引っかかったまま。たぶんさっきの叫び声の主。周囲の罠の状況からすると、おそらく仲間はいない。単独犯」

その返答に、みんなが色めき立つ。

「さっきの叫び声って、若い男だったと思うのよね。可愛《かわい》い子かしら」

「ちょっと、見境なく男に手を出すんじゃないわよ」

「見境ならあるわよ。他人のものには手を出さないことにしてるもの」

「お喋りは後にして」

また騒ぎ出したみんなを、ジルが一言で黙らせてしまった。彼女、押しが強いのよね。

「さっさと二番区画に向かって、侵入者を回収してきて。これ以上罠を壊されたくない。分かってると思うけど、途中の罠に引っかからないように気をつけて。ミランダ、指揮をお願い」

ジルはてきぱきとみんなに指示を与えている。そして、みんなはとても真面目《まじめ》にそれを聞いていた。罠に関することについては、彼女の指示が最優先だ。

「ええ、任せて。さあみんな、行くわよ」

私の掛け声に続き、みんながきびきびと歩き出す。ばらばらの服装の私たちは、その足で玄関ホールに向かっていった。一見何もないそこの壁には隠し戸棚があって、なんと武器がたくさんしまい込まれているのだ。武器といっても持ちやすく加工した、ただの木の棒だけれど。

「こういうの、久しぶりだわ。ふふ、腕が鳴る」

「というか、私これ実際に使ったことないのよねえ。前に賊が来た時は熟睡してたから」

口々にそんなことを言いながら、みんな手に手に武器を取る。ここにいるのはほとんどが貴族の女性で、当然ながら戦い方なんて知らないまま育ってきた。

けれど私たちは、ここで日々鍛錬を積んでいる。普通の賊くらいなら、取り囲んで叩《たた》きのめすことだってできる。この修道院では、ずっと昔からそうやって自分たちの身を守ってきた。

「もしかしたら賊の仲間が近くにひそんでいるかもしれないから、警戒は怠らないようにね」

そう声をかけて、ランタンを手に修道院の外に出た。修道院を囲む防壁の、その外に。

この修道院の周囲は一面の草原で、人が隠れられる場所はない。そして辺りからは、誰の気配もしない。ジルの言っていた通り、修道院に侵入しようとした賊は単独犯なのだろう。それでもやはり、修道院を呑《の》み込んでしまいそうな広い広い闇は、少しだけ怖かった。

二列に並んで、防壁から少し離れたところを進む。ここでうっかり私たちが罠にかかって壊しでもしたら、間違いなくジルに叱られるから。

耳を澄ませて、周囲の様子をうかがいながら慎重に歩く。さすがのみんなも、この時ばかりは無言だった。後ろから、抑え気味の足音だけがついてきている。

やがて行く手に、おかしなものが見えてきた。防壁にぽっこりと、大きなふくらみが生えているのだ。遠くて暗いのでよく見えないけれど、きっとあれが罠に引っかかったままになっているという賊だろう。自然と、鼓動が大きく速くなっていくのを感じる。

手にしたランタンをゆっくりと前に突き出し、注意深くそのふくらみに近づいていった。

ランタンの頼りない灯《あか》りに照らされてぼんやりと浮かび上がったのは、防壁から逆さまにつるされた若い男性だった。彼の全身には、金属が編み込まれた特殊な縄がぐるぐると巻きついている。必死に逃れようともがいているけれど、びくともしない。ジルの罠、さすがね。

それはそうと、この男性はとても賊には見えない。彼がまとっているのはごく普通の旅装で、腰には護身用の短剣を提《さ》げている。他に武器らしきものは見当たらない。年の頃《ころ》はまだ二十歳そこそこだろう、妙に気品がある。

道に迷った旅人……ではなさそうね。もしそうなら、正面の玄関から来るはずだし。どっちかというと、お忍びの貴族といった感じが近いかも。なんでそんなものがこんなところでこんなことになっているのかは、さっぱり分からないけれど。

彼は私たちに気づくと、不自由な状態ながら首を動かしてこちらを見た。その目には、はっきりとした憎しみの色が浮かび上がっている。この感じ、逆さづりにされて怒っているだけではなさそうね。何か訳がありそう。まあいいわ、本人に聞けばいいだけの話だし。

一歩踏み出して、木の棒を構える。そのまま、男性に呼びかけた。

「こんな夜中に忍び込もうだなんて、いい度胸ね？　何をしに来たの？　仲間はいるの？」

けれど、返事はなかった。彼は相変わらず憎々しげな目で、ひたすらにこちらをにらみつけている。

……なぜかしらね、その必死さが逆に微笑《ほほえ》ましいと思えてしまうのは。「泣いてないもん！」って泣きながら主張する子供を思い出すのよね、この彼のこの態度。

それはそうとして、根競《こんくら》べに付き合ってやる義理はない。正直、早く戻って寝たい。眠い。

「答える気はない、ということね。だったらそれでもいいわ。みんな、手筈《てはず》通りにね」

その言葉を合図に、みんなが手際よく動き出す。数名が木の棒を構えて、彼の動きを封じる。別の数名がその場を離れ、荷車を引いて戻ってくる。慣れた動きで男性を防壁から下ろして、ぐるぐる巻きのまま荷車に乗せる。そうしてみんなで、さっさと修道院の中に戻っていった。

「……ふわあ……おかえり……それが賊？　にしてはまともな身なりねえ……」

玄関ホールは、人であふれていた。どうやら他のみんなも、様子を見に集まってきたらしい。眠そうな顔をしていたけれど、荷車の上の男性を見るなり目を輝かせた。

「あら、かなり若くない？　おまけに結構美形だし……品もあるような？」

「同感。彼は間違いなく、いいところの坊やよ。なんでまた、こんなところに忍び込もうとしたのかしらねえ」

「もしかしてここに、誰か知り合いでもいるとか？　あ、もしかして、夜這《よば》いにきたとか？」

「その割には色気のない表情をしているけれどねえ。でも、その不機嫌な感じも可愛いわあ」

きゃあきゃあと騒いでいるみんなの言葉を聞いて、荷車の上の男性はほんの少し青ざめた。こういう無遠慮な物言いには慣れていないのかもしれない。

ともかく、このままだといつまでも騒ぎ続けそうだ。声を張り上げて、お喋りに割り込む。

「みんな、ちょっと聞いて。この人、何も答える気がないみたいなの。とはいえ修道院に忍び込もうとしたのは確かだし、ひとまずは賊として、役人に引き取ってもらうわ」

次の瞬間、思わぬところから声がした。

「僕は賊ではない！　……だがこうやって捕まってしまった以上、言い逃れはできないだろう。煮るなり焼くなり、好きにしろ！」

荷車の上で、男性が吠《ほ》えていた。しかし威勢のいい口調とは裏腹に、その額にはうっすらと冷や汗が浮かんでいる。強がっているのがばればれだ。

全員の目が一斉に彼に注がれる。そしてまたしても、お喋りが始まってしまった。

「やだあ、やっぱり可愛い！　『好きにしろ』ですってえ」

「いいわよね、若い子が強がってるのって。この一生懸命な感じがたまらないの」

「落としてみたいわあ。正体不明の侵入者なんだし、別にいいでしょう」

「だから、あなたはもう少し慎みというものを身につけなさいよ」

ああもう、きりがないわ。大きく息を吸って、きっぱりと宣言する。

「とにかく、彼はいったん地下牢《ろう》に入れておくわよ。マリア、後のことを頼んでもいい？」

「はい、承りました」

すぐに、寝間着姿の一人の修道女がきびきびと進み出てくる。恐ろしく姿勢のいいこの女性がマリアだ。彼女は凛々《りり》しい顔を引き締めて、折り目正しい敬礼をしてくる。ここに来て長いのに、堅苦しいふるまいは最初の頃からまったく変わっていない。そういう意味では、やはりかなりの変わり種だ。

私と同年代の彼女は騎士の家出身の女性で、男であれば一流の騎士になっただろうと言われるほどの腕前だ。浮気をした夫を素手でこっぴどく叩きのめした結果、ここに送り込まれた。ちなみに、夫たちは彼女のことを今でも大いに恐れていて、彼女の名前を聞いただけで震え上がるとか。

そしてマリアはここに来てすぐに、修道女の鍛錬の内容に手を加えた。より実戦向けの護身術をみんなが学べるようにしたのだ。今では彼女は、ジルと並んでここの守りの要となっている。

「それではみなさん、荷車をこちらへ」

マリアの指揮で、男性を乗せた荷車が修道院の奥に向かっていく。それを見届けて、ぱんぱんと手を叩いた。

「ほら、もう遅いんだし、今夜はもう解散しましょう。夜更かしは美容の敵でしょう？」

それでようやく、この場はお開きになった。みんなてんでに部屋に戻っていく。しばらくすると、玄関ホールに残っているのは私一人になった。

「さて、私も眠りたいけれど……もう一仕事しなくちゃ。本当に院長なんて、面倒なことばっかり」

玄関の戸締りを確認してから、あくびを一つ。そうして、ゆっくりと歩き出した。

私の行き先は、ジルの部屋だ。もうすっかり元の静けさを取り戻したそこには、ジル以外の顔もあった。上の階に住む、伝書士見習いのシャーリーだ。

「あ、ミランダさん。賊は捕まりました？　身柄を引き取りに来るよう役人に連絡します？」

私の顔を見るなり、シャーリーがわくわくした様子で尋ねてくる。役人に連絡を取るのであれば、伝書鳥を使って急ぎの手紙を運ぶ伝書士の出番だ。彼女が張り切るのも無理はない。

「ええ、ちゃんと捕まえたわ。……と言っても、あれは賊なのか……悩ましいところね」

「侵入者は全部賊。私たちの敵。さっさと連行してもらって」

ジルが難しい顔で、ばっさりと切って捨てる。彼に罠を壊されたことに腹を立てているらしい。いつも以上に辛辣《しんらつ》だ。そんな彼女に、明るく声をかける。

「ああそうだわ、ジル。あなたの罠は今回もいい仕事をしていたわよ。侵入者はかなり暴れていたけれど、彼を捕らえていた縄が緩むことはなかったの」

それを聞いて、ジルの表情がようやく和《やわ》らぐ。いつも無愛想な彼女の、珍しい笑顔だ。

「よかった。あの罠は、確実に侵入者を捕らえられるよう念入りに改造したものだから」

そこに、そわそわした顔のシャーリーが割り込んでくる。

「あの、良ければ役人への手紙、こちらで書いちゃいましょうか？『賊を捕まえた、至急引き取られたし』でいいんすよね？　ミランダさん眠そうですし、代わりにやっちゃいますよ！」

「ああ、ちょっと待って。そのことなのだけど」

今にも部屋を飛び出していきそうなシャーリーを、あわてて呼び止める。夜中だというのに、ほんと元気ねえ。

「どうも彼には、気になることが多いのよ。素性とか、侵入しようとした動機とか」

「そんなに変わった賊なんですか？」

「ええ。たぶん、何か込み入った事情がありそうなの。でも、役人たちが取り調べの結果を素直に教えてくれるとも限らないし……それに私たちが取り調べたほうが、より色々と聞き出せそうだし」

それだけではない。かたくなな彼の口をあの手この手で割らせるのは、みんなにとってもいい暇つぶしになるだろうし。

「どっちでもいい。賊自体に興味はないから」

「うーん、私はちょっと気になるかもです。だったら引き渡しは延期ですね、了解っす！」

そんなこんなでジルへの報告も済ませ、ようやく自室に戻る。もう眠くて、まともに頭が動いていない。私はたっぷり寝たいほうなのだ。

思いっきりあくびをしながら、ばたりと寝台に倒れ込む。この修道院では、そんな不作法なふるまいをとがめる者などいない。そのことが、今はとりわけありがたく思えた。

そんな騒動があった、次の日の朝。

礼拝の後の、いつもの報告会。それが始まると同時に、みんなに語りかける。

「昨晩、侵入者を捕まえたのはみんな知っているわね。ただ、その侵入者なのだけど……どうも訳ありの気がするのよ」

実際に彼の姿を見た面々から、そうよね、そう思うわと同意の声が飛んできた。

「育ちのいい若い男性で、別に身を持ち崩した様子もない。そして一番不思議なのは、私たちのことを憎んでいるような態度を取っていることなのよ。どこで恨みを買ったのかしらね、私たち」

そう説明すると、まだ彼を見ていない面々が興味深そうに首をかしげた。にやりと笑って、さらに畳みかける。

「彼が何者で、何を考えているか……どうせなら、直接聞いてみたいと思わない？」

「賛成！」

「ああん、か弱い私たちが狙《ねら》われるなんて！　理由が分からないと恐ろしくて夜も眠れないわ。役人の取り調べが進むのをただ待っているだけなんて、とても無理よ！」

「あなた、顔が笑ってるわよ。あとそのか弱いふりの演技、気持ち悪いから」

たちまち、そんな声が次々と上がる。いい暇つぶしがやってきたと言わんばかりの顔で、きゃあきゃあとはしゃいでいる。ああ、やっぱりこういう反応になるのね。

「……それじゃあ、彼はしばらくここに留め置くとして……話を聞き出す方法については、後で考えましょう。ひとまず、私が彼と話して様子を見てくるわ。マリア、付き添いをお願い」

「分かりました」

そう言って、マリアがきびきびと歩み寄ってきた。まとっているのは、改造しすぎて原形を留《とど》めていない修道服だ。彼女が修道服に手を入れているのは、決しておしゃれのためではない。いざという時にきちんと戦えるように、動きやすくしてあるのだ。

余計な装飾を外し、スカートにはばっさりと切り込みを入れている。その下からは細身のズボンと膝《ひざ》下まであるブーツがちらりと見えていた。長い黒髪をきっちりと結い上げて、腰には細身の剣。凛々しい雰囲気と相まって、修道女というよりも騎士にしか見えない。

わくわくしているみんなに見送られ、マリアと共に庭の一角へと向かっていく。そこの階段の下にある地下牢に、昨夜捕まえたあの男性が放り込まれているのだ。

昔々、そこはごく普通の地下室だった。けれどある時、修道院に忍び込もうとした賊が怪我《けが》をして、逃げられなくなってしまった。当時の修道女たちは、仕方なくこの地下室に怪我人を放り込んだのだとか。その後改修要請を出して、きちんとした地下牢に作り変えてもらったらしい。また同じようなことが起こった時に備えて。

そんなことを思い出しながら、地下牢へと続く階段を下りていく。狭い廊下の左右に、小部屋が二つずつ。分厚い木の扉のちょうど目線くらいの高さに、横に細長い小窓が開けられている。鉄格子がはめられたその小窓を、マリアと二人並んでのぞき込んだ。

窓の向こうでは、すっかりふて腐れた様子の男性が、背中を丸めて椅子《いす》に座っていた。いらだたしげに、傍《かたわ》らの机をこつこつと指で叩いている。

「落ち着いたかしら、そこのあなた？」

できる限り優しい声で、柔らかく声をかけてみた。返事はなかったけれど、机を叩く手が止まった。

「私はミランダよ。ここの院長。良ければ、あなたの名前を教えてもらえないかしら。ここに忍び込もうとしたのにも、何か訳があるんでしょう？」

それでもやはり、返事はない。さてどうしたものかしら。そもそも私、話を聞き出すのはあんまり得意じゃないのよ。やっぱり、誰か他の人に説得を頼むしかなさそうね。そんなことを考えていたら、不意に低い声がした。

「お前たちに話すことなど、何もない」

だったらずっと黙っていればいいのに。そう言いたいのをこらえつつ、言葉の続きを待ってみる。

「僕に口を割らせたいのなら、尋問でも拷問でも好きにすればいいだろう」

昨晩に引き続き、彼は強がっていた。視線はさまよっているし、声は上ずっている。侵入に失敗するわ、こんなところに放り込まれるわで動揺しているのだろう。けれどたかだか女二人ごときに弱みを見せるのも腹立たしい、そんなところかしらね。ほんと、未熟で可愛らしいこと。

「拷問ですか……経験はありませんが、知識ならあります。必要とあらば、私が手を汚しましょう」

マリアが生真面目《きまじめ》にそんなことをつぶやいた。ただよく見ると、その目には笑いの色が浮かんでいる。彼女にしては珍しく、冗談を言っているのだろう。……牢の男性、おびえてるけど。

「あらあら、勇ましいこと。これは手ごわいわね。仕方ないわ、いったん引きましょう」

必死に震えをこらえている男性に、からかい半分にそう言い放つ。そうして階段を上り庭に戻ってきたところで、マリアが静かに言った。

「ところで、これからどうしましょうか。貴女《あなた》には何か考えがあるように見えますが」

「ふふ、そうね。……尋問だ拷問だって、男って平気でそういうことを言うわよね。口ばっかりの気もするけれど」

さっきの一幕を思い出しつつ、くすりと笑う。マリアもおかしそうにうなずいていた。

「けれど私たちは、そんな無粋なことはしないわ。私たちのやり方を、彼に思い知らせてあげましょう。一滴の血も流さず、苦痛も与えず。優雅で洗練された方法で、私たちは情報を得てみせる」

「そうですね。……みなさんの退屈もまぎれるでしょうし、良い方法です」

これから彼の身に起こるであろうことを想像して、私たちは小さく声を上げて笑い合った。


「みんな、集まってくれてありがとう。頼みたいことがあるのよ。それが……」

地下から戻ってすぐに、私は数名の修道女を院長室に呼び集めていた。

「うっふふ、言わなくても分かっているわよお、ミランダ。あたくしたちを呼び集めたってことは……あの坊やの相手をしろってことよねえ？」

ひときわ楽しそうに笑っているのはメラニー。この修道院の中でも比較的年かさで……といってもまだ四十前だけれど……そしてそのせいか、他人を説得したり口を割らせるのがうまいのだ。

そして彼女の背後に居並んでいるのも、とにかく人をたらしこむのが得意な面々ばかりだ。外部の役人に交渉を持ちかける時など、彼女たちは大いに活躍してくれている。

「ええ。あの男性の正体や事情を聞き出して欲しいの。私たちに敵意を抱いている理由も」

するとメラニーが、ふくよかな体を揺すって色っぽく笑った。彼女は修道服に思い切った改造を施していて、襟ぐりは大きく開いているし、スカートには布がふんだんに足されている。ほぼドレスだ。

「任せてちょうだいな。久々に腕が鳴るわねえ。さあみんな、あたくしたちの腕前のほど、存分に見せてあげましょう！」

彼女たちはやる気に満ちた表情で、ぞろぞろと院長室を出ていく。頼もしい限りだ。

そんなやり取りから、二日ほど後。彼女たちは、もう結果を出し始めていた。彼女たちは代わる代わる地下牢の男性のもとを訪ね、ちょっとしたものを差し入れたり、甘く優しい言葉をかけたりしたのだ。分かりやすいにもほどのあるそんな手に、彼はあっさり引っかかった。

そうして多少なりとも情報を引き出せたメラニーたちは、ぞろぞろと連れ立って報告に来ていた。

「あの彼、時々笑うようになったわよ。お喋りにも乗ってくるようになったし」

「笑うと可愛いわよねえ。偉そうなところが、またいいのよ」

「ちょっと、情がわいたとか言わないでしょうね」

「大丈夫よ、ささやかな火遊びみたいなものだから」

「火遊びねえ……ほどほどにしておきなさいよ？」

すっかりはしゃいでいる修道女たちを、メラニーがひらひらと手を振って黙らせる。

「で、報告なのだけれど……彼、結構口は軽いのに、自分の正体については話そうとしないのよねえ。甘やかされて育ったどこかのお坊ちゃんなのは確かなのだけど、意外に強情だわあ」

ため息をついたメラニーに、他の一人が苦笑しながら相づちを打つ。

「そうね。彼ったら、私たちに毒を盛ろうとしてたみたいだし。見た目よりは危険かもね」

「でもやっぱり、間が抜けてて……おかしいったらありゃしない」

彼から没収した荷物の中に、やけに大きな革袋があった。中身は、下剤の粉。あの夜、彼は修道院に侵入して、これを井戸に放り込むつもりだったのだろう。そう判断したメラニーたちが彼にかまをかけてみたところ、彼は渋々ながらもそのことを認めた。

しかし、下剤って。たぶん、ちゃんとした毒が手に入れられなかったんでしょうね。人を殺せるようなちゃんとした毒は、しかるべき知識かそれなりのつてがないと入手できないから。その報告を聞いた私も、報告したメラニーたちも、苦笑が浮かぶのを止められなかったものだ。

「お坊ちゃん……上流階級の人間なら、私たちのところに情報があるのかもしれないけれど……」

「大まかな年齢と、髪と目の色。それだけでは、ちょっと絞り切れないのよねえ」

私たちは、それはもうたくさんの情報を持っている。けれどその情報源は噂《うわさ》話や手紙がほとんどなので、それぞれの人物の細かい顔立ちなんかは分からないことが多い。

まあ、彼が口を滑らせるのも時間の問題だろうし、焦《あせ》る必要はないだろう。そう思ってのんびり構えていたある日、メラニーがものすごい勢いで食堂に駆け込んできた。

「とうとうつかんだわよ！　彼、元エンテ侯爵家のマーティンだったわ！」

その言葉に、食堂が水を打ったように静まり返る。みんな驚きすぎて、何も言えないらしい。ぽかんと口を開けて、メラニーをただ見つめている。というか、私もびっくりだ。

今でもしばしば手紙をよこしてくれるヘレナ、彼女がこの修道院に送られる原因を作ったのが、誰あろうマーティンだった。彼はヘレナと婚約していながら、他の令嬢に誘惑されてヘレナを捨てたのだ。あらまあ、あの彼がマーティンだったのね。驚いたけれど……納得だわ。あの自分勝手極まりない、物事を深く考えていない彼なら、修道院への侵入なんて馬鹿《ばか》げたことを考えてもおかしくない。

「マーティンですって？　やだあ、面白《おもしろ》いことになったじゃないの、うふふ」

「確かヘレナが帰っていってまもなく、エンテ家の領地で反乱が起きたのよね。その結果エンテ家は取り潰《つぶ》されて」

「そうそう。でもマーティンは反乱を阻止しようと努力したのが認められて、王宮で文官として働くことになったんじゃなかった？　どうせ彼はうろたえるくらいしかできないだろうし、そのまま親子共々破滅するだろうなって思ってたのに。意外だったわ」

「思いのほか頑張ったわよね。……で、結局どうしてマーティンが私たちを恨んでいるのかしら？」

確かに、そこのところはまだ謎だ。というか、私たちと彼をつなぐ接点はヘレナしかないけれど、彼女が余計なことを喋る訳はないし。

みんなの視線が、またメラニーに集まる。彼女はとても頼もしげにぐっと拳《こぶし》を握った。

「ええ、そちらについてもあたくしたちが突き止めてみせるわあ。近いうちに、ね。マーティンは正体を明かすくらいには心を許してるし、ここからは一気に畳みかけられるから」

そんな彼女に向けて、よろしくね、頼んだわよと元気な声が次々と飛ぶ。

「それじゃあ後はメラニーたちに任せて、私たちは引き続き待っていましょうか」

明るくそう言い放ったまさにその時、メラニーの背後から足音が近づいてきた。焦っているような、ばたばたとした大きな音だ。

次の瞬間、大あわてのシャーリーが食堂に飛び込んできた。メラニーの大きなスカートにぶつかって、つんのめっている。伝書士見習いである彼女は、日中は祖母であり師匠でもある伝書士のスーザンからあれこれ教わっているから、塔から出てくることはあまりない。どうしたのだろう。

「何かあったの、シャーリー？」

全力疾走したかのように息を切らしているシャーリーに歩み寄ると、彼女は無言で手紙を差し出してきた。それを受け取って、思わず眉をひそめる。

それは、ヘレナからの手紙だった。けれどいつもの分厚いものではない。中身が空なのではないかというくらいに薄い。しかも表の宛名には『大至急！』と書き添えられていた。

そもそもシャーリーが持ってきたということは、この手紙は伝書鳥が運んできたものなのだろう。ヘレナが伝書鳥を使って急ぎの手紙を送ってきたのは、これが初めてだ。

何だかとっても嫌な予感がする。みんなの注目を浴びながら、慎重に手紙を開封した。

中には、紙が一枚だけ。そしてそこには、こう書かれていた。

『ミアがそちらに行くことになりました。気をつけてください』

私がその文章を読み上げたとたん、辺りが一気に騒がしくなった。驚きと不快感が混ざった、そんなささやきが食堂中に満ちていく。

「ミア……って、あのミアよね？　ノストル男爵家の泥棒猫。こんな偶然ってある？」

先ほど話題になっていたマーティン、かつて彼を誘惑したのがミアだったのだ。彼女のせいで、ヘレナは大いに苦しむことになった。そのことを、私たちは忘れてはいない。

彼女がここにやってくる。それもおそらくは、修道女として。でも新しい修道女が来るという正式な連絡はまだ届いていない。たぶんヘレナは、情報をつかんですぐに連絡してくれたのだろう。

「エンテ侯爵家が無くなる直前に、彼女はマーティンをあっさり捨てたんじゃなかった？」

「そうそう。でもついこの間、性懲《しょうこ》りもなく婚約者がいる男性に手を出したって聞いてるわよ。またか、って思って気にも留めてなかったけど」

「とすると、その辺で何かもめたのかしらね。で、さすがに親もかばいきれなくなって、ほとぼりが冷めるまで一時的に修道院に送ることにした、とか……」

「うわ、それありそうね。ミアのふるまいって、どんどん大胆になってるって話だし」

ミアがやってくる。その不快感を押し流すように、みんなはいつも以上に饒舌《じょうぜつ》になっていた。

「みんな、お喋りは後よ」

そんなざわめきを押しのけるようにして、きっぱりと言う。

「ミアは男を取っかえひっかえして、結果としてたくさんの女性を泣かせてきたわ。私たちの仲間、ヘレナもそんな被害者の一人。言うならばミアは、私たちの敵よ」

そう訴えかけると、みんなが一斉にうなずいた。全員、きっちりと口を閉ざして。

「だからミアを、この修道院の仲間として迎え入れる訳にはいかない。みんなで力を合わせて、できるだけ穏便に、そして速やかに、彼女をここから追い出しましょう」

そう締めくくると、すぐに力強い賛同の声が返ってきた。待ち受ける困難に、全員で立ち向かっていく。そんな決意がみんなの目にはあふれていた。

それからすぐに、私たちはミアを追い出す準備に取りかかった。不幸中の幸いというか、ヘレナのおかげで時間に余裕はある。

まずは、この修道院を普通の修道院のように見せかけることにした。ミアは比較的だらしないほうだと聞いているし、ここの本当の姿を知ったら気に入ってしまうかもしれない。それだけは絶対に駄目だ。ミアが一目見てうんざりするような、清らかで厳粛な場所を演出しなくては。

だから私たちは修道院の中を一通り回って、修道院にふさわしくなさそうなものを片っ端からしまい込んでいった。強い酒、上等な干し肉や珍しい果物、贅沢《ぜいたく》すぎる私服に豪華な装飾品、賭けに使うカード、少々刺激的な書物。そういったものは各自私室に隠してもらい、どうしても入り切らないものは空き部屋に突っ込んで鍵をかけた。で、その鍵は私が肌身離さず持ち歩いて。

気がつけば、修道院の中はかなりすっきりしていた。普段は意識していなかったけれど、いつもたむろしている食堂が散らかっていたのはともかく、私室の前のロビーやその周囲の廊下にまで物があふれてしまっていたのだった。みんな、適当に私物を放置しすぎよ。もっともその状況に慣れてしまっていた私も、人のことは言えないけれど。

「ところであなた、普通の修道院がどんな感じなのか知ってる？」

「噂だけなら。だって、ここ以外の修道院に入ったことなんてないもの」

「私もよ。どうやらもっと質素で、もっときっちりしてて、もっと面白くないところみたいね」

「嫌あねえ。そんなところに入りたくないわ」

せっせと物を片付けながら、みんなはそんなことをささやき合っていた。実のところ、私も似たようなものだった。実際に放り込まれるまで、修道院になんて興味を持ったことがなかったし。

建物の中が片付いたら、次は外……ジルの罠だ。からくりを駆使したこの罠は、他の修道院には絶対に存在しない。断言できる。ジルに頼んで、あの罠を外してもらったほうがいい。ミアに怪しまれそうなものは、減らしておくに限る。

「ジル、あの罠を一時的に外すことって……」

「無理。複雑に重なり合ってるから、下手《へた》に外そうとしたらどれかが発動する。最悪、大惨事になる」

「でも、今度ミアが来るから……」

「罠は修道院の防壁の、その外側にしかない。賊でも出ない限り、みんなそこには行かない。私の部屋は厳重に鍵をかけるから大丈夫」

結局彼女に押し切られて、罠はそのままにしておくということになった。もし見つかったら、用心のために外部の人間が設置してくれたのだと、そう説明すればいい。ジルは真剣に、そうも言っていた。若干無理がある気もするけれど、ここは腹をくくるしかない。

そうやって修道院の中をそれっぽく整えつつ、ミアについての情報をさらに集めていった。彼女の性格や行動についてもっとよく知ることができれば、そこから彼女を追い出すための糸口が見えてくるかもしれないと、そう考えて。

ただそのせいで、毎日ひっきりなしに伝書鳥をやり取りすることになってしまった。仕方のないこととはいえ、老齢のスーザンの負担になってはいないかが心配だった。スーザンは自分の仕事に誇りを持っているから、正面切って「大丈夫？」なんて聞いてもはぐらかされるだろうし。

「ねえシャーリー、スーザンはどんな感じかしら？　最近、仕事をたくさんお願いしてしまっているけれど……」

「お気遣《きづか》いありがとうございます。でも大丈夫っす！　ばあちゃん、私よりずっとたくましいので」

シャーリーに尋ねてみたら、あっけらかんとそう返された。

「あ、でも何か元気が出るものを差し入れてもらえると嬉《うれ》しいっす。私じゃなくて、ばあちゃんに」

「じゃあ、特製の薬草酒はどう？　精がつくらしいわね。飲んだことがないから知らないけれど」

「あ、あれ、ばあちゃんも好きなんです。きっと喜びますよ」

一部の修道女たちが、塔の一室で日々薬草酒の開発にいそしんでいるのだ。よりおいしく、より効くものを。そんな合言葉のもと改良を続けた結果、疲労回復滋養強壮、その他もろもろに効くお酒ができたのだ。なんでも、外部の人間への贈答品としても好評らしい。修道院特製のお酒。考えてみれば、とんでもない話よね。これも、ミアには内緒にしないと。


そうやって毎日ばたばたしながら、時々地下牢があるほうを見てため息をつく。

そこには今も、マーティンが捕らわれている。うっかりミアが彼と出くわしてしまったら、もう言い訳のしようがない。こんなことなら余計な興味など持たずに、さっさと彼の身柄を役人に引き渡してしまえばよかったわ。多少の謎に目をつぶってでも。

でも、今から役人と連絡を取っても、輸送の馬車がここまで来るには結構かかってしまう。どう考えても間に合わない。だからもう、マーティンの存在を徹底的に隠し通すしかない。幸い、地下牢へ通じる階段は一つきりだし、そこを交代でこっそり見張っておけば何とかなるだろう。

そうこうしているうちに、とうとうミアが来る日になってしまった。お手本のように正しく修道服を着込んで、玄関ホールでミアを待ち受ける。……ヴェールが邪魔だわ……。背後には、同じようにきちんとした格好の修道女たち。私たちはここでヘレナを、ドロシーを、グレースを迎え入れた。でもあの時とは、何もかもが違う。

「いよいよね。みんな、練習の通りにいきましょう」

小声でささやく私の目の前で、ゆっくりと玄関の扉が開いた。ほっそりとした若い女性が、しずしずとこちらに近づいてくる。一歩ごとにそこはかとなく腰をくねらせているのは気のせいだろうか。ここには女しかいないのだし、媚《こび》を売っても意味なんてないのにねえ。

「……ミア・ノストルと申します。どうぞ、よろしくお願いいたします」

か弱いその声は、どうにもぎこちない。男を手玉に取るのは得意でも、怖くて厳格な女性たちがずらりと並んでいると勝手が違う、といったところだろうか。

「ようこそ、修道院へ」

そう答えながら、ミアをじっくりと、ただし彼女に気づかれないように観察する。彼女は聞いていた以上に儚《はかな》げで、守ってやりたくなるような愛らしさに満ちていた。

でも同じく守ってやりたい雰囲気のドロシーとは違い、ミアは何というか……この表情、計算して作ってるわね。典型的な『女性に嫌われ男性に好かれる女』だ。彼女が弱々しくしなを作って潤んだ目で見上げたなら、大概の男はころっと恋に落ちてしまうに違いない。甘ったれた坊ちゃん育ちのマーティンなど、ひとたまりもなかっただろう。

そんなことを考えながらも、精いっぱい厳《おごそ》かに、そして静かに話し続ける。

「ここは世俗を離れた女たちが、神に祈りを捧《ささ》げる場所」

みんながそれに続いて、声をそろえて言った。行儀よく、上品に。練習通りに。

「ようこそ、私たちはあなたを歓迎します」

この雰囲気、やっぱり慣れないわ。何度聞いても、つい笑いそうになってしまう。

「……ありがとうございます」

ミアがしおらしく頭を下げる。でも一瞬、その水色の目にうんざりしたような火花がひらめくのが見えた。ふうん、彼女もこの堅っ苦しい雰囲気は嫌みたいね。いい感じの滑り出しだわ。

「私はミランダ、ここの院長です。それでは、みなのもとに向かいましょう」

そうしてミアを従え、きっちり列を組んで礼拝堂に向かった。いつもなら、新入りはまず食堂に連れていく。私たちの普段の姿を見てもらうために。でも当然ながら、今回は違う。

いつもは大股に歩く道のりを、じれったくなるほどしずしずと進む。こんなしとやかな歩き方をしたのはいつぶりだろうか。確かまだ私が夫のところにいた時だから……ああ、六年前ね。あの頃まだ十九歳だった私は、足音を立てて歩くのははしたないと思い込んでいたのだった。我ながら、くだらないことを気にしていたものよね。

ひどく時間をかけて、礼拝堂の奥までやってきた。そこでは、残りの全員が列をなして立ち並び、静かに私たちを出迎えていた。みな一分《いちぶ》の隙《すき》もなくきっちりと修道服をまとい、口をつぐんだまま慎《つつ》ましく目を伏せている。ミアが気圧《けお》されたように、ほんの少したじろぐのが見えた。

今のところ、私たちの作戦はうまくいっているようだった。間違ってもミアがここを気に入ったりしないように、全員で厳格な修道女のふりをする。彼女が滞在している間だけ、ここは規則にうるさい修道院で、私たちは日々禁欲的に暮らしている修道女の鑑《かがみ》だ。

じきに、ミアはここでの暮らしに嫌気が差すに違いない。一刻も早くここから出ていきたいと、そう思うに違いない。あとは彼女がここを飛び出していけるように、あれこれと手を貸してやればいい。

言葉にしてみれば、筋は通っている。けれど実際にこうやって演技を始めてみると、想像していたよりもずっと面倒くさかった。そう考えているのは私だけではないらしく、みんなもうんざりしたような視線を見交わしていた。もちろん、ミアに見つからないよう十分に気をつけながら。

ああ、早く彼女を追い返して、元の自由な暮らしに戻りたい。無言のままのみんなの目は、一様にそんなことを語っているように見えた。


それからは毎日、模範的な修道女として暮らし続けた。朝早く起きて修道院を掃除し、礼拝の後はみんなで集まって神の教えについて学ぶ。私語などもってのほかだ。

「もう駄目、こんな生活無理……」

「しっかりしなさい、と言いたいところだけど……私もよ……ああもう、最悪だわ」

あっという間に、院長室は厳しい暮らしに音《ね》を上げたみんなの隠れ場所になってしまった。修道女たちを取りまとめている、とびきり厳格な院長……私のことだけどね……が常駐しているここを、ミアはあからさまに避けていた。だからここでなら、ミアの目を気にすることなく羽を伸ばせるのだ。

とはいえ、ちょっと人が集まりすぎだ。座るところがなくて、床に腰を下ろしている者までいる。全員ぐったりと疲れ果てているし、常に部屋のあちこちからため息が聞こえてくる。仕方ないと分かっていても、さすがに辛気臭《しんきくさ》いにもほどがある。

「みんな、嘆いている暇があったら、彼女を追い出すための新たな策を考えましょう。この不自由な生活を終わらせるには、それしかないのだから」

そうやって励ましてはみたものの、院長室に集まっているみんなの顔色は優れないままだった。先の見えないこの生活に、絶望しかかっているらしい。

今の状況は、確かに苦しい。でもたかだかミア一人に振り回されてへこたれるなんて、私たちらしくないわ。何か、突破口になりそうなものはないかしら。

無言で考えていたら、アイリーンが院長室に駆け込んできた。いつも通りに、とっても元気よく。

「ミランダさん、今いいですか!?」

その生き生きとした姿についほっとしつつ、そっとたしなめる。

「アイリーン、今はまだ『厳格な修道院作戦』の途中なのだし、廊下を走っては駄目よ。それにあなた、いずれはどこぞの令息と燃えるような恋がしたいって言ってたでしょう。ドロシーとアレックスみたいに」

「はい、そうなんです！　あの二人、本当にお似合いでした……」

「そのためには、立ち居ふるまいにも少し気をつけたほうがいいわ。あなたはちょっぴり……その、ちょっとだけね、おてんばなところがあるから。もっとも、そんなところも魅力なのだけれど」

「はい、ありがとうございます！　ええっと、こんな感じでしょうか？」

彼女はそう言うと、スカートをつまんで礼をした。ちょっぴりぎこちないところが可愛らしい。と、そんな私たちに、横合いから気《け》だるげな声がかけられる。

「ねえアイリーン、それより何かあったんじゃないの？　やけに張り切ってるみたいだけど」

「いけない、報告があるんでした。ミアがここに来た理由が分かったとのことです！」

アイリーンは背筋を伸ばして、そう答えた。自由気ままに歩き回るのがはばかられる今の状況において、彼女は伝令係として動き回っている。院長である私や年かさの修道女はそれらしくどっしりと構えていなければならないけれど、年少の彼女なら多少ふらふらしていても言い訳がつくから。

そして彼女の言葉をきっかけに、院長室の空気が変わった。みんながとても機敏な動きで起き上がって、こちらに向き直っている。

「それがですね、塔の人たちからの伝言なんですけど……」

今、私たちは集団で厳格な修道院を演出している。しかしそれとは別に、数人の修道女が塔の上層にこもっていた。ミアと顔を合わせないように気をつけながら、彼女たちはスーザンやシャーリーと共に、ミアについての情報収集に当たっているのだ。ちなみにジルも、塔の自室に籠城している。

「結論から言うと、前にみんなで推測したものでだいたい合ってました」

警戒するように、アイリーンがちらりと入り口の扉に目をやる。そこが確かに閉まっていることを確認すると、声をひそめて話し始めた。

「ミアはこないだ、婚約者のいる男性に手を出したんです。いつものように奪い取ろうとしたみたいなんですが、珍しくも今回は失敗しました。その男性に、手ひどく振られたみたいで」

「いい気味よ」

誰からともなくそんな声が上がり、みんなが一斉にうなずく。いつの間にか私たちは、アイリーンを取り囲むようにしてぎゅっと寄り集まっていた。

「それをきっかけとして、彼女の悪い噂……というか、過去の行いが社交界に一気に広まっちゃったみたいなんです。ここでようやく、彼女の両親であるノストル男爵夫妻が動き出しました」

アイリーンの説明を聞いて、みんながひそひそとささやき合う。

「逆に、今まで彼女を放置していたっていうのが恐ろしいわね。どんな親なのよ」

「証拠はないけれど、彼女の両親は彼女を利用して成り上がろうとしてるって聞いたことがあるわよ。ほら、ノストル家って最下層の男爵家だし」

そんなささやき声に重ねるようにして、アイリーンが興味深いことを口にした。

「両親は『こんな噂が広がってしまっては、お前の結婚相手を見つけることも難しい。どうにかして結婚相手を探すから、それまで修道院に身を隠していろ』と言ったそうです。『最悪、平民との婚姻もあり得るから、覚悟しておけ』とも言われたみたいですね。ミアの親友の乳兄弟《ちきょうだい》経由の情報らしいので、割と信頼できると思います」

ミアの両親は、どうにかして彼女を誰かと結婚させようとしている。そして結婚相手が見つかるまで、ミアはここに居座り続ける。なるほど、状況ははっきりしたわ。でもこれって、どっちかというと良くない知らせよね。悪行がばれたミアと結婚してもいいなんて男性が、すぐに出てくるかどうか。

みんなも同じようなことを考えていたらしく、周囲から嘆きの声が上がり始めた。

「修道院に身を隠すこと自体は、そこそこある話だけど……よりにもよってここに放り込まなくたっていいじゃないの……ねえアイリーン、どうしてこの修道院なのかは聞いてる？」

「はい。ミアがここに来ることになったのは、ただの偶然みたいですね」

「ああああ……もう……最悪の偶然だわ、まったく」

「私たちが好き勝手してるから、ばちが当たったのかしら……」

「ばちなんて当たるはずないでしょう。私たちは苦しむ女性を受け入れて、悩める乙女《おとめ》たちを救ってるのよ？　神様からご褒美《ほうび》をもらってもいいくらいだわ」

そうだそうだと盛り上がり始めたみんなを尻目に、アイリーンに声をかける。

「報告ありがとう、アイリーン。それじゃあ、今度は私が動いてみるわ。ミアがそのことについてどう考えているか、ちょっと探りを入れてくる」

少しだけ元気になったみんなに見送られて、しずしずと院長室を出る。目指すはミアの自室だ。今はそれぞれが神について学ぶ時間ということになっているので、彼女も自室にいるはずだ。……院長室に集まっている面々みたいに、息抜きしようと考えていなければ、だけれど。

「いつものことは、何もかもが違うわね……静かで、整然としていて。みんな、決まり通りに動いていて」

静まり返った廊下を進みながら、ぽつりとつぶやく。本来、この修道院には細かい決まりなんてない。いつもそれぞれが好き勝手に動き回っているし、どこもかしこもにぎやかなお喋りであふれている。あの騒がしい日々が懐かしい。

小さくため息をついて、ミアの部屋の扉を叩く。ゆっくりと、堂々と。いつもよりしとやかに。

「いるかしら、ミア？」

はい、という小さな声がして、きしんだ音を立てて扉が開く。戸惑い顔のミアがそこに立っていた。

「少しあなたと話したいことがあるの。今、いい？」

無言でうなずくミアは、ちょっぴりほっとしているようだった。どうやら彼女も、黙々と勉強し続けるのは好きではないらしい。院長と話しているほうが、まだましなのだろう。

そうして彼女の部屋に入り、向かい合って座る。

「あなたもそろそろここに慣れた頃だと思うのだけれど、どうかしら」

「はい、みなさまには良くしていただいています」

彼女はしおらしく頭を下げたものの、その声はこわばっていた。不満たらたらなのを隠そうとしているけれど、見事なまでに失敗している。かつては甘い表情を使いこなして男を手玉に取っていた彼女も、窮屈な暮らしには勝てなかったらしい。いら立ちからか、礼儀正しい表情にも態度にも、あちこちほころびができていた。

ふふ、こっちは予定通りみたいね。漏れそうになった笑みを、とっさに咳払《せきばら》いでごまかす。

「それは良かったわ。けれど、あなたのような未来ある若い女性がこんなところに押し込められているのはもったいないと、私はそう思っているの」

そんな彼女の前に、優しい言葉という餌をぶら下げる。普段の彼女なら警戒したかもしれないけれど、今の彼女はすっかりくたびれ果てている。判断力も鈍っているに違いない。

案の定、ミアの表情が変わった。かすかにこけた頬に、どんよりとしていた目に、力が戻り始めている。よし、食いついた。もう一押しだ。

「あなたが幸せをつかむために、私にできることはないかしら」

今までヘレナに、ドロシーに、そしてグレースにかけたのと同じような言葉を、まったく違う感情をこめて口にした。もっとも、ミアはそのことに気づきはしないだろうけれど。

「いえ、お気持ちだけで十分です。ただ、もし叶《かな》うのなら……」

あくまでも遠慮しているように見せかけながら、ミアが小声で答える。その目には、隠しようのない期待がかすかにきらめいていた。

「……父をとりなすのを、手伝ってはいただけないでしょうか」

そうして彼女は、ここに来ることになったいきさつを語り始めた。彼女は自分が今までたくさんの男をたらしこんできたことは伏せた上で、あくまでも父親の怒りに触れて修道院送りになったのだと主張していた。自分の都合のいいように事実をねじ曲げているわね。したたかなんだから。

こちらも本音を押し隠して、にっこりと笑って答える。慈母のような笑みを心掛けながら。

「まあ、大変だったのね。分かったわ、何か打つ手を考えてみるから」

「ありがとうございます！」

今度ははっきりと顔を輝かせて、ミアが頭を下げる。うまいこと私を丸め込むことができたと、そう思っているようだった。彼女が今まで手玉に取ってきた男たちと同列に扱われたのは心外だったけれど、澄ました顔で微笑む。この化かし合い、勝ったのは私よ。そんな大人げないことを思いつつ。

「それでは、そろそろ失礼するわ。お勤め、頑張ってね」

振り返ることなくミアの自室を後にする。廊下に出て扉を閉めたとたん、アイリーンがこそこそと近づいてきた。どうやら、また伝令らしい。

「メラニーさんが、彼女の自室で待っています。内密に話したいことがあるとかで」

周囲をはばかるようにしてそうささやくと、彼女はまた足早に立ち去っていった。途中でくるりと振り返って、マリアに教わった騎士流の敬礼をおどけて返してくる。

彼女のそんな茶目っ気にちょっぴり気持ちが軽くなるのを感じつつ、メラニーの部屋を目指す。彼女たちはミアが来てからも、こっそりとマーティンから話を聞き出し続けてくれていたのだ。地下へ出入りする時は他の人を見張りに立てて、決してミアに見つからないように気をつけながら。

「ああ、来てくれたのねえミランダ。あたくし、一刻も早くあなたに話したくて、ずっとうずうずしてたのよ」

メラニーは上機嫌だった。いつものドレス風の改造修道服ではなく誰かから借りたらしい普通の修道服をまとっていたけれど、そんなことも気にならないくらいに浮かれているようだった。

「マーティンったら、すっかりあたくしたちに心を許しちゃって。本当にもう可愛いったらないのよ。あれこれとおだて続けたら、ついに全部喋ってくれたわあ」

「全部？　ということは、彼がどうしてここに来たのかも？」

「ええ。彼ね、王宮で文官として働くことにすっかり嫌気がさしていたんですって。仕方ないわよねえ、ついこの間までエンテ侯爵家の跡取りとして、それはもう優雅に暮らしていたんですもの」

それは分かる気がする。マーティンは人の上に立ち、尊大にふるまうことに慣れ切っている。そんな彼にとって、人の下について毎日忙しく働くということはかなりの屈辱だったのだろう。

「それで彼、一生懸命に考えたらしいのよ、どうしてこんなことになってしまったのかって。で、ヘレナのことを逆恨みしたみたいで」

「……何をどうしたら、そんなことになるの……？　ヘレナは、彼の被害者でしょう……？」

本気で訳が分からない。ぽかんとする私に、メラニーがくすくすと笑いながら説明を続けた。

「ヘレナが素直に彼のもとに戻っていれば、エンテ領の反乱を収めるのに手を貸していれば、こんなことにならなかったんじゃないか。そんな風に考えたみたいね、マーティンは」

「……一方的にヘレナを捨てておいて、戻ってこなかったから恨むって……つくづく、救いようのない馬鹿ね」

「男って馬鹿だけど、彼は特別馬鹿よねえ。馬鹿な子ほど可愛いとは言うけれど、あたくしもそう思うわあ」

メラニーは愉快そうに笑い続けているけれど、私は頭が痛くなってきた。この修道院に来て、身勝手な男たちの話はたくさん聞いてきたけれど、マーティンもそんな彼らに負けてはいない。

「で、マーティンはヘレナへの恨みを勝手につのらせた、そこまではよしとしましょう。しかしそこからどう話が飛んだら、ここへ侵入をくわだてるなんてことになるのかしら？」

「ふふ、それね。最初、彼はもちろんヘレナに復讐《ふくしゅう》しようと考えたんですって。でも、これがちっともうまくいかなかった」

「でしょうね。今や彼女はシャルン伯爵家の次期当主、爵位を無くしたマーティンを門前払いするくらい、余裕ですもの。立派な婚約者もいるし」

「というかマーティンったら、実際にシャルン伯爵家に向かって、門前払いされたみたいよ？」

「……その行動力だけは褒めてあげてもいいのかしら……でも、あまりにも無謀ね……」

「そうよねえ。それでどうしようもなくなった彼は、ひたすらに考え抜いた。そうして、あたくしたちの存在に気がついたの。ヘレナは修道院に行ってからすっかり変わってしまった、彼女を変えたのは修道院に違いないですって。妙なところで勘がいいんだから、面白いわあ」

「それで、深夜に侵入して井戸に毒を……という考えに至ったのね。普通の修道院ならうまくいったのかもしれないけれど」

「ここは特別ですものねえ。あの子、『あの罠は何だ、ふざけるな』って、今でも吠えてるわよお」

ひとまず、これでマーティンの事情もはっきりした。彼については特に危険もなさそうだし、放っておいても勝手に自滅してくれそうだ。だったらもう、さっさと外に放り出してしまおうか。賊として役人に突き出すのも面倒だし。一応、ヘレナには注意するよう言っておいた上で。

でも今、ここにはミアがいる。彼女に気づかれずにマーティンを引っ張り出し、どこか遠くに放り出し……ちょっと難しそうね。それこそ、ミアに眠り薬でも盛るしかないかしら？

そういえば、ミアのほうもどうにかしないといけないんだった。父親をとりなすだけなら簡単だけれど、根本的に解決するには、彼女の結婚相手を探してやるのが一番だ。ただ追い返しただけだと、ミアが改めてここに放り込まれるような事態にならないとも限らないし。

はあ。どうしてこんなに面倒ごとが重なるのかしら。落ち葉掃きみたいに、まとめてほうきでざざっと片付けられれば、とっても楽なのに。ため息をついて頭を抱えた瞬間、ふとひらめいた。

「ねえ、メラニー、ちょっと思いついたのだけれど……」

声をひそめて、メラニーにささやきかける。興味深そうに耳を傾ける彼女の顔に笑みが浮かび、どんどん大きくなっていった。

◇

僕が忍び込もうとした荒野の修道院、ここはその地下だ。窓がなく昼も夜も分からない一室に、僕はずっと閉じ込められている。最初のうちこそ食事の回数を数えて日にちの目安にしていたのだが、もうそれも面倒になってしまった。

あの夜、僕はあの忌々《いまいま》しい罠に捕まり、憎き修道女たちの手によりここに押し込められた。すぐに役人に引き渡されるかと思ったのだが、予想に反して僕はここに留め置かれていた。

おかしなことは、それだけではなかった。なんと修道女たちは、かいがいしく僕の世話を焼き始めたのだ。どうやら女ばかりということもあって、僕のことが物珍しいらしい。

理由はどうあれ、ちやほやされること自体は悪いものではなかった。もちろん、僕はここの女たちに気を許すようなへまはしない。ヘレナを変えたのは、きっとここの連中なのだ。いつかこの連中に、復讐してやらねば。

とはいえ、ここでの暮らしは意外と悪くはなかった。王宮で他人にこきつかわれているより、ずっと快適かもしれない。

そんなある日、一人の女が僕のいる地下牢を訪ねてきた。

「久しぶりね、マーティン。院長のミランダよ、覚えてる？」

この女には見覚えがある。僕が侵入に失敗したあの夜、修道女たちの指揮を執っていた。妙に人の目を惹《ひ》きつける、存在感のある女だ。

「実は、あなたに折り入ってお願いがあるの」

ミランダと名乗った女は小首をかしげ、優雅に笑った。質素な修道服をまとっているとは思えないほどのあでやかさに、思わず息を呑んでしまう。品がありながら魅惑的で、母親のようでもあり少女のようでもある、そんな笑みだった。

一瞬その色香に惑わされそうになったが、すぐに気を取り直す。そうして、女をにらみつけた。

「お願い？　僕をここに押し込めておいて、いったいどういう魂胆だ」

「ノストル男爵家のミアを覚えているかしら。彼女が今、あなたに助けを求めているのよ」

ミア、その名前に思わず目を見張る。僕にとってその名は、苦い記憶そのものだ。かつて僕と将来を誓い合ったというのに、あっさりと僕のもとを離れて他の男になびいていった尻軽女。

僕の眉間《みけん》にしわが寄ったのを見て、女は苦笑した。とても優しく、柔らかく。

「彼女のことを憎んでいるの？　あなたは勘違いしているわ。彼女は他の男に強く言い寄られて、どうしても断れなかっただけなのよ。ほら、彼女ってか弱くて、とても優しい子だから」

……言われてみれば。そんな気もする。目を閉じて、ミアの姿を脳裏に思い浮かべてみた。ひどく儚げで、とてもしとやかな彼女の、か弱い笑みがすぐに浮かんできた。

もしかしたらこの女の言う通り、ミアは他の男に迫られて、押し切られてしまったのかもしれない。だとしたら、そのことに気づけなかった僕にも落ち度はあるだろう。

そう思ったとたん、さっき女が口にした言葉が気になり始めた。

「……彼女が僕に助けを求めていると、そう言ったな。それはどういうことだ」

女の形のいい唇が、綺麗《きれい》な笑みの形につり上がった。とても親切そうな表情だ。

「彼女、また別の男性に言い寄られて、それが大問題になってしまったの。そのせいで彼女は修道院に送られて、一人寂しく暮らしているのよ。誰かここから助け出してって、日々嘆いているわ」

「……ずいぶんと詳しいんだな」

「本人の口から聞いたのだから、間違いないわ。彼女は今、この修道院にいるのよ」

それを聞いて、ミアに会いたいと思ってしまった。きっと彼女は、かつてと変わらない弱々しいたたずまいで、震えながら神に祈りを捧げているのだろう。

まるで僕の気持ちが揺らいだのを見透かしたように、女が告げる。

「私たちとしても、彼女を助けてあげたいと思っているのよ。それで、あなたに声をかけたの」

「どうして、僕なんだ」

「もちろん、あなたがかつて彼女と親しい仲だったからよ。あなたの勘違いでいったんは破局したけれど、あなたたちは互いに思い合っている。そう、今でも」

女の言うことには筋が通っている。だが、油断してはいけない。僕の推理が正しければ、彼女たちにはあのヘレナをすっかり変えてしまうだけの何かがあるはずなのだ。

身構えて口を閉ざす僕に、女はさらに食い下がってくる。いっそ無邪気と言えるくらいに明るい笑みを浮かべて。

「あなたにとっても悪い話じゃないと思うのよ。だってミアのところに婿《むこ》入りすれば、あなたはノストル男爵家の一員。もう王宮の一番下っ端としてさんざんにこき使われることもないもの」

とどめとばかりに女が発したその言葉に、僕があらがうすべはなかった。女がゆったりとした声で語る作戦とやらを、ただぼんやりと聞いていた。

その数日後の朝、僕は修道院の外に立っていた。深呼吸して門をくぐり、玄関から修道院の中に入る。女に指示された通りにまっすぐ進み、礼拝堂へ向かった。

礼拝堂の扉を勢いよく開けると、まったく同じ格好をした修道女たちが一斉に振り向いた。みな無言で、辺りにはとても厳粛な雰囲気が漂っていた。この修道女たちの中に、罠と棒きれで僕を取り押さえたあの野蛮な女たちがいるはずなのだが……とてもそうは思えない。

いや、今はそれどころではない。修道女たちを無視して、急ぎミアを探す。すぐに、愛《いと》しい彼女の姿が目に飛び込んできた。

「ミア、君を助けにきた！」

◇

は？　マーティン様？　なんで？

ぽかんとしているあたしのところに、マーティン様が大股に歩み寄ってくる。

「君が大変なことになっていると聞いて、いてもたってもいられなかった。だから、こうして迎えにきたんだ。君を助けるために」

迎え？　訳分かんない。エンテ家の破滅に巻き込まれないよう、他の男の存在を思いっきり見せつけて振ってやったし、彼があたしのことを憎んでるとかならともかく、助けにくるとかあり得ないんですけど。どういうこと？

「迎えに、ですか……？」

「そうだ。君はこんなところに送られたあげく、いずれ意に染まない相手と結婚させられるんだろう？　ああ、こんなにやつれて、かわいそうに……」

「それは……そう、ですが……」

ひとまず、いつも通りの弱々しい態度で話してみた。マーティン様……考えてみたらこの人はもう平民だし、様付けでなくてもいい気がする……は、そんなあたしに、さわやかに笑ってみせた。

「かつて君が僕を裏切ったことなら、もう気にしていない。君にも事情があったのだろう？」

ええーっ、どう考えてもおかしい。マーティンらしくない。この人、見た目はまああなのに器がびっくりするくらいに小さいし自尊心も強いから、裏切った相手を許す訳ないんだけど。

わっ、油断してたら肩を抱かれた！　もう、なれなれしいんだから！

「さあ、僕と一緒に君の両親に会いにいこう。僕は貴族の身分こそ無くしたが、思いの丈を語って説得すれば、君の両親もきっと僕たちのことを認めてくれるさ。そうすれば君も、どこの誰だか知らない相手と結婚しなくて済むだろう？」

ちょっと待ってよ、確かにお父様はあたしをどこかに嫁がせようとしている。相手が誰になるかは分からない。正直、辛《つら》い状況なのは確かだ。でもだからって、なんでマーティンが出張ってくるのよ！

どうにかして穏便にマーティンを追い返そうと必死に考えていると、院長の声がした。

「よかったわね、ミア」

ちっともよくない！　力になって欲しいな、って院長にお願いしたのは認めるけど、マーティンとくっつけようとしないで！

抗議する間もなく、他の修道女たちもささやき始めた。上品に、でも熱心に。

「こんなへき地までわざわざ迎えにきてくれるなんて、そんな一途《いちず》な方はそうそういないわ。あなたはとても愛されているのね、ミア」

「彼はきっと素敵な旦那《だんな》様になるでしょうね」

こんな頭空っぽの、しかも爵位も何も持ってない男は嫌！　ここの人たち、祈りすぎたせいで、えーと……性善説？　とかいうのに全身染まってるんだと思う！　あたしの本性だって、ちっとも見抜けてないくせに！

「彼って、愛する女性のためならなんだってしてくれそうね……それこそ、貴族として功をなし成り上がる、とか」

その言葉を聞いた時、ふとひらめいた。そっか、マーティンは一応貴族の血を引いてるし、下っ端とはいえ文官としての地位もある。その気にさせちゃえば、成り上がってくれるんじゃ……？

それに、彼はあたしをここから連れ出してくれる気満々だ。ここで彼を追い返しちゃったら、またあの勉強と祈りの日々が……ううっ、それだけは絶対に嫌!!

……よし、決めた。マーティンを利用しよう。彼をおだてて、ここから出よう！　もう、それしかない!!

とっておきの笑みを浮かべて、マーティンに向き直る。

「ありがとうございます、マーティン様。どうか、あたしをここから連れ出してください」

「もちろんだ、ミア。さあ、こんな忌々しいところからはすぐに立ち去ろう！」

彼は鼻息も荒く、あたしの手を取った。うっわ、ちょっと引くくらいにご機嫌。

そうしてマーティンに連れられて、礼拝堂を出ていく。すると「頑張ってね」「お幸せに」なんて言葉があっちこっちから飛んできた。祝福の言葉のつもりなんだろうけど、すっごく複雑な気分。

そのまま修道院を飛び出して、つないであった馬に乗る。頑丈で力強い、たくましい馬だった。こんな馬、どこで見つけてきたんだろう。

「ああ、ミア……僕は君を一生守っていくからな。どうか、安心してくれ」

すぐ後ろからは、うっとりしたマーティンの声がする。ほんと単純。でも、あの厳格すぎる修道院を出られるのなら、もう何でもいい！

最低な修道院、さようなら！　もう二度と、こんなところになんて来ないんだから！

◇

「……どう、順調そう？」

「うん、ミランダ。もう遠くまで行った。二人とも、こちらを気にしていない」

そろそろと尋ねる私に、遠眼鏡《とおめがね》をのぞき込んでいるジルが答える。

マーティンがミアを連れて出ていってから二時間ほど後。私たちは塔の中ほどにあるジルの部屋に集まっていた。そろそろと窓の外をうかがうと、修道院に続く細い街道を点のような何かが動いているのがかすかに見えた。言うまでもなく、それはマーティンとミアを乗せた馬だった。

私はマーティンの中に残るミアへの思いをかきたてて、彼女を連れて逃げるようそそのかしたのだ。馬と荷物は、こちらで用意してやった。そうして、朝の礼拝の最中に駆け込んでくるよう指示した。恥ずかしがりのミアがあなたの誘いに乗りたくなるよう、背中を押してあげる。そう言って。

そしてその目論見《もくろみ》は、見事なまでにうまくいったようだった。

「本当だわ……どんどん遠ざかって……」

「……あれだけ遠くなら、もう私たちの声も届かないわよね？」

「そうね、だったら……」

みんなで見つめ合って、腹の底から絞り出すような歓声を上げる。たったそれだけのことが、とても嬉しかった。

「ああ、これでやっと堅苦しい生活から解放されるわ！」

「もうミアに見つかる心配をせずに、のびのび過ごせるのね！」

そんなことを叫びながら、手を取り合って少女のようにはしゃぎあう。部屋の主であるジルが渋い顔をしていたけれど、お構いなしに騒ぎ続けた。

「それにしても、さっきの二人のおかしなことといったら……笑いをこらえるのが大変だったわ」

誰かがつぶやいたそんな一言が引き金になって、全員が一斉に笑い転げる。

「そうよね。マーティンはミランダの口車に乗せられて、すっかりミアを救う白馬の王子様になりきってたし」

「面白いくらい自分に酔ってたわよね。彼が単純で助かったわ」

「それに引き換え、ミアときたら」

笑いすぎて涙目になりながら、みんなは心底愉快そうに語り合う。

「あれは明らかに計算してたわね。彼に従ってここを飛び出すのと、彼の手を振り払ってここに残るのと、どちらがいいか悩んでる顔だったわ」

「はらはらしたわね、あの時は。ミアがマーティンを拒んだら、それで計画はおじゃんですもの」

「まあ、最終的にはマーティンの誘いに乗ってくれて助かったわ」

「みんなで一生懸命、厳格な修道院を演出した甲斐があったわよね」

そうして、にやにやしながら声をひそめる。

「その裏で、ミアの両親に働きかけてマーティンを売り込んでおいたから、あの二人はつつがなく結婚ということになるでしょうねえ……ふふふ」

「残念な男と危険な女、案外お似合いだとも思うのよねえ」

「あの二人がまとまっちゃえば、もうこれ以上被害者も出ないでしょうし」

ひとしきりマーティンとミアについて語り合っていたところ、不意に一人がうっとりとつぶやいた。

「こうやって堂々とお喋りできる、ああ、自由って最高ね！」

それに応《こた》えるように、次々と感極まった声が上がる。しばらく不自由な暮らしをしていた反動からか、ちっとも熱が冷める気配がない。

「ねえ、せっかくだから今日は宴《うたげ》にしましょうよ。ミランダ、いいでしょう？」

しまいには、そんなことを言い出した。みんな、期待に満ちた目で私を見ている。

「ふふ、そうね。今日くらいは思いっきり羽目を外してもいいんじゃないかしら」

この勝利を祝いたいという気持ちは痛いほど分かる。私だって、もうあんなのはこりごりだもの。

そう答えて伸びをしようとして、気がついた。何だかやけに動きづらい。自由と平和を喜ぶのに忙しかったせいで忘れていたけれど、私たちは少しの乱れもなく修道服を着こなしたままだったのだ。

「……この堅苦しい着こなしとも、ようやくお別れできるわね」

院長の印である古めかしい首飾りを外し、修道服の首元を緩める。ヴェールを外して、髪をいつものように無造作に垂らした。これで元通り。ああ、すっきりしたわ。

見ると、みんなもいそいそと服を着崩している。つい先ほどまでは模範的な修道女の一団だった私たちは、もうすっかりいつも通りの、自由そのものの姿になっていた。

「さあ、元の生活に戻ったお祝いを始めましょうか！」

私の号令に、みんな底抜けに明るい笑みを浮かべて叫ぶ。分かったから早く出ていって、というジルの抗議の声は、たくさんのはしゃぎ声にかき消されてしまっていた。


それから私たちは、修道院のあちこちに隠していたものを引っ張り出し、宴の準備に精を出していた。もうマーティンの世話や警備に人を割《さ》かなくても済むし、ミアの動きを警戒しなくてもいい。そんな解放感もあって、宴の準備それ自体がお祭りのようになっていた。

「あっ、それ私の秘蔵の火酒じゃない！　いつの間に持ち出したのよ！」

「いいじゃないの、けちけちしないでよ。ほら、私が隠してた上物の干し葡萄《ぶどう》も出すから。あなた、これ好きでしょ？」

「ねえねえ、取っておきの高級塩漬け肉、使っちゃいましょうよ。お祝いなんだし」

「いいわねえ。今日は盛大に飲み食いしましょう！」

みんな手に手に酒や食材を抱えて、弾むような足取りで食堂へと急いでいく。私はそんなみんなからそっと離れ、一人院長室に戻った。宴の前に、院長としての仕事を片付けておきたい。この分だと、明日は間違いなく二日酔いで寝込むから。

まずは王宮宛てに手紙を書いて、今回の件について説明した。この修道院は身分の高い女性が入る場所だということもあって、修道女の出入りに関してはそこそこ厳格だ。いつの間にか一人いなくなっていました、では通らない。

ペンを握って考え込む。ところでこれって、どう書いたものかしらね。『修道女ミアを、王宮で働く文官マーティンが迎えにきた。以前から思い合っていた二人は共にミアの家に向かい、結婚の許しをもらいにいくことにした』……こんなところかしら。都合の悪いところは隠せているし、ぱっと見の状況ともほぼ合致しているし、問題ないわね。

ただ、あの二人が無事にミアの家にたどり着けなかったら、こちらも責任を問われるかもしれない。でもそうなったらなったで、改めて言い逃れればいいだけの話だ。

浮かれた気分で、手紙に封をする。それを脇によけて、すぐに二通目の手紙、ヘレナ宛ての手紙を書き始めた。ミアのことをいち早く伝えてくれた彼女に、一刻も早くこの結末を教えたかったのだ。

ヘレナ、あなたのおかげで助かったわ。無事にミアを追い出すことに成功したのだけど、ちょっと面白いことになっちゃって……。

伝えたいことはたくさんある。考えるよりも先に、ペンがすらすらと動いていく。小さく笑みを浮かべながら、せっせと手紙を書き続けた。

廊下からは、いつも以上に元気なはしゃぎ声がとぎれることなく聞こえていた。

5. 幕開けは不穏な香り

マーティンとミアの愉快な旅立ちから、そろそろ一か月が経《た》とうとしていた。二人は無事にミアの実家であるノストル家にたどり着き、晴れて婚約したのだそうだ。マーティンはともかく、ミアは現状に納得いっていないのだとか。まあ、自業自得よね。

私からの手紙で騒動の一部始終を知ったヘレナは、婚約者のロディと二人して大笑いしたらしい。知らせてくださってありがとうございました、とつづられた手紙の文字も、笑いに震えていた。

そして懲りないみんなは、窮屈な生活は嫌だと嘆いていたことも忘れて、また退屈だと騒ぐようになっていた。何か面白《おもしろ》いことはないの、と毎日のように私のところに聞きにくる始末だ。

「そんなこと言って……また前みたいな目にあうかもしれないのよ？」

私がたしなめても、誰も聞く耳を持たない。憤慨した様子で口をとがらせている。

「また乗り切ればいいだけよ。問題なのは、この退屈のほう！　ねえミランダ、何とかしてよ」

「何とかって言われても、私には何もできないわ。それにやっぱり、平和が一番よ」

そう答えて、にっこりと笑う。心配ごとのない日々は最高だと、そんなことを思いながら。

しかし次の騒動が標的にしたのは、よりによって私だった。

ある日、見慣れない豪華な馬車が修道院にやってきた。そこから降りてきたのは、正装に身を固めた王宮の使者たち。彼らは私に向かって、一通の書状をうやうやしく差し出してくる。宛先は『フェルム公爵夫人』となっていた。

「このたび、陛下の誕生日を祝う宴《うたげ》が開かれることになりました。こちらはその招待状です」

「フェルム公爵より、『夫人は必ず私と共に出席するように』との言付《ことづ》けを承っております」

言うだけ言って、彼らはすぐに帰っていってしまった。ぽかんとした顔の私たちを残して。

「面倒なことになったわね、ミランダ。ご愁傷様」

そう言って、私のことを気遣《きづか》ってくれる者。

「あれ？　招待状と言付けをミランダさんに？　えっと、それってもしかして……？」

そして、訳が分からずに首をかしげる者。

フェルム公爵夫人。それは、私のことだ。けれどそのことを知っているのは、一部の古株だけ。ここでは、お互いの過去については詮索しないという決まりになっている。自分から打ち明ける分には問題ないけれど。しかし私にとってその名前には苦い思い出しかないから、ずっと黙っていた。

けれどこうなったからには、全部話してしまったほうがいいのかもしれない。でないとみんなは、私が王宮に行っている間ずっと、もやもやした気持ちを抱えることになるだろうし。

ひとまずみんなを食堂にかき集め、まずは使者たちがやってきたことについて話す。

「このたび、陛下の誕生日を祝う式典に、フェルム公爵夫人が招待されたの。もちろん、公爵も」

みんながごくりと息を呑《の》む。少しだけためらって、言葉を続けた。

「そしてそのフェルム公爵夫人というのは……私のことなのよ」

そう告げると、アイリーンがあっ、という声を上げた。ドロシーの騒動の際に、アイリーンにだけ『フェルム公爵夫人』という名前を教えた。それが私のことなのだということは伏せて。

「私の夫は愛人を作り、邪魔になった私を追い払った。不義を働いたという濡《ぬ》れ衣《ぎぬ》を着せて」

あの頃《ころ》の私は若かった、というより幼かった。あまりにも純粋で、生まれて初めての裏切りに打ちのめされていた。だから、夫に逆らえなかった。

「ただ、私と夫の間にはまだ婚姻関係が続いているの。公《おおやけ》には、フェルム公爵夫人はずっと病の床《とこ》に伏し、人里離れた別荘で療養していることになっているのよ」

話が進むにつれ、みんなの顔が徐々に暗くなっていく。そんな空気を散らすように、ことさらに明るく言い放つ。

「みんな、そんな顔しないで。私は、むしろこうなってよかったとさえ思っているのだから」

それでもやはり、みんなは浮かない表情のままだった。中の一人が、ぼそりとつぶやく。

「その招待って、断れないの？　ミランダだって、今さら夫になんて会いたくないでしょう」

「そうね、あんな男の顔なんて、二度と見たくはないわ。……でも」

小さなため息を一つついて、手にした招待状に視線を落とす。

ここに来てから、私宛ての招待状など届いたことはなかった。それもそうだろう、表向き私は病に倒れたことになっているし、裏では夫を裏切ったことになっている。そんな人物とわざわざ交流しようなどと考える物好きなどいない。

もちろん、親しい友人たちは私の潔白を確信してくれていた。けれど彼女たちも、私に積極的に関わってはこなかった。貴族の世界では、たった一つの悪い噂《うわさ》が命取りとなることもある。私に手を差し伸べるのは危険だ。友人たちがそう考えるのは当然だし、理解もできる。

ただやっぱり、夫の言動が、真意が分からない。

「……嫌な予感がするの。夫……あの男が、どうして今頃になって私を呼びつけたのか。きっと、何か良からぬ事情があると思うのよ。放置するのは危ない、そんな気がするの」

できることならこんな招待状など破り捨てて、ここでのんびりと過ごしていたい。そんな思いを押さえつけながら、招待状をじっとにらみ続けていた。


その日の夜、自室で旅の支度に取りかかる。この上なく気乗りがしないし、気分が重い。もう何回目になるのか覚えていないため息をついたその時、控えめに扉が叩《たた》かれた。どうぞ、と声をかけると、アイリーンがおずおずと部屋に入ってきた。

「あの……ミランダさん、大丈夫ですか？　その、招待状のこと」

「どうしたの、突然そんなことを聞いてくるなんて。もちろん大丈夫よ」

にっこりと笑いかけてみせても、アイリーンは暗い顔をしたままだった。ここの修道女たちの中でもとびきり明るい彼女にしては、かなり珍しい態度だ。

「……大丈夫じゃないですよね。昼間、昔の話をしていた時、ミランダさんはとても悲しそうでした」

「……そう。あなたにはそんな風に見えていたのね」

こんなにあっさりと見抜かれているなんて、私の演技もまだまだね。そう思って苦笑していたら、アイリーンが真顔で詰め寄ってきた。

「私たちはみんなで力を合わせて、今まで苦難の中にある女性たちを助けてきました。ヘレナも、ドロシーも、グレースも。ミアは……助けるつもりはなかったので横に置いておきます」

一気にそう言うと、彼女はこちらを見つめてくる。まぶしいほど、まっすぐに。

「だから、えっと……ミランダさんのことも助けたいなって、私はそう思ってるんです。私だけじゃなくて、他のみんなもきっと同じです」

しどろもどろになりながらアイリーンが発した言葉に、思わず目を見開いた。

「これからミランダさんは、何を考えているのか分からない夫のもとに一人で向かうことになります。危険かもしれません。危険じゃないかもしれません。でも、もし危険だったら」

アイリーンが力強く拳《こぶし》を握りしめる。きらきらと目を輝かせて、言い放った。

「その時は、私たちがついてますから！　絶対に、ミランダさんの助けになりますから！」

笑顔で応《こた》えようとしたけれど、駄目だった。きっと今の私は、泣き笑いに顔をゆがめてしまっているに違いないから。普段は先輩風を吹かせて悠々とふるまっているのに、格好がつかないったら。

こみ上げる思いに突き動かされるようにして、アイリーンをそっと抱きしめる。

「ありがとう。……頼ってしまって、いいのよね？」

「私たち、仲間なんですよ？　水臭いこと言わないでください」

腕の中で勢いよく答えながら、アイリーンがぎゅっと抱きついてくる。私たちはしばらくの間、互いに支え合うようにして立っていた。


王宮の使者が来てから数日が経ち、今度はフェルム家の馬車が私を迎えにやってきた。家紋をかたどった大きな飾りが目を引く、うんざりするほど豪華な馬車だった。

「それじゃ、行ってくるわ。私がいない間、修道院をよろしくね」

「こっちは大丈夫よ、ミランダ。だからあなたは、自分のことだけ心配しなさい」

「……どうか気をつけてね、ミランダ」

みんな、口数が少ない。私の不安と同じようなものを、みんなも感じているのかもしれない。

重たい空気の中、馬車に乗り込む。ただ一人敵地に乗り込む戦士は、こんな気持ちになるのかもしれないなと、そんなことを思いながら。

豪華な馬車に揺られて、退屈極まりない旅をして。そうして実に六年ぶりに、私は王都の近くに建つフェルムの屋敷に戻ってきた。いつもの修道服ではなく、清楚《せいそ》なドレスをまとって。

執事が開けた玄関の扉を、ゆったりとした足取りでくぐる。六年前、私は涙をこらえながらここを去った。かつて夫は用意周到に証拠を用意し、私に濡れ衣を着せ、追放した。あの時の私にとって、この屋敷はそんな不実で冷酷な夫そのもののように思えてしまっていた。けれど今の私には、この屋敷はただの古めかしい、ちょっぴりけばけばしい場所にしか見えなかった。

そんなことを考えていたら、人影が二つこちらに歩み寄ってきた。よそよそしい笑顔を張りつけた女性と、彼女に手を引かれた無愛想な子供だ。四、五歳くらいかしら。女性のほうには見覚えがある。

「お久しぶりです、ミランダ様」

「ええ、久しぶりね、エヴァ」

見かけだけは親しげな、けれどこの上なく空々しい挨拶《あいさつ》を交わす。

明るい赤毛を結い上げ、まったく笑っていない灰青色の目をこちらに向けているこの女性、私より二つ年上のエヴァこそが、私から夫をかすめとった張本人だ。ちなみに、自称男爵家の隠し子。

私が修道院に送られてからは、おそらく彼女がこの屋敷の実質的な女主人としてふるまっていたのだろう。彼女の態度や周囲の使用人の視線からは、そんなことが容易にうかがわれた。

かつての彼女は、とても魅力的だった。豊満な肢体、とろりと甘い笑みを浮かべた柔らかな面差《おもざ》し。その気になればどんな男でも魅了できそうな、そんな女性だった。……『だった』のよね。ちょっと見ない間にこんなことになってるなんて、思いもしなかった。

この六年の間に彼女は二回りほど太り、すっかり肉がたるんでしまっていた。豊満というより、だらしない感じだ。頰《ほお》や胸は垂れてしまっているし、指もむちむちと張りつめている。

私がそんなことを考えていることに気づいているのかいないのか、エヴァはかがみ込み、隣に立つ子供の肩に手を置いた。

「ミランダ様、私の息子を紹介いたします。ほらジョン、ご挨拶なさい」

ずっと明後日《あさって》の方向を向いていた子供が、一瞬だけちらりとこちらに視線を向けた。蟻《あり》でも見ているかのような、冷ややかな表情で。ジョンと呼ばれたこの子供は、見た目も雰囲気も寒気がするくらい夫によく似ていた。この子は間違いなく夫とエヴァの子供だ。

何となく、夫が私に濡れ衣を着せてまでここから追い出した理由が分かった気がした。きっと、エヴァがこの子を身ごもったからだ。私の夫は面白みのないお飾りの妻を追い出して、愛する女性との間にできた子供を自分の跡継ぎにしようと考えたのだろう。

複雑な思いを押し込めて、できるだけ優しく微笑《ほほえ》んでみせる。

「はじめまして、ジョン。私はミランダよ」

それでも彼は、何も言わなかった。またちらりとこちらを見て、そのままそっぽを向いてしまう。その目に浮かんでいるのは、ぞっとするほどの無関心だけ。ちっとも子供らしくない。

もう一言声をかけるべきか、放っておくべきか。悩んでいたら、背後から声がした。

「おお、よく戻ったなミランダ」

忘れようもない、これは夫の声だ。嫌悪感に身をすくめる私とは対照的に、エヴァが一転して満面に笑みを浮かべた。

「お帰りなさいませ、オーガスト様」

「ああ、エヴァ、ジョン。彼女を出迎えてくれたのだな。ありがとう」

そんな会話を聞きながら、ごくりとつばを呑む。私の後ろには、夫が、オーガスト・フェルムが立っている。そちらを見るのが怖い……いいえ、いつまでも怖がっていてどうするの。私はもう六年前のか弱い小娘ではないのよ。大丈夫、今ならもう、あんな男に負けたりしないんだから。

覚悟を決めて、ゆっくりと振り返る。しかし次の瞬間、あっけに取られてしまった。

え、これ誰なの。そんな声が漏れそうになるのを、ぎりぎりのところでこらえる。六年ぶりに見た夫は、まるで別人のようになっていたのだ。

かつての夫は、黒い髪に黒い瞳、浅黒くて彫りの深い面差しの、まるで狼《おおかみ》のように精悍《せいかん》で、そのくせやけに妖艶《ようえん》な美男子だった。そんなこともあってやたらと女にもてていた。

ところが今私の目の前にいるのは、でっぷりと太った男性だった。かろうじてかつての面影があるような、ないような？　しかも、髪のほうも少々寂しくなり始めている。まだ三十歳になったばかりだというのに、何ともまあ無残というか、かわいそうというか。

しかしこれでは、まるで黒豚だ。彼が少しばかり肥えたらしいとは聞いていたけれど、これは少しばかりという範囲を超えている。そういえばジョンもちょっとぽっちゃり気味だし、三人仲良く贅沢《ぜいたく》三昧《ざんまい》でもしていたのだろうか。だとしたら、私は修道院に送られたおかげで太らずに済んだのかも。

うっかりそんなことを考えてしまって、笑いがこみ上げてくる。澄ました顔を作るのが、それはもう大変だった。それでもちょっぴり肩を震わせている私に、オーガストはにこやかに話しかけてくる。

その笑顔は、さっきエヴァが私に向けていた不自然で薄気味悪い笑顔によく似ていた。

「ミランダ、お前を呼び戻したのは他でもない。既に聞いていると思うが、このたび陛下の誕生日を祝うための大きな宴が開かれることになったのでな。私の妻であるお前にも、ぜひとも出席して欲しかったのだ」

その言葉に、その笑顔に、頭の中でがんがんと鐘の音が鳴り響く。危機を告げる鐘の音が。

彼は一度だって、私に対してこんな優しい態度を取ったことはない。双方の親が勝手に決めた妻である私のことを、引っ込み思案で大人しすぎる私のことを、彼はずっと疎《うと》んじていたのだから。

「……私は不義を働き、修道院に送られました。祝いの席に出るなどと……」

オーガストが何を考えているのか探らなくては。用心しながら、わざとそんな言葉を口にしてみる。

すると彼は大げさなくらいに申し訳なさそうな顔をして、首を横に振った。

「ああ、その点についてはわびなくてはと思っていたのだ。お前の不義は、私の勘違いだったようだ。今、お前についての悪い噂を消すよう命じているところだ。だから安心して、出席してくれ」

……おかしい。絶対におかしい。

彼がわびる？　私に？　あり得ない、絶対に。やっぱり、今回のこの件には間違いなく何か裏がある。修道院に隠してあるとっておきのワインを賭けてもいい。もしかしたら彼、私を消すつもりなのかも。人の多い王都に呼び出して、誰の仕業《しわざ》か分からないようにして。十分にあり得るわ。

今すぐここから逃げ出したい。それこそ、走ってでも。そんな衝動を抑え込みつつ、それでも堂々とたたずんでいた。オーガストたちに動揺を悟られないように。

オーガストたちとの挨拶も済ませ、部屋に下がる。客室ではなく、かつてこの屋敷で暮らしていた頃に使っていた部屋へ。といっても、ここで過ごしたのは二年足らずだったけれど。豪華なのにやけに寒々しい部屋で、寝台に腰を下ろして一人ため息をつく。

「……修道院に戻りたいわ。みんなと一緒に、くだらないお喋《しゃべ》りに花を咲かせたい……」

弱音を吐きながら、それでも立ち上がる。ここでへこたれていたら、それこそ六年前の二の舞になってしまうかもしれない。抗《あらが》わなくては。戦わなくては。そのために今、私にできることは。

「まずは情報を集め、整理する。それが、私たちのやり方……」

机に向かい、引き出しから紙とペンを取り出した。まずは今の状況について、分かっていることを整理して書き出してみよう。今までみんなには打ち明けていなかった、私とオーガストたちの間の詳しい事情についても。

アイリーン、さっそく頼らせてもらうわね。彼女の笑顔を思い出しながら、ペンを走らせ続ける。私にもしものことがあったら、この情報を活《い》かして助けてちょうだい。もし私の思い過ごしだったら、そっちに帰ってからみんなで笑い飛ばしましょう。

そうしていると、重たくよどんでいた気持ちが少し軽くなるのを感じる。細かな字でびっしりと埋め尽くされた紙が、一枚、また一枚と増えていった。

そうして書き上げた手紙を、伝書士に頼んで修道院に送ってもらった。フェルムの屋敷の伝書士は、スーザンやシャーリーとはまるで違う、物静かな男性だった。そのことに、また修道院が恋しくなる。

それからも、もちろんオーガストたちの動きに目を光らせ続けていた。けれど、それ以上おかしなことは何も起こらなかった。ただオーガストが奇妙なほど終始朗《ほが》らかで、エヴァが日に日に不機嫌になっていって、ジョンが一言も喋らないだけで。……いえ、十分におかしいわね。

首をかしげているうちに、とうとう宴の当日となってしまった。この宴を乗り切ったら、修道院に帰ることができる。あと少しの辛抱よ。そう自分を奮い立たせて、支度に取りかかる。

メイドに手伝ってもらいながら豪華なドレスをまとい、髪を結って化粧をする。豪華な大鏡に映る私の姿は、我ながら中々に美しかった。ただ、内心の憂いが見え隠れしていたけれど。

そうして、突き刺さるような視線で私をにらみつけているエヴァに見送られ、やはり気味が悪いほど上機嫌のオーガストと共に馬車に乗り込んだ。すぐ近くにある王都、その中心たる王宮目指して。

馬車に揺られながら、今日の宴に思いをはせる。向かいにいるオーガストが時折世間話を持ちかけてくるのを、生返事でやり過ごしながら。

この宴は五年に一度王宮で開かれる、国王陛下の誕生祝いだ。本当は毎年大騒ぎしたいんじゃが、それだと国庫を圧迫するからのう、と陛下は悔しそうに言っていた。陛下は老齢だけれど、茶目っ気のある、子供のように無邪気な方だ。

実は私、陛下とは親しい仲なのだ。私は陛下の妹の孫に当たるし、私の実家のシエル公爵家は王家と縁が深い。そんな縁もあって、陛下は私のことをとても可愛《かわい》がってくれていた。まだ子供の私に、「可愛いミランダ、わしのことは伯父様と呼んでおくれ」と真剣にお願いするくらいに。

八年前、私がフェルム公爵家に嫁ぐことになった時、陛下……伯父様は大喜びしてくれた。あの小さなミランダが花嫁になるとはのう。そう言いながら、顔をくしゃくしゃにしていた。

六年前、オーガストが私に不義という濡れ衣を着せた時、伯父様は私を信じてくれた。表向き私が静養していることにして、私の名誉を守ってくれたのは伯父様だったのだ。

できることなら、もっとお前に力を貸したかった。しかし王という立場のせいで、わしはうかつに動くことができん。臣下の家庭内のもめごとにわしが口を挟めば、それこそ大ごとになってしまうでのう。そう嘆きながら私の手を取った伯父様の悲しそうな顔を、今でもはっきりと思い出せる。

そして五年前、誕生祝いの宴の招待状は私のもとには届かなかった。伯父様が傷心の私を気遣ってくれたのか、それともオーガストが握りつぶしたのか、その辺りは分からない。どのみち、あの頃の私は祝いの席になど出られるような状態ではなかったし。

オーガストが何を考えているのか、未《いま》だに分かっていない。私の胸の中には、やはり不安が巣くったままだった。けれど久々に伯父様に会える、そのことは素直に嬉《うれ》しかった。


夕方過ぎに、私たちは宴の会場である王宮の大広間にたどり着いた。そこには既にたくさんの招待客が集まっていて、みな楽しげに談笑しながら行きかっている。隣接する中庭では珍しい楽器を抱えた楽士や華やかな衣装をまとった舞い手、様々な手品を繰り出す手妻《てづま》使いなどがあちこちで芸を披露している。辺りには、祭りのような熱気と活気が満ちていた。

「さあ、行くぞ。まずは陛下にご挨拶をしなければな」

にたりとした笑みを浮かべたオーガストが、慣れた動きで手を差し伸べてくる。薄気味悪さに身震いしそうになるのを抑え込んで、ぽっちゃりした手に恐る恐る触れた。うう、気持ち悪い。

自分を裏切って陥れた男にエスコートされるなんて、最悪の気分よ。あの修道院に送られてから六年、ようやっとこいつのことを忘れて、自由気ままに平和に暮らせていたのに。どうして今頃になって、こんな目にあわなくちゃならないの。

ああ、こんなことになるのなら、もっと早くにこいつとの縁を切っておくのだった。面倒だとか、このままでも問題ないわとか言って、現実と向き合うことを先送りにするんじゃなかった。

心の中で盛大にわめきながら、それをかけらほども顔に出さずにしずしずと歩く。子供の頃からきちんとしつけてくれた両親に感謝しないと、なんてことをふと考えつつ。

正装をまとった人たちの間をすり抜けるようにして進んでいたら、騎士たちの群れに出くわした。美しい装飾が施された鎧《よろい》に身を固めた彼らは、何かを守るように寄り集まっている。

宴には似つかわしくないあの集団、その中心に伯父様がいるのだ。わしの誕生祝いなのじゃから、わしだって楽しみたい。護衛がおれば別によいじゃろう。伯父様は毎回そう主張して、騎士たちを引き連れて宴の会場をふらふらしているのだ。

とにかく伯父様は自由な方で、楽しいことが大好きだ。けれど伯父様のこのふるまいのせいで、伯父様の身辺警備を担当する大臣は、いつも胃痛に悩まされている。昔、そのことを伯父様に教えたら、伯父様は大臣に最高級の胃薬を差し入れていた。何かが違う気がする。そう思ったものだ。

そんなことを考えていたら、騎士たちの間からひょっこりと老人が顔を出した。私よりもわずかに小柄でずっとほっそりとしているけれど、しわだらけの顔には生気があふれている。伯父様だ。

「おおミランダ、会いたかったぞ！」

伯父様はそう叫んだと思ったら、驚くほど機敏に騎士の間をすり抜けてしまった。騎士たちが止めるよりも早く、私の前まで駆け寄ってくる。そうして、私の両手をしっかりと握って飛び跳ねていた。しわしわで温かいこの手に触れていると、ほっとする。

「伯父様、騎士たちのそばを離れてしまっては駄目でしょう。伯父様に何かあったら、彼らが責任を取らされてしまいますのよ」

軽やかな口調で伯父様をたしなめつつ、にっこりと笑いかける。嬉しくてたまらない、そんな思いを乗せて。

「お久しぶりです、伯父様。息災のようで何よりですわ」

「お前こそ元気そうじゃの。……ああ、本当に良かった。最後に会《お》うた時は、ひどい顔色じゃったからのう。……どこぞの誰かのせいで」

「ふふ、いい友人に恵まれたおかげで、その誰かについてはもうほとんど忘れていましたわ」

私が表舞台を退いたのはオーガストのせいだ。でもさすがに、その本人がすぐそばにいる状態でそのことを言う訳にはいかない。だから私たちの会話は、あいまいなふわふわしたものになっていた。

でも、お互いの無事を喜ぶ思いは十分すぎるくらいに伝わった。笑顔で見つめ合い、他愛のない言葉を交わす。そうしていたら、私たちの間に黒豚……じゃなくてオーガストが割って入ってきた。

「陛下、本日もご機嫌麗《うるわ》しゅう」

「ん、オーガストか」

邪魔するなと言わんばかりに、伯父様がオーガストを横目でにらんでいる。ぶっきらぼうでぞんざいな、短い言葉を投げかけただけで。

私とのあれこれもあって、伯父様は彼のことを毛虫以下の存在だと思っている。しかし伯父様は、そのことを口にはしなかった。もっとも、態度には思いっきり出てしまっているのだけれど。

この上なく渋い顔をした伯父様と上機嫌なオーガストが礼儀正しく話している。そんな二人に会釈して、ひとまずその場を離れることにした。

久しぶりに、伯父様に会えた。本当は、もっと話したいこともある。けれどこの宴で、いつまでも伯父様に張りついている訳にもいかない。今の私は伯父様の可愛いミランダではなく、ただの貴族の一人でしかないのだから。それに、もうこれ以上オーガストのそばにいたくはなかったし。

ふと気づくと、周囲の人たちはお喋りしたり、音楽に合わせて踊ったり、給仕から受け取ったワイングラスに口をつけたりと、とっても幸せそうにしている。でもそのせいで、なんだか自分がみじめに思えてしまう。ここを離れて、どこか静かなところに行ってしまいたい。

顔を上げたら、二階の外に広がるバルコニーがちらりと見えた。ああ、あそこがいいわ。大広間にある大階段を昇り、二階の空中回廊に足を運ぶ。ガラス張りの壁沿いにぐるりと張り巡らされた通路を歩き、ガラスの扉をくぐる。

そうしてバルコニーに出たとたん、涼しい風が頬をくすぐった。もう日は落ちていて、辺りは薄暗い。ここは人もまばらで、宴の騒がしさも幾分か和《やわ》らいでいた。その穏やかな雰囲気に、少しほっとする。ここでなら、孤独を感じることなく宴をゆっくりと楽しめるかも。

バルコニーの端に歩み寄ると、下の中庭が一望できた。たくさんのランタンがあちらこちらに下げられていて、着飾った人々を温かく照らしている。

顔を上げると、そこには満天の星が広がっていた。雲一つない空に、まるで宝石のかけらをまき散らしたような星々が輝いている。

「ふふ、綺麗《きれい》ね……現実味がなくて……まるで、夢の中みたい」

心地良い夜風に吹かれながら、目の前の光景をうっとりと眺める。こうしていると、全部私の取り越し苦労だったのかもしれないと思えてくる。跡継ぎの子供ができて心に余裕が生まれたオーガストが気まぐれを起こして、私を伯父様に会わせようとしてくれただけなのかもしれないと。

でも、そんなはずはない。オーガストがそんな良心を持ち合わせているはずはない。彼はただひたすらに傲慢《ごうまん》で悪辣《あくらつ》で、最低だ。ヘレナを捨てたマーティンや、ドロシーを虐《しいた》げていたバーナードが可愛らしく思えてしまうくらいに。かつての二年足らずの結婚生活で、嫌というほど思い知った。

そのことを忘れてはいない。けれどそんな警戒心を保っておくには、このバルコニーは平和で、甘やかだった。……そう、ここには予想外に甘い空気が漂っていたのだ。宴の最中にここに来たのは初めてだから、今の今まで気づかなかったけれど。

大広間の二階、建物の外周を取り囲むように設けられたこのバルコニーには、意外と多くの人がいる。にもかかわらず、とても静かだった。ここにいるのはほとんどが男女の二人連れで、しかもなぜか同じくらいの間隔を空けて何組も並んでいる。親しげに寄り添って、顔を寄せ合って。どうやらみんな、愛をささやき合っているらしい。時折、くすくすという小さな笑い声が聞こえてくる。

……何だか私、場違いかもね。邪魔をしたら悪いし、どこか別の場所で休憩しようかしら。オーガストに見つからないように気をつけて。

そう考え始めたまさにその時、いきなり後ろから声をかけられた。

「こちら、落とされましたよ」

振り向くと、私と同年代の男性が立っていた。その手には、私のハンカチーフが載っている。

彼はどこかガラスを思わせる、透明でひんやりとした雰囲気をまとっていた。整った顔に礼儀正しく生真面目《きまじめ》な笑みをかすかに浮かべて、ぴしりと音がしそうなほど姿勢良く立っている。浮かれた宴の空気にまるでそぐわない彼の態度は、けれど決して不快なものではなかった。

「あら本当、いつの間に落としたのかしら。拾ってくれてありがとう」

柔らかく笑い返して、彼の手からハンカチーフを受け取る。オーガストの無駄肉がついた手とはまるで違う、がっしりとした大きな手だった。そのことが、不思議と印象に残った。

しかし用が済んだはずの彼は、まだ何か言いたげに視線をさまよわせている。どうしたのかしら。黙って様子を見ていたら、彼はやがて意を決したように口を開いた。低くかすれた、やはり生真面目なのにどことなく色気を感じさせる声だ。

「……私はウォレスと申します。この王宮で、文官として働いております。どうぞ、お見知りおきを」

おそらく彼は、女性と口を利くこと自体に不慣れなのだろう。その口調はどこかぎこちなく、またそわそわしているようでもあった。

王宮勤めの文官のウォレス、その名には聞き覚えがあった。修道院のみんなが手当たり次第に集めていた情報の中には、彼の名もあったから。

彼は平民出身ながら、若くして異例の大出世を遂げた有能な官吏だ。しかしその有能さとは裏腹に私生活は質素なもので、浮いた話の一つもない。その理由について、みんなはあれこれと推測して楽しんでいたものだった。

けれどこうして本人に会ってみて分かった。この人、単にとっても奥手なだけなんだわ。でもだったらどうして、わざわざ名乗ってきたのかしら。

修道院のみんなに土産話《みやげ》ができたわね、などとこっそり思いつつ、スカートをつまんで礼をする。

「私はミランダよ、こちらこそよろしく、ウォレス」

もしかすると彼は、私がフェルム公爵夫人だと気づいているかもしれない。けれど私は、あえてこう名乗った。子供じみたふるまいだと分かってはいたけれど、今はただのミランダでいたかった。辛《つら》い記憶を呼び起こすフェルムの名を口にしたくなかった。

そんな私の名乗りを気に留めた様子もなく、ウォレスはそのまま下の中庭に目をやっている。ランタンの明かりを受けて、彼の横顔が温かな炎の色にほんのりと染まっていた。

「……ミランダ様は、どうしてこのようなところにおられるのでしょうか」

少し考え込んでいるような顔で、ウォレスがつぶやく。どうやら彼は、必死に話題を探していたらしい。落ち着いたその声に、焦《あせ》りと戸惑いのようなものがにじんでいた。

「人が多くて、少し疲れてしまったの。ここから眺めているだけでも、十分に楽しいし」

最低な夫から離れたかっただなんて、彼を警戒しているのに疲れてしまっただなんて、とても言えない。しかし幸いなことにウォレスは、私の声にひそんだ陰りには気づいていないようだった。

「そうですね。ここから見ているだけでも、夢のように美しい光景です」

彼は大きく表情を変えることなく、淡々と答えている。けれど声は優しくゆったりとしていて、聞いていて心地良い。肩の力が、自然と抜けていくのを感じる。

「私はこの宴に出席するのは初めてですが、話に聞いていた以上に見事なものですね」

「あら、初めてだったの。だったらこんなところにいないで、中庭に行ってみてはどう？　驚くほどたくさんの出し物が出ているのよ。珍しいものばかりで楽しいわ」

気分がほぐれたせいか、ついいつもと同じような調子でそんなことを口にしてしまう。いけない、初対面の相手に出しゃばってしまったわ。

けれどウォレスは、気を悪くした様子もなく答える。

「事前に、ある程度は見ております。私は、宴の準備にも関わっておりますので。……それに」

ためらい気味に続ける彼は、気のせいかちょっとはにかんでいるようにも見える。表情があまり変わらないから分かりにくいけれど。

「私は、宴を堪能《たんのう》する人々の姿を、こうして離れたところからそっと眺めているほうが楽しいのです。自分がこの平和なひと時を作り出す助けになれたのだと、そう実感できるので」

こんな華やかな宴の場で、女性と二人きり。そんな状況にはまるでそぐわない、生真面目そのものの話題。でもそれが、嫌ではなかった。むしろ、心地良いとさえ思えた。

「素敵ね、その考え方。私、そういうの好きだわ」

言ってしまってから、言葉の選び方を間違えたかなということに気づく。好きだわ、だなんて。ウォレスは女性に不慣れみたいだし、困惑させたかも。

などと思っていたら、彼は露骨に照れた表情になった。あら、こんな顔もできるのね。私のせいなのだけれど、彼のそんな表情を見られたのが嬉しい……って、何考えてるのかしら、私。

「……はい、ありがとうございます」

まだ少し恥じらったまま、ウォレスが視線をさまよわせている。ええと、何か別の話題を振ったほうがいいわよね。そう考えはしたものの、びっくりするくらい言葉が出てこない。普通の男性と普通にお喋りするのが久しぶりだからかしら。

「……あちらで、新しい出し物が始まったようですね」

不意に、彼がそう言った。彼の視線の先を追って、下の中庭をのぞき込む。よかった、話がそれたわ。そう思いながら。

中庭の一角で、若い女性が踊っていた。鮮やかな衣をまとい、蝶《ちょう》のように軽やかに舞っている。その動きに合わせて、色とりどりの紙吹雪がどこからともなく次々と現れた。風もないのに、紙吹雪はひらひらと楽しげに広がり、舞い上がっていく。

「まあ、素敵……」

自然と、感嘆のため息が漏れる。もっとじっくりと見てみたくなって、手すりにつかまり身を乗り出した。その時、紙吹雪がひとひら、風に乗ってすぐ近くまで飛んできた。思わず手を伸ばして、そっと紙吹雪を捕まえる。子供の頃、舞い散る花びらを追いかけ回した時のように。

ふと、すぐ近くでかすかな吐息の音が聞こえてきた。……もしかして、笑ってる？　そっと横目でそちらをうかがうと、ウォレスが微笑んでいるのが見えた。しかし私の目線に気づいたのか、彼はすぐにその笑みを引っ込めてしまった。ちょっとあわてた様子で。

あ、今の表情をもっと見たいわ。ふとそんなことを思ってしまう。この王宮で、私の味方は伯父様だけ。そうやって肩肘《かたひじ》張っていたのに、意外なところで興味深い人間に、私と仲良くしてくれそうな人間に出会えた。そんなこともあって、私はちょっと浮かれていたのかもしれない。

ほんの少しためらって、こんなことを口にする。

「……ねえ、特に予定がないのなら、このままここで花火見物というのはどうかしら？」

この宴の締めくくりとして、毎回盛大に花火が打ち上げられる。それを一緒に眺めれば、彼はまたさっきのような笑顔を見せてくれるかもしれない。そう思ったのだ。その行動が、人妻としてふさわしいものでないと分かっていても、誘わずにはいられなかった。

脳裏をちらりとオーガストの姿がよぎる。けれど彼は、こういった場では人脈を作るのに忙しい。静養しているはずの私がしゃしゃり出ていって注目を集めるのは彼の本意ではないだろう。それに私だって、たまたま知り合った男性とちょっと一緒にいるだけだから何も問題はないし。

心の中であれこれと言い訳をしていると、ウォレスが静かに答えてきた。

「申し訳ありません。私は文官として、その花火を打ち上げる者たちの監督に向かわなければならないのです。……せっかくのお誘いを断るしかできないのは、とても残念です」

どことなく切なげに目を伏せるウォレスに、ことさらに明るく言葉を返した。ほっとしたような、残念なような気持ちを抱えて。

「気にしないで。仕事だというのなら、仕方ないわ。あなたたちの花火、楽しみにしているわね」

「お気遣い、ありがとうございます。……それでは、そろそろ失礼いたします」

最後にそう言って、ウォレスが立ち去っていく。その背中を見送ってから、バルコニーの手すりにもたれて星空を眺める。さっきまでの会話の優しい余韻に、一人で浸りながら。

何だかとても、幸せな気分だった。しかしそんな穏やかな気分は、すぐに消し飛んでしまった。何の気なしに辺りを見渡した拍子に、とびきり嫌なものが目に入ってしまったのだ。

ガラスの扉の向こうに見える、大広間の大階段。オーガストが、そこをのっしのっしと昇ってきていたのだ。二階にたどり着いた時には、彼はすっかり息を切らしてしまっていた。まあ、あれだけ太っていれば当然ね。

「ああ、そこにいたのかミランダ。探したぞ」

彼は私を見つけると、笑みに見えなくもない形に顔をゆがめた。半ばほどまで深紅《しんく》のワインが注がれたワイングラスを軽く掲げながら。ああもう、何だか全部台無し。探さないで欲しかったわ。

「申し訳ありません。少し人込みに酔ってしまったので、ここで休んでおりました」

そう答えて、数歩だけ彼のほうに近づく。またしても頭の中で、警戒しろと告げる鐘の音が、やけに激しく鳴り響いているのを自覚しながら。

「そうか。まあいい、もうすぐ花火が上がる。せっかくだ、一緒に見ようではないか」

やけに高らかに、少しばかり大きすぎる声で彼は言った。静かなバルコニーの雰囲気をぶち壊して。近くにいる人たちが、何事かという顔でこちらを見てくる。本当に、気遣いってもののない男なんだから。

「ふう、しかし少し疲れたな」

そう言って、オーガストが手にしたグラスに口をつける。……そして次の瞬間、信じられないことが起こった。

彼は目を極限まで見開くと、突然苦しげに喉を押さえたのだ。その黒い目が、一瞬だけ私をとらえる。野太い叫び声を上げながら、彼はやけにゆっくりと床に崩れ落ちていった。

バルコニーのあちこちから、困惑したどよめきが聞こえてくる。けれど私は、ただぽかんと突っ立っていることしかできなかった。何、どういうこと。なぜオーガストが、いきなり倒れたの。

呆然《ぼうぜん》としていたら、誰かがオーガストに駆け寄った。地味な雰囲気の中年男性だ。見覚えがあるような気がしなくもないけれど、いったい誰だろう。いえそれよりも、オーガストの手当てを……。

しかし私が動き出すより先に、その男性がオーガストの横にひざまずいた。

「大丈夫ですか、フェルム公爵！」

「う、うう……」

オーガストは床で丸まり、弱々しくうめいている。男性は真剣そのものの顔で周囲を見渡していたが、やがてオーガストのすぐ近くの床に置かれたワイングラスに目を留めた。恐る恐るグラスを手に取り、ワインの匂いを慎重に嗅いでいる。

すると男性の目が、驚きに見開かれた。驚愕《きょうがく》と恐怖を顔に浮かべ、男性が叫ぶ。

「ああ、この臭いは間違いなくキチトの毒！　フェルム公爵、貴殿は毒を盛られたのですな！」

毒を盛られた。その言葉に、周囲のどよめきが大きくなる。どこからか小さな悲鳴も聞こえてきた。

「早く、誰か医者を！　それと衛兵を呼んでくれ！」

ワイングラスを手にしたまま、男性がそんな指示を飛ばす。誰もが戸惑うことしかできなかったこの場で、ただ一人この男性だけが冷静なようだった。

すぐに血相を変えた医者が、衛兵に守られるようにして駆けつけてくる。彼らがてきぱきとオーガストの手当てをしている間も、私は動けずにいた。まるで、悪い夢の中にいるような気分だった。

目の前の状況を理解しようと、混乱し切った頭を必死に働かせる。オーガストは何か企《たくら》んでいるようだった。私の身に何か危機が迫っているのかもしれないと思っていた。けれど実際には、命の危険にさらされたのはオーガストのほうだ。まさか、こんなことになるなんて。

あの男性が、医者や衛兵と何か話している。周囲の音がひどくひずんで、よく聞き取れない。

しっかりしなさい、と自分を叱咤《しった》する。オーガストは何者かに毒を盛られた。これから、まだ何か起こるかもしれない。ぼうっとしている余裕なんてない。

それでも、胸の中の心細さを消すことはできなかった。ここに修道院のみんながいてくれたら、私はこんなに取り乱さずに済んだのに。どうして、私は一人きりなのだろう。

ぶんと頭を振って、弱気な考えを追い出す。とにかく今は、状況を把握しないと。オーガストはどうなったのかしら。ふらりと一歩、彼のほうに進み出る。

私のその歩みを、何者かが阻《はば》む。やけに険しい顔をした衛兵たちだ。気づけば私は、彼らに取り囲まれてしまっていた。

6. 子羊たちは立ち上がる

今日は友人たちを招いて、みんなで肩肘《かたひじ》張らない気楽なお茶会です。庭のテーブルで待つ私のところに、ロディが歩み寄ってきました。

「ヘレナさ……ヘレナ。お客様がいらしたそうです」

「ロディ、もっと堂々としていていいのよ。あなたはもう使用人ではなく、私の婚約者なのだから」

そう呼びかけると、ロディは照れたように微笑《ほほえ》みました。いつもまっすぐで一生懸命な彼は、今の自分の立場にまだ戸惑っているようでした。無理もありません。私たちの関係は、あまりにもめまぐるしく変わってしまったのですから。

とはいえ、婚約してすぐの頃《ころ》の彼はもっと盛大にうろたえていました。私と顔を合わせるたびに、毎度毎度真っ赤になっていましたから。彼が頼もしくなっていくのは嬉《うれ》しいですが、目いっぱい照れる彼の顔を見られなくなったのは少し残念です。

「はい。分かってはいるのですが、どうにも落ち着かなくて……いえ、俺はあなたを一番近くで支える存在になるのですから、弱音を吐いている場合ではありませんね」

「ふふ、今度は気合が入りすぎてるわ。ありのままのあなたでいいのに。でもそんなあなたの生真面《きまじ》目《め》なところに、私は惹《ひ》かれたのかもしれないわ」

「ヘレナ、あの、そういったことをささやかれると、さすがに恥ずかしいです……その、嬉しくもあるのですが……」

あ、ロディの顔が赤くなっていきます。やっぱり私、この顔を見ているのが好きです。座ったまま彼の顔を見上げ、見つめ合い……。

「相変わらず、仲がいいんですのね。微笑ましいですわ」

軽やかな声に、我に返りました。あわてて振り向くと、今日の招待客がずらりと並んでいます。みんな笑顔で、私とロディを見守っていました。……やだ、ちょっと恥ずかしい。

「招待ありがとう、ヘレナ。こうやってケネス様と共に、晴れやかな気持ちでお茶会に出られる日が来るなんて、思いもしませんでしたわ」

グレースが優雅な笑みを浮かべて、隣のケネス様とそっと視線を見交わしています。

「うん……わたしも、今とっても幸せよ。あなたのおかげ……」

ドロシーがアレックス様と寄り添って、穏やかに微笑みかけてきました。

今日のお茶会の出席者は、三組の恋人たち。私とロディ、ドロシーとアレックス様、グレースとケネス様。みんな、あの修道院のみなさんのおかげで結ばれたようなものです。

今ドロシーは、アレックス様と同じ屋敷で暮らしています。彼女は本気で両親に腹を立て、両親と決別することを選びました。そんなドロシーを、アレックス様が根気強くなだめ、ようやっと彼女は両親と和解したのです。それを機に、二人は正式に婚約することになりました。

ユスト伯爵家の跡継ぎとして日々学び続けるアレックス様と、そんな彼をかいがいしく支えるドロシー。そんな二人は、恋人同士というよりもむしろ夫婦のように見えていました。

ちなみにドロシーの元婚約者バーナードは、前当主に厳しくしごかれているうちに多少なりとも性根を入れ替えたようでした。新たに跡継ぎとなった弟のセシル様を通して、彼はドロシーに謝罪したのだそうです。ちなみにドロシーは、なんだかんだでセシル様とその妹エリーと友達になりました。

そしてグレースとケネス様の関係も、すっかり変わりました。以前は気軽にふらふら遊び歩き、たくさんの女性と親しくするケネス様を、グレースがやきもきしながら遠くから見ていました。

でも今では、二人の距離はぐっと縮まっていました。何があったのかグレースもケネス様も教えてくれないのですが、ケネス様はやけに積極的にグレースに迫っていくようになったのです。それだけでなく、グレースが他の男性を見ているとやきもちまで焼くようになってしまいました。

そんなこんなで今の二人は、少々……いえ、かなり熱々の恋人たちです。それはとても喜ばしいのですが、時々……というかしょっちゅう二人の世界に入ってしまうのは困りものです。

そういえば、マーティン様とミアも元気にしているようです。マーティン様の婿《むこ》入りが決まり、こうなったらマーティン様を出世させるしかないと開き直ったミアが、両親と一緒になって毎日マーティン様を猛特訓している、そんな噂《うわさ》を小耳に挟みました。ミアはいつもいらいらしていて、マーティン様は悲鳴を上げ続けているそうですが、もう私には関係ない話です。……嘘《うそ》です。ちょっとだけ、いい気味だって思いました。

そうして、六人のお茶会が始まりました。とても和《なご》やかに、穏やかに。

「いい天気ですわね……まるでわたくしたちの心の中をそのまま映したよう」

グレースがうっとりとつぶやくと、ドロシーがこくりとうなずきます。

「この平和は、あの修道院のみんなのおかげ、ですね……」

ロディは修道院で暮らしたことがありますし、アレックス様はドロシーを救う際にミランダさんとやり取りしています。ケネス様は修道院と関わりはないのですが、グレースが変わったのはあの修道院のみなさんのおかげだということは知っています。そんなこともあって、私たちが顔を合わせるたびに、あの修道院のことが話題になっていました。

「アイリーン、元気かな……」

「ドロシーは今でも、アイリーンと手紙をやり取りしているのよね？」

「そうなの。でも、たまには顔を合わせてお喋《しゃべ》りしたいなって……」

「分かりますわ、その気持ち。わたくしも、ミランダさんにまたお会いしたいですから」

にぎやかにお喋りする私たちを、ロディたちが優しく見守ってくれています。何の悩みもない、幸せそのものの時間。こんな時間がいつまでも続いて欲しいと、そう願わずにはいられません。

しかしそうやって話し込んでいたその時、執事が静かに私に近づいてきました。伝書鳥が手紙を運んできたのだとか。ということは急ぎの手紙なのでしょうが、それをお茶会の途中で持ってくるのは珍しいことです。普通は、客人が帰るまで待ちますから。

執事のそんな行動の理由は、手紙を見てすぐに分かりました。それは修道院からの手紙で、差出人は『院長代行のマリア』となっていたのです。院長代行。ミランダさんはどうしたのでしょうか。驚きつつ封筒を裏返すと、表には私の名と共に『大至急開封をお願いします』と書かれていたのです。

みんなの視線を感じながら、大急ぎで封筒を開け、便せんを取り出します。それに目を通した瞬間、さあっと血の気が引いていくのが分かりました。

「ど、どうしたの、ヘレナ……？」

「何か、良くない知らせですの？」

ドロシーとグレースが、心配そうに呼びかけてきます。声が震えそうになるのをこらえて、絞り出すように答えました。

「ミランダさんが、夫を毒殺しようとした容疑で捕らわれている、って……」

返ってきたのは、小さな二つの悲鳴。ロディたちも目を見開いたまま、無言で私を見つめています。

必死に呼吸を整えて、手紙の内容を読み上げていきました。

『ミランダはフェルム公爵夫人として、陛下の誕生日を祝う宴《うたげ》に出席していました。しかしその宴の途中、何者かがフェルム公爵に毒を盛ったようなのです。ミランダは第一の容疑者として、王宮に留め置かれています。もちろん、彼女は自分の犯行ではないと主張しています』

マリアさんの凛々《りり》しい声が聞こえてきそうな几帳面《きちょうめん》な文字を、必死に追いかけます。

『幸い、彼女は投獄されてはおらず、王宮の一室に監禁されるに留まったようです。彼女が犯人だと断定できるだけの材料がないのか、彼女の身分ゆえの厚遇か。おそらくはその両方でしょう』

「良かった……ミランダさんが牢獄《ろうごく》にいるなんて、想像しただけで恐ろしいもの……」

「安心するのはまだ早くてよ、ドロシー。無実のミランダさんを捕らえるなんて……王宮の方々は、なんてことをしてくれたのかしら。わたくし、絶対に許せませんわ」

ほっとするドロシーと、そんな彼女をたしなめつつも憤《いきどお》っているグレース。

『このまま手をこまねいていては、ミランダが毒を盛った犯人だと決めつけられてしまうかもしれません。そうなる前に、彼女を救い出したいのです』

もちろんですわ、とグレースが声を上げました。うなずき返して、最後の一文を口にします。

『そのために、私たちはできる限りのことをします。けれど、それでは間に合わないかもしれません。力が足りないかもしれません。失敗は許されません。だからどうか、手を貸してはもらえないでしょうか。ヘレナ、シャルン伯爵家の跡継ぎとしての貴女《あなた》の力が必要なのです』

その場に、ふっと沈黙が訪れました。と、アレックス様が静かにつぶやきました。

「……王宮で開かれた宴で毒殺未遂事件が起こったということは、僕も聞いてはいます。ですが……」

「よりにもよって、愛《いと》しいグレースの恩人に濡《ぬ》れ衣《ぎぬ》が着せられたとはな。見過ごせない」

「はい。ミランダさんはそんな方ではありません。絶対に、お助けしなくては」

ケネス様とロディも、口々にそんなことを言っています。私とドロシー、そしてグレースも、顔を見合わせて力強くうなずきました。

「今こそ、これまでの恩を返す時ね。私たちみんなで」

「あの、わたしも、頑張るから！　……その、何ができるかは、分からないけど……」

「自信を持ちなさいな、ドロシー。大切なのは、変えたいと強く願うこと、そして行動に移すこと。

わたくしたちはみな、あの修道院でそれを学んだのでしょう？」

みんな、とってもやる気です。それぞれの顔を順に見渡して、高らかに宣言しました。

「それでは、私たちの力を合わせて、ミランダさんの無実を証明しましょう！」


私たちはいったん解散して、移動の準備に取りかかりました。事件が起こったのは王宮です。情報を集めるにせよ誰かに働きかけるにせよ、王都に拠点を移したほうがいいですから。

ちょうど、シャルン家の別邸が王都にあります。今は誰も住んでいませんし、拠点にはうってつけです。私とロディ以外のみんなは、帰宅して支度を整えてから、別邸で合流することになりました。

それから先のことは、あちらに着いてから決めます。今はとにかく、一刻を争いますから。

「お父様、お母様、私はこれからロディと共に王都の別邸に向かいます。帰りはいつになるか分かりません。それでは」

「あ、ああ……分かった……」

「その、気をつけてね……？」

きっぱりと言い放つ私を、両親は快く送り出してくれました。以前はちょっと強引なところのある二人でしたが、修道院から戻ってからというもの、私の意見をきちんと聞いてくれるようになったのです。……私が有無を言わさず押し切っているとも言いますが。

馬車の手配や荷造りをロディにお願いして、その間に大急ぎで手紙を書きました。修道院のみなさんに宛てて。私たちが王都にあるシャルンの別邸に移り、そこでミランダさんのために動くこと。もし修道院のほうからも人を出すのであれば、遠慮なく別邸を活動拠点として使って欲しいということ。そんなあれこれをつづった手紙を、伝書鳥にたくして修道院に送ってもらいました。

準備を終えて、私とロディは馬車の前で見つめ合います。ロディは、とても凛々しい表情をしていました。

「ロディ、頼りにしているわ」

「はい。行きましょう、ヘレナ。俺たちの恩人を救うために」

いつも私たちの間に流れている甘い空気の代わりに、ただ同じ目的のために力を尽くすのだという決意だけが、ここには満ちていました。

◇

あの悪夢のような宴の夜からずっと、私は王宮の一室で過ごしていた。ぱっと見はごく普通の客間そのものの、割と快適な部屋ではある。けれど窓には鉄格子がはまっているし、扉の外には見張りの兵士が立っている。要するに私は、ここに監禁されているのだ。

宴の最中、何者かがオーガストに毒を盛った。そして私が、その犯人だと疑われているらしい。あの後すぐに、私はここに放り込まれたのだった。あまりに突然のことに、抵抗すらできなかった。

けれど必要なものを言ったら素直に差し入れてもらえたし、修道院と連絡を取ることもできた。事件を調査している文官たちは私が犯人だという決定的な証拠を手にしておらず、かつ伯父様が私の肩を持ってくれている。そんな背景があってこその、この待遇だった。とはいえ、いつ何がどうなるか分からないけれど。

どうにも不安定なこの状況で、確かなことが一つだけあった。

オーガストに毒を盛ったのは私ではない。他の誰かだ。たまたま近くにいただけで、私が疑われてしまっただけで。……あるいは、真犯人がこうなるよう仕向けた、とか。まさかね。

ああもう、じれったい。できることなら、事件の真相を自分で調べにいきたい。それなのに、こんなところでじっとしているしかないなんて。

椅子《いす》に腰かけていらいらしていたら、扉が叩《たた》かれた。入ってきた人物を見て、思わず目を丸くする。

「今日は私が、貴女の取り調べを担当いたします。どうぞよろしくお願いいたします、ミランダ様」

そう言って深々と頭を下げたのは、ウォレスだったのだ。彼は法務に関わる文官だけれど、普段は書類仕事を担当していたはず。そんな彼が、どうしてこんな業務に駆り出されているの。

「今まで貴女がずっと黙秘を貫いておられるので、みなは困り果てておりまして……こうして、私のところにまでこの業務が回ってきたのです」

私の困惑を読み取ったかのように、ウォレスがそっとささやく。彼が言う通り、私はこの部屋に放り込まれてからろくに喋っていない。着替えをちょうだい、手紙を送りたいの。その二言だけ。

だんまりを決め込んでいたのにも、ちゃんと理由がある。事件を調査している文官たちは、頭から私が犯人だと決めてかかっているようだったのだ。だから私は、何も言うことができなかった。私の言葉を好き勝手に曲解されて、犯行を自供したなんてでっち上げられたら終わりだから。

そんな訳でここ数日、取り調べの間は口を閉ざしたまま眉《まゆ》一つ動かさずに涼しい顔で座り続けていたのだった。そうして焦《あせ》りのあまり取り調べる側がぼろを出すのを、内心苦笑しながら聞いていた。

おかげで、いくつか有益な情報を得ることができた。

まず、オーガストは無事だ。宴の次の日にはすっかり回復して、ミランダを処罰せよと叫んでいるらしい。自分に毒を盛ったのはあの女だと、そうがなりたてているのだとか。

そして、伯父様は私の無実を信じてくれていた。激昂《げきこう》するオーガストが余計なことをしないように、療養という名目の謹慎を命じたのも伯父様だった。ミランダがお主の命を狙《ねら》ったというのなら、それ相応の理由があるのじゃろう。それが分かるまでおとなしくしておれ、そう言って。

ウォレスをぽかんと見つめたままそんなことを思い出していたら、ふと彼が窓の外に目をやった。

「……いい天気ですね。このような状況でなければ、外でゆっくりと話したいところですが」

ほんの少しはにかんでいるようなその表情に、今度はあの宴の夜を思い出す。といっても事件の時のことではなく、その前の、穏やかなのに心が浮き立つような、バルコニーでのひと時を。

「取り調べにおいて、関係のないことを話してはならないという決まりはありませんから」

彼の目、サファイアのような青い目が、まっすぐに私をとらえた。あの薄暗いバルコニーでは気づかなかったけれど、こんなに綺麗《きれい》な色をしていたのね。

「貴女を強引に取り調べたくはありません。貴女が自ら話したいと思ってくれるまで、私はここに通うつもりです。そうやって時間をかけ、貴女から話を引き出すことについて、上の許可も取りました」

思いもかけない言葉に、胸がぎゅっと苦しくなる。綺麗な青を、ただじっと見つめてしまう。

「……誠実なのね。律義《りちぎ》で、真面目で……そういうところ、やっぱり好きだわ」

やがて、そんな言葉が自然と口をついて出た。あらやだ、今の状況にはそぐわないわね。また彼を困惑させるかもしれないわ。……でもこれが、私の素直な気持ち。

「ありがとうございます。そう言っていただけて……その、嬉しいです」

予想に反して、ウォレスはほっとしたような声で答えてきた。たったこれだけのやり取りで、不思議なくらいに心が温かくなる。ずっと胸の中に満ちていた焦りも不安も、ふわりと消えていく。

それから彼はもう少しだけ、ぽつりぽつりと話し続けていた。天気の話とか、王宮の庭で美しい小鳥を見かけたとか。事件とはまるで関係ない、要するに世間話だ。

「……それでは、今日はそろそろ失礼いたします。また明日、改めて参ります」

しばらくして、彼はそう言って去っていった。明日からの取り調べがちょっぴり楽しみだなと、ふとそんなことを思ってしまった。


その日から、ウォレスは毎日ここを訪れて、様々なことを話していくようになった。そう長く滞在することはなかったし、私も挨拶《あいさつ》以上の言葉を口にすることはなかった。それでも、黙って彼の声に耳を傾けている時間は、思いのほか心地良いものだった。

今日も私は、窓辺の椅子に腰かけて彼を待っていた。鉄格子越しに外を眺めながら。代わり映えのしない風景に飽きてきた頃、扉が控えめに叩かれる音が聞こえてくる。

「こんにちは、ミランダ様」

いつもと同じように、ウォレスが入ってきた。ああ、やっと来てくれた。今日は何を話してくれるのかしら。そう思って、彼に微笑みかける。けれどすぐに、彼の様子がどことなく違うことに気がついた。困惑しているような、周囲を警戒しているような。

「……貴女に客人です。さすがに貴女と客人を二人きりにはできませんので、私も同席することになりますが、よろしいでしょうか」

彼の言葉にすぐさまうなずいて、そのまま考え込む。私に客人だなんて、いったい誰だろう。修道院の誰かが駆けつけてきてくれたのだろうか。

そうしてやってきたのは、思いもかけない人物だった。立ち上がり、目を見開く。

「ヘレナ⁉」

「ミランダさん……ああ、ご無事で良かった」

久しぶりに見たヘレナは、とっても綺麗になっていた。今が幸せそのものなのだと、一目で見て取れる様子だった。それはそうとして、どうして彼女がここにいるのだろうか。もしかして。

「……まさかと思うけれど、修道院のみんながあなたに連絡したの？」

戸惑いがちに発した問いに、彼女は力強く答える。

「はい。みなさんから手紙をいただいて、すぐに王都に来ました。ロディも一緒です。ドロシーとアレックス様、それにグレースとケネス様も、じきに合流する予定です。みんなでミランダさんの力になるんだって、そう決めました」

「まあ、そうだったの……」

胸がいっぱいで、ろくに言葉が出ない。かつてあんなに打ちのめされていたヘレナが、こんなに立派になって、私を助けにきてくれた。ちょっぴり泣きそうになっているのをごまかすように、まばたきをする。

「……あなたたちを頼っても、いいのかしら」

「はい、もちろんです！」

その笑顔に、アイリーンのことを思い出す。あの子も、自分たちが力になるからと言い切っていた。

私には、素敵な味方がたくさんいる。そんなことを、今さらながらに実感した。

「あなたも知っているとは思うけれど、私には夫を毒殺しようとした疑いがかけられているの。でも私は、誓ってそんなことをしていない。……わざわざそんな面倒なことをしなくても、望めばいつでも夫と離れられるんだもの。ね、そうでしょう？」

途中から声をひそめた私に、ヘレナがくすりと笑う。その気になれば、私は修道院のみんなの力を借りていつでも夫と離縁できた。そうほのめかしたのを、彼女はすぐに理解したらしい。

「分かりました。その事件の真犯人を突き止めればいいんですね。任せてください！」

きっと彼女は、どこからどう手をつけたらいいのか見当もついていないだろう。それでも私を元気づけるために、明るく笑ってくれている。そのまっすぐさが、とてもまぶしくてくすぐったい。

と、あることを思い出した。ポケットを探り、そこにしまっていたものを取り出す。

「……これを持っていって。きっとあなたたちの助けになると思うの」

そうささやいて、小さく折り畳んだ紙をヘレナに渡した。ずっと隠し持っていたこの紙には、あの宴の夜のことが記してあるのだ。

この部屋に押し込められてすぐ、記憶が薄れる前に、私はあの夜のことを書き留めていたのだ。オーガストと共に王宮に来てから、ここに放り込まれるまでのことを。……ウォレスについては簡潔に。

いずれこの紙を、修道院に送りたいと思っていた。けれど王宮の伝書鳥は使えなかった。私を裁きたくてうずうずしている文官たちに、余計な情報を与えたくはなかったのだ。

ウォレスに頼めば、紙を安全に送り届けることもできるとは思う。でも万が一そのことが彼の上役などに知られたら、彼が罰せられてしまうかもしれない。そんな事態は絶対に避けないと。そういった訳で、結局この紙はしまい込まれたままになっていたのだ。

でも、ヘレナに渡しておけば大丈夫ね。彼女なら、きっとこれを活用してくれる。

ヘレナは力強くうなずき、紙を受け取る。それから大急ぎで、紙をドレスの胸元に突っ込んでいた。とっさの隠し場所としては上々ね。

ふとウォレスを見ると、彼は礼儀正しく私たちから目をそらしていた。こんな状況なのに、彼のそんな姿がちょっとおかしくてつい笑みが浮かんでしまう。

「ミランダさん。私……私たち、頑張りますから。絶対にここから、助け出しますから」

そう答えながら、ヘレナは紙をしまい込んだ胸元をしっかりと押さえていた。

「張り切ってくれるのは嬉しいのだけど、くれぐれも気をつけてね。あなたたちがあの事件について嗅ぎ回っていることが真犯人に知られたら、あちらがどう出てくるか……相手はあんな場で、あんなに堂々と毒を盛るような危険な人間なのだから」

「はい、忠告ありがとうございます。……どうかあと少しだけ、待っていてくださいね」

そうしてヘレナは、とても張り切った様子で部屋を出ていった。彼女の背中が、扉の向こうに消えていく。どうか、あの子たちが無事でありますように。信じてもいない神に、そんなことを祈らずにはいられなかった。

◇

ああ、よかった。ミランダさんは無事でした。部屋を出たとたん、自然と安堵《あんど》のため息が漏れます。

少し遅れて部屋から出てきた男性に、深々と頭を下げました。

「ミランダさんに会わせてくださって、ありがとうございました」

「いえ、それよりも今貴女をここに通したことは、どうか内密にお願いします」

ウォレスと名乗ったその男性は、律義に頭を下げ返してきました。彼は冷静で落ち着いた、あまり表情を変えない方です。けれど決して無愛想には見えないし、不思議な魅力のある男性です。

「はい、もちろんです」

実のところ、私がミランダさんと会えたのは奇跡のようなものでした。

王都に着いた私は、ロディに別邸の留守を頼んで単身王宮に乗り込みました。そこにミランダさんが捕らわれている、そう思ったらいても立ってもいられなかったのです。

そうして通りすがりの文官を片っ端から捕まえて、どうにかしてミランダさんに面会できないかと頼んで回りました。けれど当然ながら、みんな首を横に振って、逃げていくばかりでした。

でもあきらめきれずにうろついていたら、とうとう衛兵につまみ出されそうになりました。そこを助けてくれたのが、このウォレスさんなのです。

そちらの女性は私の客人です、彼はそう言って衛兵を追い払ってくれました。そして、そっと耳打ちしてきたのです。少しの間であれば、こっそりミランダさんと会わせることができる、と。

何かの罠《わな》かもしれないとも思いましたが、今はわらにでもすがりたい状況です。もし罠だったらその時はその時と開き直って、彼の話に乗ったのです。

ふふっ、信じてみてよかった。ウォレスさんの親切な提案に感謝しなくては。そう思いながら微笑んでいると、ウォレスさんが辛《つら》そうに目を伏せて口を開きました。どうしたのでしょうか。

「ヘレナ様、折り入ってお願いしたいことがあるのですが」

「はい、何でしょう」

ちょっと緊張して答えると、彼は沈痛な声で続けました。

「どうか、ミランダ様の無実を証明していただけないでしょうか。……私はあの方が毒を盛っていないことを知っているのです。ですが、私一人の証言ではどうにもならず」

「あの、それはどういうことですか？」

まったく予想もしていなかった告白に、ついうっかり声が大きくなってしまいました。周囲に誰もいないのをあわてて確認してから、またウォレスさんの言葉を待ちます。

「……あの事件が起こった時、私は遠くからミランダ様を見ていたのです。あの方は一度たりとも、ワイングラスに手を触れていませんでした」

低く抑えられたウォレスさんの声が、少しずつ熱を帯び始めていました。

「それどころか、ミランダ様はずっとフェルム公爵と距離を取っておられました。あの方があのワイングラスに毒を入れる機会は、一度もなかったのです」

とても力強い視線が、私に向けられています。思わずたじろいでしまうほどのこの情熱は、どこから来ているのでしょうか。……あ、もしかして？

ふと浮かんだ思いは、ひとまず置いておいて、大きく力強くうなずきました。

「貴重な証言をありがとうございます。ウォレスさん。必ず、ミランダさんの無実を証明してみせますから。あの方は、私にとって大切な恩人なのです」

するとウォレスさんは、はっきりと肩の力を抜きました。とってもほっとしているようです。

「礼を言うのはこちらのほうです。もし、ミランダ様の無実を証明できるだけの証拠が集まりましたら……その時は、私を呼び出してください。あの事件を担当している者に取り次ぎますので」

妙に張り切った様子の彼を見て、確信しました。やっぱりそういうことだったのか。昔の鈍くてうぶな私だったら気づかなかったに違いませんが、今の私には分かります。彼がミランダさんを心配しているのには、ちゃんとした理由がありました。それも、とっても素敵な理由が。

ウォレスさんは、ミランダさんのことが気になっているみたいです。だから、彼女の力になりたいって思っているに違いありません。そういえばミランダさんも、ウォレスさんに対してはくつろいだ表情を見せていました。もしかして、いい感じ？　ふふっ、帰ったらロディに話してあげよう。

これはなおさら、頑張らなくては。ミランダさんが自由になれるか、そして新しい幸せを手にできるか、それは全《すべ》て私たちの働きにかかっているのですから。

大いに張り切りながら馬車に乗り込み、城下町の別邸に戻りました。王宮にほど近い、貴族の邸宅が建ち並ぶ一角、そこにシャルン家の別邸があるのです。

今そこは、すっかり静まり返っていました。大急ぎでやってきたので、最低限の使用人しか連れてきていません。その使用人たちも、必要なものの買い出しやらでみんな出払っています。

ところが私が馬車から降りたとたん、玄関の扉がひとりでに開きました。そうして、心配そうな様子のロディが顔をのぞかせます。

「ヘレナ、どうでしたか？　ミランダさんには会えましたか？」

「ええ。偶然ある方と知り合えたの。その方が手引きしてくださって」

満面の笑みでそう答えると、ロディもほっと息を吐いていました。そんな彼の手を引いて、居間に駆け込みます。

「それで、ミランダさんから託されたものがあるのよ。さっそく見てみましょう」

胸元からあの紙を引っ張り出して、慎重に広げました。ロディが赤面していますが、そちらに配慮する余裕はありません。一刻も早く、この紙の内容を確かめたくてたまらなかったのです。

そこに書かれていたのは、ミランダさんが王宮に着いてから、あの部屋に監禁されるまでの一部始終でした。あの事件の時にミランダさんが体験したことが、丁寧《ていねい》につづられています。

「……ウォレスさんの言っていた通りだわ。ミランダさんは、ワイングラスには一度も触れていない。それどころか、夫であるフェルム公爵とも一定の距離を取り続けていた」

食い入るように紙を見つめたままつぶやくと、一緒に紙を見ていたロディが首をかしげました。

「ウォレスさん？　……この紙に書かれている、この方のことでしょうか？」

「そうなの。その方が私をミランダさんに会わせてくれたのよ。そうして、ミランダさんの無実を証明してくれって、とっても熱心に頼んできて……」

と、ロディも何かを察したようでした。琥珀《こはく》色の目を見張って、小声でささやきかけてきます。

「あの、もしかするとその方は、ミランダさんのことを気にしておられるのでは……」

「私もそう思うわ。それにたぶん、ミランダさんのほうも同じなんじゃないかって」

「……ということは、この紙において彼が登場する場面だけ、妙に記載が少ないのも……」

「やっぱり、あなたもそう感じた？　そこだけ、文章もそっけない気がするわよね。たぶんこれって、ミランダさんがわざとそうしてるんだと思うの。自分の気持ちを隠そうとして」

そうして、二人同時ににっこりと笑いました。

「……ミランダさんには、幸せになってもらいたいわ。自由になるだけじゃ足りない。その先の幸せをつかみ取って欲しいの。私と、あなたみたいに」

ミランダさんたちに助けてもらわなかったら、こんな風にロディと共に生きる今は存在しなかった。

そんな思いを込めた言葉に、ロディが力強くうなずきを返してきます。

「ええ。俺も、同じ思いです」

しかし彼は、一転して難しい顔になりました。

「そのためにも、その紙に書かれているできごとについて調べ始めたほうがいいでしょう。ただ……人手が足りませんね。俺たちみんな、聞き込みの経験なんてありませんし」

「人手といえば、修道院のみなさんは今どう動いているのかしら。私の時みたいに、あの修道院に留《とど》まったまま事件を解決するつもりなのか……」

「あるいはドロシーさんの時のように、どなたかが外に出てくるのかもしれません」

「もし出てこられるのであれば、ぜひとも合流したいところね」

「あそこのみなさまなら、力強い戦力になってくださるのですが」

二人でそんなことを話していたら、急に玄関のほうが騒がしくなりました。使用人たちは裏の勝手口を使いますから、玄関にいるのは彼らではありません。

予定より早いけれど、もうドロシーたちが到着したのかなと思いながら、二人で玄関に向かってみました。扉の外からは、とてもにぎやかな声がたくさん聞こえてきます。それも、女性の声ばかり。

……あれ、まさか。でも、もしかして。

深呼吸して、愛想よく微笑みながら扉を開けました。

「何か御用でしょうか……あっ、みなさん!!」

扉の向こうでにぎやかに笑い合っていたのは、ちょうど今しがた思い出していた、修道院で共に暮らした懐かしい顔たちでした。

7. みんなの力を合わせれば

「ああヘレナ、お久しぶり、元気そうね」

「こんにちは、ロディ。何だか前よりもたくましくなった？　一人前の男って感じ」

「それにヘレナも、とっても綺麗《きれい》になったわねえ。愛《いと》しい人とずっと一緒だものねえ」

「とか言って、あなたろくに恋人とかいたことないでしょう」

「あらあ、無粋《ぶすい》なこと言わないでよ。乙女《おとめ》心ならこれでもかってくらい分かってるわ」

玄関の外に立っていた女性たち、十名ほどの団体は、私とロディの姿を見るなり一斉に喋《しゃべ》り出しました。この感じ、懐かしい。

「それよりもヘレナ、いつも手紙をありがとう、楽しみにしてるのよ、あれ」

「ところでどう、私たちの変装？　いい感じになじんでると思わない？」

そう言って、彼女たちは着ている服を見せびらかすような動きをしてみせました。それはいつもの修道服ではなく、ごく普通の平民が着るような質素な服でした。

彼女たちのほとんどは、貴族の家の女性です。けれどドレスを着たにぎやかな女性がこんなにたくさん歩いていたら、ものすごく目立ってしまいます。それにもちろん、修道女の団体というのもやはり目立ちます。だからこうして、ごく普通の平民のふりをしてきたのでしょう。

私とロディが面食らっていると、後ろのほうからひときわ大きく元気な声が響きました。

「はいはい、みなさん静かにしてくださいね。ほら、ヘレナが困ってますよ？」

女性たちをかき分けるようにして、アイリーンがひょっこりと顔を出しました。その横には大きな鳥かごを持ったシャーリーもいます。

「久しぶり、ヘレナ。あなたからの手紙を読んだから、こうして押しかけてみたんだ。メラニーさんを筆頭とする交渉事の達人たちと、私とシャーリー、全部で十二人！　ちょっと多かったかな？」

「私は連絡係っす。ばあちゃんから伝書鳥を借りてきました！　ただ……」

アイリーンはいつも通りの、人懐《ひとなつ》っこい笑顔を浮かべています。対するシャーリーはどこか緊張したような、気合の入った顔をしていました。

「その、一人で伝書士の仕事をするのは初めてなんで、ちょっと緊張してるっす……」

「大丈夫よ。スーザンさんが送り出してくれたんでしょう？　しかもちゃんと、伝書鳥も貸してもらえたのだし。あなたならできるって、そう認めてくれたのよ」

もじもじするシャーリーを励ましてから、その場の全員に向き直りました。

「みなさん、どうぞ中に入ってください。今は使用人が少ないので不便をおかけすると思いますが、客室は十分にありますし、手入れはしてありますから」

その言葉に、みなさんがどっと陽気に笑い出しました。ああ、このにぎやかな笑い声をもう一度聞きたいと、何度そう願ったことか。

「部屋があるなら十分よ。いつも修道院では、家事は全《すべ》て自分たちでこなしているんですもの。使用人が足りないくらい、どうってことないわ」

「そうそう。むしろそのほうが好都合よね、これから私たちは王都中で暗躍する予定なんだから。部外者がたくさんいたら、情報漏れなんかが気になって動きにくいもの」

「どこの誰だか知らないけれど、ミランダをこんな目にあわせたこと、後悔させてやるわあ……」

腕まくりをせんばかりに張り切りながら、みなさんがにやりと笑います。何とも頼もしい限りなのですが、少々恐ろしくも感じられるのは気のせいでしょうか。

ひとまず全員を中に招き入れ、改めて状況を説明し合うことにしました。わいわいがやがやと騒がしい声を聞きながら廊下を歩いていると、驚くほどに心が浮き立ってきます。

そうして居間に集まった私たちは、すぐに互いの情報を交換することにしました。私とロディは、ミランダさんから託されたあの紙を見せました。

「事件の時の状況が分かってよかったわ。無理やりにでもミランダに会いにいってくれたヘレナのおかげね、ありがとう。私たちからは、フェルム公爵家の現状を話しておくわ。ミランダが、宴《うたげ》の前に伝書鳥を飛ばしてくれたの」

そう前置きしてからみなさんが語った内容に、私は怒りを覚えずにいられませんでした。

「フェルム公爵家って、そんなことになっていたんですか……ひどい……」

「私たちもそう思うわ。だから一刻も早く、ミランダを救い出しましょう。みんなで一緒にね」

明るく力強いその言葉に、すっと冷静さが戻ってきます。そうして、みなさんと打ち合わせを始めました。ついさっきまでロディと二人で途方に暮れていたのが嘘《うそ》のように、あっという間に今後の方針が決まってしまいました。

まずはフェルム公爵の周囲を調べ、彼が死ぬことで得をする者、彼に対して敵意や憎しみを抱いていた者、つまり真犯人の候補を探します。

同時に宴の時のことも調べ上げていき、いつワイングラスに毒が入ったのか、その前後で誰がどう動いたのかをはっきりさせます。これにより、真犯人になり得る人間を絞り込みます。

そう話がまとまったところで、アイリーンがふと口を挟みました。

「宴についての聞き込みは、私とヘレナたちが担当したほうがいいと思います。バルコニーにいたの、若い恋人たちが多かったみたいですし。だったらこっちも、若者で当たりましょうよ」

修道院から来てくださったみなさんのうち、確かにアイリーンとシャーリー以外はやや年配の方ばかりです。でも、わざわざそれを言わなくてもいいような……。

「ちょっとお、アイリーン。年増《としま》扱いしないでくれる？　若い子たちへの聞き込みだって、見事にこなしてみせるわよお。……まあ、確かにあなたのほうが向いてはいるから、今回は譲るけれど」

修道院のみなさんを率いているメラニーさんが、豊満な体を軽く揺すってにやりと笑いました。

「でも、このまま言われっぱなしというのもねえ。だったら、公爵家の調査はあたくしたちに任せなさいな。どっちが早く素敵な情報をつかんでくるか競争よお。覚悟なさいね、アイリーン」

「えーっ、なんで私が覚悟しなくちゃいけないんですか！　というか競争って⁉」

あっという間にこの別邸になじんでしまい、まるで我が家のようにくつろいでしまっているみなさんを見ながら、私はロディとそっと笑い合いました。あのお茶会で恐ろしい知らせを受けてからわだかまっていた重苦しい気持ちが、少しだけ薄れたような気がしました。

次の日の朝早く、ドロシーとアレックス様、そしてグレースとケネス様が別邸に到着しました。よほど急いでいたのか、馬車につながれた馬がすっかり疲れ果てた顔をしています。

「あっ、ドロシーだ！　久しぶり、元気してた？」

「……えっ、アイリーン……!?　それに、修道院のみんなまで！」

四人が到着したとたん、アイリーンが嬉《うれ》しそうな声を上げてドロシーに飛びつきました。ドロシーは目を丸くしながらも、嬉しそうに笑っています。

「みなさまならきっと、来てくださると信じていましたわ」

ぱっと顔を輝かせながら、グレースが目を細めました。

「ふむ、グレース。もしかして彼女たちが、君の魅力を高めてくれた修道院の方々だろうか」

みなさんを見渡して首をかしげるケネス様に、メラニーさんがすかさず言葉を返しています。

「ええ、そうよお。はじめまして、ケネス様、アレックス様。二人とも、話に聞いていたよりもずうっと男前ねえ。先約がなかったら色目くらい使ってるところだわあ」

ばっちりと化粧をして襟ぐりの広いワンピースをまとった彼女の姿は、慎《つつ》ましい修道女のものとはまるで違っています。それに、言動や態度も。そのせいか、アレックス様もケネス様もちょっぴり戸惑っているようです。

「あ、あの……？　いえ、ドロシーとの件については、本当にお世話になりました」

「……君は本当に修道女なのか？　……いやしかし、グレースが動じていないからな……」

二人がぎこちなく言葉を返すと、みなさんがざわつき始めました。

「メラニーの言う通り、いい男じゃないの」

「初々《ういうい》しいところが、また可愛《かわい》いわねえ」

「こんな非常時じゃなかったら、ゆっくりお話ししたかったわあ」

それを聞いて、ドロシーとグレースが同時に眉《まゆ》をつり上げました。

「アレックス様は、わたしの婚約者です！」

「ケネス様に手出しをなさらないで！　いくらみなさまでも、それだけは駄目ですわ‼」

あっという間に、二人は毛を逆立てた猫みたいになってしまいました。そんな二人に、みなさんが笑顔を返しています。「やあねえ、ただの素直な感想よ」「幸せな恋人たちの邪魔はしないわよ」などと言いながら。

既にさんざん修道院でからかわれた私とロディとは違い、ドロシーとグレースはこういった扱いに慣れていないのでしょう。それでもまだ、険しい顔をしてしまっています。

もっとも、修道院のみなさんが私たちを傷つけるような真似《まね》はしないと分かっていました。だから私とロディは、そんな騒ぎをのんびりと見守っていました。

そうして顔合わせも済んだので、ドロシーたちにも状況を説明しました。全ての話を聞いたドロシーは泣きそうな顔をしていましたし、グレースは明らかに怒っていました。

すっかり暗くなってしまった空気を吹き飛ばすように、メラニーさんが朗《ほが》らかに口を開きます。まずは、修道院のみなさんに向かって。

「じゃああたくしたちは、フェルム公爵の身辺を洗いましょうか。愛人のエヴァ、息子のジョン、そしてその周囲の人たち……親戚とか、使用人とか……ね」

「フェルム公爵が死ぬことで何らかの利益を得る者を探せばいいのよね。……ミランダ以外で」

「あるいは、ミランダに罪を着せることで得をする者かもしれないわよ。そうすると、エヴァが一番怪しいってことになるんじゃない？　実はこっそり宴に混ざってたとか」

「というかそもそも、ずっとフェルム公爵の様子がおかしかったんでしょう？　気持ちの悪いほど快活だったって。その態度の裏にも、何かありそうよね。そっちも調べてみなくちゃ」

みなさんの返答を満足げに聞いていたメラニーさんが、今度は私たちのほうに向き直りました。

「ヘレナ、ドロシー、グレース。あなたたちはアイリーンと組んで、あの宴の夜のことを調べて欲しいのよお。ごく普通の令嬢であるあなたたちなら、自然に王宮をうろつき回れるから。鍵になりそうな人物を見つけてくれるだけでもいいの。その人物からうまく情報を引き出せなくても大丈夫。その時は、あたくしたちが支援するわ」

その言葉に続くようにして、さらにみなさんが声をかけてきます。

「素敵な彼氏と一緒だし、ちょっとかしこまった社交の場なんかにも顔を出せそうね」

「ただ、深入りはしないようにね。あなたたちに危険が及ぶといけないから」

そんな言葉に、真っ先にうなずいたのはアレックス様でした。

「そうですね。……僕は、公爵のワイングラスにいつ毒が盛られたのかが気になっています。きっとそれは、この事件をひもとく鍵の一つとなるでしょうから」

ケネス様も、難しい顔で腕を組んでいます。

「私は、公爵が倒れてからのことも気になるな。こう、あまりにもよどみなく事が進んでいるというか……そのせいで逆に、引っかかるものを感じる」

じっと話に耳を傾けていたロディが、小首をかしげてつぶやきました。

「俺は毒そのものが気になっていて……キチトの毒って、聞いたことがないんです。もしかすると、かなり特殊なものなのかも。だとしたら、そちらから真犯人にたどり着けるかもしれません」

「だったら私たちも、手分けして調べていきましょうか」

私がそうまとめると、ドロシーとグレース、それにアイリーンも同意の声を上げてくれました。

こうして、大まかな割り当ても決まっていきました。具体的にどう動くかについてもう少し打ち合わせたら、いよいよここを飛び出して調査開始です。

行く手には、多くの困難が立ちはだかっているでしょう。けれど私の胸には、ためらいもおびえもありませんでした。私たちが力を合わせれば、きっと解決できる。そんな確信だけが満ちていました。

◇

「ずっと監禁されたままっていうのも、退屈よねえ……みんな、どうしているかしら……」

もうすっかり見飽きてしまった室内をぼうっと眺め、深々とため息をつく。

修道院のみんなには、オーガストたちの情報を。ヘレナたちには、あの夜のできごとを。どうにかこうにか、無事にたくすことができた。きっと修道院のみんなとヘレナたちは、どこかで合流するだろう。そして二つの情報を合わせ、協力して動くだろう。

今の私にできるのは、ただ待つことだけ。けれどそれが、やっぱりもどかしくてたまらない。

もう一度ため息をついた時、扉がこんこんと叩《たた》かれた。静かでゆったりとした、あのリズムは。

自然と笑みが浮かんでしまうのを感じながら、扉のほうに向き直る。扉が開き、予想通りウォレスが姿を現す。

「やっと来てくれたのね、ウォレス。待ちくたびれたわ」

「……待たせてしまって、申し訳ありません」

「もう、真面目《まじめ》に謝らないで。あなたには他の仕事もあって忙しいんでしょう？　それより、今日は何を話しましょうか」

そう言って、彼に椅子《いす》を勧める。日に一度のこの取り調べの時間を、私は心待ちにしていた。ウォレスは信用に足る人物だと思えたので、もう黙秘はしない。彼に対してだけは、ね。

二人で向かい合い、あれこれと他愛のないことを話していく。そうしているうちに、ふと疑問が頭をもたげてきた。

「ねえウォレス、どうしてあなたはこんなにも良くしてくれるのかしら」

「……取り立てて特別扱いをした覚えはありませんが」

「自覚がないのなら、一つずつ挙げてみましょうか？　あなたは私の口を強引に割らせようとしなかった。ヘレナに会わせてくれた。私が彼女に情報を渡すのを、黙って見過ごしてくれた」

「それは、その……」

「そして今も、こうして私の気晴らしに付き合ってくれている。これ、もう取り調べじゃなくてただのお喋りよね？」

くすりと笑って、言葉を続ける。

「そのことに感謝はしているわ。けれど、どうしてあなたがそこまでしてくれるのか、それが分からないの。だからちょっと、落ち着かないのよ」

少しだけためらってから、小声で付け加えた。飾りのない本心を。

「……それに、このことがばれたら、あなたが罪に問われないか心配で」

すると、ウォレスはふっと顔を曇らせた。目を伏せて、静かに答える。

「私は……せめてもの罪滅ぼしとして、貴女《あなた》に助力しているだけです」

罪滅ぼし。また妙な言葉が出てきたものだ。そう思いながら、黙って彼の言葉に耳を傾ける。

「あの夜、私はあの事件の一部始終を、少し離れたところから見ていたのです。貴女はフェルム公爵に触れるどころか、近づいてすらいなかった。ワイングラスに毒を入れるのは不可能でした」

さらに思わぬ言葉に、目を丸くしてしまう。オーガストと一緒にいるところを彼に見られていた、たったそれだけのことに、奇妙なまでの居心地の悪さを感じてしまう。

「貴女が捕らえられたと聞いて、私は上の者に詰め寄りました。あの方が毒を入れたという証拠があるのですか、と。そうして返ってきた答えは、納得のいかないものでした」

ウォレスは私の動揺には気づいていないのか、押し殺したような声でつぶやき続けている。

「……フェルム公爵が、犯人は貴女に他ならないと強固に主張されているのだそうです。そのせいで、貴女の無実を証明する他の証拠が出てこなければ、貴女を解放することはできないと……上の者にそう言われてしまいました。そして私一人の言葉では、証拠として足りないのだと」

彼の顔に、苦悩の色が浮かんでいく。唇をきつく噛《か》みしめて、拳《こぶし》をぎゅっと握りしめて。いつも冷静な彼が、ここまで強く感情をあらわにするのは珍しいことだった。

そのあまりの痛々しさに、気づけば身を乗り出していた。ウォレスに手を伸ばし、その腕にそっと触れる。彼はこちらを見ないまま、軽く身じろぎした。

「申し訳ありません、ミランダ様。私はただの一文官に過ぎないのです。自分の無力さが恨めしくてなりません……」

どうしよう、どう声をかけよう。彼は私のことで苦しんでいる。どうにかして、その苦しみを和《やわ》らげてやりたい。心からそう思った。なのに、ろくに言葉が出てこない。

「だからせめて、いわれなき罪で監禁された貴女が少しでも心安らかに過ごせるよう配慮したいと、そう思いました。これはきっと、法務を司《つかさど》る文官としてはあるまじきふるまいなのでしょう。けれどどこちらこそが、人として正しい道だ。私にはそう思えてならないのです」

ああ、彼はなんてまっすぐなのだろう。その誠意に応《こた》えたいのに、何もできない。無力を嘆きたいのは、私も一緒だった。

「……せめてあなたが罪に問われることのないように、祈るわ。そんなことしかできないのが悔しいけれど」

もどかしさを覚えながらどうにか口にしたそんな言葉に、彼は顔を上げてかすかに微笑《ほほえ》んだ。

「いえ、貴女が祈ってくださるのなら、この上ない喜びです」

「ふふ、大げさね」

「偽りない本心ですが、大げさだったでしょうか」

そんなことを言い合っているうちに、徐々に私たちの間の空気も和らいでいった。お互い目を合わせて、無言で笑みを交わす。今の私たちは、囚《とら》われの容疑者とそれを取り調べる文官にはとても見えなかっただろう。

彼の親しげな青い目を見ていたら、ふと思った。彼が私に力を貸してくれている理由、もう一つある気がする。うぬぼれかもしれないけれど、やっぱりそれで合っている気がするの。だって、こんなに優しく微笑んでくれているのだから。きっと、彼は私のことを多少なりとも好いてくれている。

そんな考えを丸ごと呑《の》み込んで、ウォレスに笑いかける。今はまだ、それ以上考えてはいけない。私たちの立場を考えたら、ね。

この事件が片付いて、心置きなく彼と会えるようになったら、その時にどうするか考えよう。私の気持ちと、彼の気持ちについて。

そうして、またゆったりとしたお喋りに戻っていく。彼はもう私の正体を知っているのに、一度もフェルム公爵夫人とは呼ばなかった。あの夜、私がただミランダとだけ名乗った、その思いを尊重してくれているらしい。そんなところも、とても好ましかった。

ただ、一つだけ後ろめたいこともある。

今頃、ヘレナや修道院のみんなは私のために駆けずり回っているだろう。それに引き換え、私ときたら。囚われの身でありながら、殿方と楽しく語らっている。

まあ、仕方ないわよね。他にできることもないのだし。自分にそんな言い訳をしながら、ウォレスとの話に花を咲かせ続けた。

◇

こつん、こつんと、わたしたちの足音が廊下に響いています。ここは王宮、その廊下。生まれて初めて歩くそこは、豪華すぎてちょっと怖いくらいです。

「アイリーン、アレックス様。どうしよう……わたし、すっごく緊張してきちゃった……」

ちょっぴり泣きたい気持ちになりながら、両隣を歩くアイリーンとアレックス様にそろそろと声をかけました。二人は足を止め、わたしに微笑みかけてきます。

「大丈夫よ、ドロシー。私たちがついてるんだから。ね、気楽にいこう?」

「ええ。君一人で立ち向かっているのではありませんよ。いつでも、僕が君を支えます」

わたしとアイリーン、それにアレックス様は、王宮で開かれている若者たちのパーティーに顔を出すことになっていました。そこで、あの事件の時の情報を集めるのです。

事件が起こったのは、大広間の二階の外側にあるバルコニー。ミランダさんがヘレナに渡した紙によると、そこにいたのはほとんどが若い男女だったのだそうです。だからこのパーティーに、あの事件の目撃者が来ているかもしれない。みんなはそう考えていました。

「気楽にって、ミランダさんが大変なことになってるのに……一大事なのに」

二人とも、緊張をかけらほども見せていません。いいなあ、うらやましい。

「そういう時ほど、肩の力を抜いたほうがいいの。ほら、深呼吸して」

アイリーンは昨日までの質素な服装ではなく、令嬢らしくちゃんとしたドレスをまとっていました。ちょうど、わたしと一緒にルーリエの家に向かった時のように。普段の元気なアイリーンも素敵ですが、こういった格好でお澄ましししているアイリーンもとっても可愛いです。

今日のパーティー会場は、先日陛下の誕生祝いの宴が開かれた中庭です。にぎやかなのが大好きな陛下のご意向で、王宮ではちょっとしたパーティーがちょくちょく開かれているのだとか。

このパーティーについて教えてくれたのは、なんと修道院のみんなでした。あの修道院から出てきてそう日にちが経《た》っていないのに、どうやってそのことを知ったのでしょうか。みんなはいつも、不思議なくらいに色んなことを知っていて……まるで、魔法みたいです。

そんなことを考えている間も、そわそわが止まりません。そんなわたしに、アレックス様が優雅なしぐさで手を差し伸べてきました。

「さあ、行きましょうドロシー。今日は僕が、君をエスコートします」

「いいなあ、うらやましいなあ。私も素敵な恋人が欲しいなあ」

そんなわたしたちを見て小さく跳ねるアイリーンに、アレックス様が微笑みました。

「アイリーンさんくらい素敵な方なら、いつか素敵な殿方が現れますよ」

「ありがとうございます、アレックス様！　あ、もしかして、今日のパーティーでそんな人に出会えるかも……？　よし、頑張ろう」

張り切った足取りで、アイリーンが足早に進んでいきます。そのすぐ後ろを、アレックス様に手を引かれながら追いかけていきました。心臓がとととと、と駆けているのを感じながら。


「あっ、いたいた。あそこね！」

数歩先を歩いていたアイリーンが立ち止まり、楽しげに声を上げました。その目線の先には、立ったまま談笑している若者たちと、軽食が並べられたテーブル。ここで間違いないでしょう。

と、アイリーンが驚くほど優雅に進み出て、ゆったりと若者たちに近づいていきます。

「はじめまして、ごきげんよう」

そう言った彼女の口調も、いつものそれとはまるで違っています。うっかり笑い出しそうになってしまい、あわてて顔を引きしめました。……あのおてんばで元気なアイリーンが、ここまでしとやかにふるまうことができるなんて、思いもしませんでした。

若者たちが興味深そうな目をこちらに向け、それから穏やかで礼儀正しい笑みを返してきます。

「あら、初めての方たちね。ほら、こちらにいらっしゃいな」

「ありがとう。私はアイリーン、こちらはアレックス様とドロシーよ。どうぞよろしく」

「アレックス・ユストと申します。どうぞよろしくお願いいたします」

「あ、あの、アレックス様の婚約者のドロシーです、よろしく……」

そうやって自己紹介が済んだとたん、アイリーンがちらりと横目でわたしを見ました。

「私たち、ずっと王宮に遊びに来たかったの。でも、ドロシーの親がずっと反対していて……ほら、こないだの宴で大変なことが起こったでしょう。あのせいで、王宮は危ないって主張してるのよ」

もちろん、これは作り話です。この話をきっかけに、ここの若者たちからあの夜の話を聞き出そうというのが狙《ねら》いです。

「友人の私と、頼りになる婚約者の彼が付き添うことで、ようやくここに来る許しが出たのよ。……親が過保護で苦労するわね、ドロシーも」

「え、ええ。大変なんです。早く、あの事件が解決すればいいんですけど……」

臨機応変に掛け合いながら、ちょっとずつ話を事件のほうにもっていく。そう打ち合わせてはいたのですが、急に話を振られてびっくりしてしまいました。うう、声が裏返ってしまっています。

「大丈夫です、ドロシー。そんなにおびえなくとも、僕がついていますから」

すかさずアレックス様がそう声をかけてくれたおかげで、若者たちには怪しまれずに済みました。

「その事件って、毒がどうとかっていうあれよね？」

そしてありがたいことに、どうやら周囲の若者たちはうまい具合に話に乗ってくれたようです。

「事件が起こったのって、そこの建物の二階だって聞いたよ。ほら、あのバルコニー」

「ほんと、怖いわ。王宮の中で、そんな思い切ったことをするなんて」

こっそり深呼吸して、心を落ち着けます。それから、そろそろと口を開きました。

「……あの事件について、ご存じなんですか？　よければもう少し、お話を聞きたいです……」

小声でそう言ってみたら、みんなが同時にこちらを見ました。あっ、質問をするのが少し早かったかも。こういう時はどう続ければいいのかな。あ、そうだ。

「えっと、あの事件はもう終わった、何も怖いことなんてないんだって分かれば、両親も快く外出させてくれると思うんです。だから、もっと事件について知りたくて」

そう説明してみたら、ああ、なるほどという声があちこちから上がりました。どうやら納得してもらえたようです。そうして、一人の令嬢が誇らしげな顔で進み出てきました。

「でしたら、私が力になれますわよ。私はあの宴に出ていましたから。しかも事件の時、大広間にいたんですの」

「あら、あの場にはあたしもいたのよ。しかもバルコニーに！　ばっちり見たわ」

さらに数名の若者が、自分も宴に出ていたと名乗りを上げてきます。そして口々に、知っていることを話し始めました。どうやらみんな、話したくてうずうずしていたみたいです。

「毒を盛られたのって、フェルム公爵でしょう？　まだそこまでのお年でもないのにあの残念な体格で、とっても目立ってる方」

「そうそう。お召し物が豪華だから、お腹《なか》が余計に目立つのよね」

「残念なのは見た目だけじゃないわ。あの宴の時も、給仕からワイングラスを受け取って香りを嗅ぐなり『ボトルを雑に扱っただろう、ワインの香りが濁っているではないか』とか何とか、給仕を大声で叱りつけていましたもの。陛下のお祝いの宴なのに無粋だなって、そう思いましたわ」

「それ、いつものことだよ。僕は他の場所で彼を見かけたことがあるけれど、その時も同じように横暴にふるまっていたから。叱られていた使用人がかわいそうだった」

「うわあ、偉そう……実際に偉い人ではあるけれど、その態度はないわよねえ。うちの親も、あの方には色々と迷惑をかけられてるって言ってたし。あ、これはここだけの話にしてね」

「ところで、私たちがこんな噂《うわさ》話をしていていいのだろうか？」

「大丈夫よ。フェルム公爵は療養中だとかで、屋敷に引きこもってるから」

ここには若者しかいません。そのせいか、みんな言いたい放題でした。仮にも公爵、貴族の最上位にある方をここまでけなしていいものなのでしょうか。

それはそうとして、フェルム公爵って面倒な方みたいですね。だったら、どこかで恨みを買ってたりしないでしょうか。もしそうなら、そちらをたどることで真犯人を見つけられるかもしれません。

「ああ、それで……気になっているのはあの宴の夜のことでしたわね。ワイングラスを受け取った後、フェルム公爵は辺りを見渡していましたわ。それから何か見つけたような顔をして、すぐに二階に上がっていきましたの。ぜえぜえという荒い息が聞こえてきそうな、そんな動きで」

「それ、僕も見ました。あれは手助けすべきなのかなあと悩んでいたら、いきなり二階からものすごい叫び声が聞こえてきたんで驚きましたよ」

「みんな、ずっと公爵を遠巻きにしていたよね。関わらないほうがよさそうだって、そんな態度で」

どうやら、フェルム公爵がワイングラスを手にしていた時間はとても短かったみたいです。しかも、彼に近づいた人間もろくにいないみたいでした。とすると、彼に毒を盛ることができる人はごく限られてしまいます。その数少ない人間から、ミランダさんを外せないのが悔しくてたまりません。

そんな思いを押し隠して、じっと若者たちの話に耳を傾け続けました。

「あたしはバルコニーにいたんだけど、黒くて丸いの……じゃなくてフェルム公爵が、すっごく綺麗な人に近づいて……何か話して、ワインを飲んだなと思ったらいきなり倒れたのよ。怖かったあ」

「あ、その綺麗な人は私も見た！　あの人が事件の犯人で、しかもフェルム公爵夫人だって知った時は驚いたわ。だって、公爵と全然釣り合ってないんですもの」

「私もそう思いましたわ。あんな方が毒を盛るなんて……分からないものですわね」

「ちがっ」

ミランダさんを犯人と決めつけている言葉に、思わず反論しそうになりました。どうしたの、という顔でみんながわたしを見てきます。

「ああ、ドロシーはとっても優しいから、毒が盛られたなんて怖い事件じゃなくて、偶然毒が入ってしまった、そんなちょっとした事故だったらよかったのにな、って思ってるんです」

すぐさまアイリーンが、そう言ってごまかしてくれました。そして彼女のその言葉に、みんなが同時に表情を変えました。首をかしげ、考え込み始めたのです。

「事故の可能性か……それ、あるかも。だって公爵夫人、一度たりとも公爵には近づかなかったし」

「本当ですか⁉」

「ええ、確かよ。夫婦にしてはやけによそよそしいなって、後でそう思ったもの。あの時は夫婦だって気づかなかったくらいだし。それに公爵が倒れた後も、公爵夫人は立ち尽くしたままだったわ」

アイリーンと二人、こっそりと視線を交わします。ヘレナによれば、ウォレスさんはミランダさんの無実を証明できる証拠を探しているとのこと。今の言葉は、きっとその証拠の一つになってくれるはずです。

ああ、よかった。ほっとした拍子に笑みが浮かんでしまいます。と、今まで静かになりゆきを見守っていたアレックス様が不意に口を開きました。

「興味深いお話をありがとうございます。ついでにもう一つ、うかがってもよろしいでしょうか」

彼の言葉に、令嬢たちがすっとしなを作りました。アレックス様は素敵な方ですけど、勝手に誘惑しないで欲しいです。絶対にあげませんから。

そんなわたしの心の声が聞こえたかのように、アレックス様はそっと目配せをしてきました。

「実は僕、後日フェルム公爵に挨拶《あいさつ》にうかがうことになっていまして……その際の手土産《てみやげ》をどうしたものか悩んでいるのです。何か助言をいただけると嬉しいのですが」

アレックス様、突然どうしたのでしょう。こんなやり取りをする予定はありません。今回はひたすら、あの宴のことを尋ねる予定だったのですが。でもさっきの目配せといい、アレックス様には何か考えがあるみたいです。

「やっぱりワインがいいんじゃないかしら？　殿方への贈り物としては定番ですし、あの方はワインがお好きみたいだから」

令嬢の一人が、すぐにそう答えました。すると、すかさず他の令嬢が口を挟んできます。

「駄目ですわ。さっきも言ったでしょう？　あの方、ワインにはとってもうるさいんですもの。ちょっとした香りの違いを嗅ぎ分けるくらいに。ワインなんて贈ったら、絶対にけちをつけてくるに決まってますわ」

それからも令嬢たちはわいわいと騒ぎ続け、フェルム公爵への贈り物を考えていました。アレックス様はそんな彼女たちをじっと見つめていましたが、その顔はちょっぴりこわばっていました。

そうして王宮を離れ、ヘレナの別邸に戻る途中の馬車の中で。

「あの、アレックス様。さっきのやり取りはいったい、何だったのですか……？」

ようやく三人だけになれたので、ずっと気になっていたことを尋ねてみました。やはり難しい顔をしたままのアレックス様は、すぐに優しい声で答えてくれました。

「宴での状況については、十分に情報が得られました。ミランダさんに有利な証言をもたらしてくれそうな人たちも見つかりました。ただ一つだけ、まだ腑《ふ》に落ちない点があったんです」

アレックス様がこんな表情をしているのは、初めて見たかもしれません。困っているのとも、怒っているのとも違う……靴の中に小石が入ってしまったみたいな表情です。

「ミランダさんの覚え書きによると、フェルム公爵を介抱した男性はワイングラスをひと嗅ぎして『キチトの毒だ』と叫んだ。つまりその毒は、臭いですぐにそれと分かるもののはずです」

それを聞いて、ようやくわたしにも分かりました。アレックス様が何を疑問に感じているのか。

「だったらどうして、公爵はおかしな臭いのするワインにそのまま口をつけたのか、ということですね……？」

「たまたまその日に限って鼻が詰まっていた、とかでもないですよね。そのちょっと前に、ワインの香りがどうとかでぎゃあぎゃあ言ってたみたいですし」

わたしがつぶやいて、アイリーンが首をかしげ、そうして三人で顔を見合わせます。

「……あとは、フェルム公爵を介抱した男性のことも気になりますが、そちらの男性については誰も覚えていないようでしたし……ひとまずこの情報を持ち帰りましょう」

難しい顔でつぶやくアレックス様に、わたしとアイリーンはただうなずくことしかできませんでした。どうしよう。調べ物をしにいったのに、余計に謎が深まってしまいました。ううん、だからってめげてはいられないの。

ミランダさん、わたし頑張ります。だからもう少し、我慢していてください。

◇

「わたくしは気が弱い令嬢、毒におびえる令嬢……困り果てて、お医者様にすがろうとしている、そんな儚《はかな》げな令嬢なんですのよ……そう、わたくしはか弱いの……」

ぶつぶつとつぶやくわたくしに、ケネス様がとても優しく声をかけてくださいました。

「大丈夫か、グレース。さっきから独《ひと》り言《ごと》が止まらなくなっているが。だがそうやって困惑している君もたいそう愛らしいな」

「ああ、ケネス様ったら、恥ずかしいですわ……」

「ちょおっとお、仲がいいのは分かったから、少し慎んでちょうだいな。あてられちゃうわあ」

わたくしはケネス様とメラニーさんと共に、王宮の廊下を歩いていました。これから、王宮の医者に会いにいくのです。あの宴の夜、フェルム公爵の治療に当たった人物に。

とはいえ、今さらあの時のことを正面切って尋ねれば、怪しまれてしまうかもしれません。ですので、わたくしたちはちょっとした芝居を打つことにしました。わたくしはあの宴での事件の話を聞いて、恐ろしくて夜も眠れなくなってしまった気弱な令嬢。日に日にやつれていく彼女を見るに見かねた婚約者が、彼女を当事者である医者に会わせることにした。こんな筋書きです。

そんな訳でわたくしは、普段の自分とはまるで違う『気弱な令嬢』のふりをしているところなのです。骨が折れますが、堂々とケネス様にくっついていられるのは嬉しいです。

ちなみに、その医者を探し出し面会の手筈《てはず》を整えてくれたのは、なんとケネス様でした。とても社交的な彼には、この王都にも多くの知り合いがいました。彼は「大切な婚約者を、できるだけ良い医者に診《み》せたいんだ」と主張して、無事にくだんの医者を探し出すことに成功したのです。

ケネス様の人脈とあざやかな手際に、わたくしはうっとりとため息をつくことしかできませんでした。こんな素敵な方がわたくしの婚約者だなんて、なんという幸運なのでしょう。ミランダさんの現状も忘れて、ついそんなことを思わずにはいられませんでした。

「グレース、にやけちゃってるわよお。ほら、毒におびえるか弱い令嬢なんでしょう?」

従者役のメラニーさんの声に、ふと我に返ります。いけない、気が緩んでいましたわ。今度はわたくしが頑張らなくてはなりません。失敗は許されないのです。

「ええ、気をつけます。……難しいですけれど、何としてもやりとげてみせますわ……」

役作りのために、昨日は思いっきり夜更《よふ》かししました。夜も眠れないという設定なのですから、クマくらいこしらえておくべきでしょう。そのせいで、眠くて眠くてたまらないのですが……これも麗《うるわ》しのミランダさんを助けるため。愛しい方と共に、大切な恩人を救うために行動する。そのためなら、あらん限りの努力をいたします。演技は苦手ですけれど。

「そうねえ……だったらこういうのはどうかしらあ？　ねえグレース、ここは長い歴史を誇る王宮でしょう？　そのせいか、ただならぬ気配がするわね……ああ、そっちの角に、幽霊がいるわ！」

「きゃっ!?」

メラニーさんの恐ろしげな声音に、叫んでしまいました。想像したら震えが……。

「うっふふ、いい感じのおびえっぷりよ。ずっと幽霊に見られているのだと想像していれば、うまくいくんじゃない？　あなたは自己暗示が得意みたいだって、ミランダからそう聞いた時は耳を疑ったけれど、これならなんとかなりそうねえ」

「自己暗示？　別にわたくし、そのようなものは得意では……」

「あああら、あっちにも幽霊よ！　ほら、今走り抜けた影！」

「きゃあっ！」

「おや、君にはこんな可愛らしい一面があったのだな」

少々訳が分からなくなってきたような気もしますが、ひとまずいい感じのようです。メラニーさんの笑い声を聞きながらケネス様にしっかりとしがみつきます。幽霊は、怖いですわ。

そうこうしているうちに、やがて王宮の一角にたどり着きました。ケネス様はためらうことなく、その一室に向かっていきます。

「おや、あなたがグレース様ですな。お話はうかがっておりますよ。どうぞ、そちらのソファにおかけください」

小ぶりで質素なその部屋でわたくしたちを出迎えてくれたのは、ふっくらとした頬《ほお》の中年男性でした。ソファにケネス様と並んで腰かけて、そろそろと口を開きます。その前にもう一度幽霊の姿を想像して、ぶるりと震えながら。

「あの……この前の事件で使われた毒とは、いったいどういったものなのでしょうか？　同じようなものがわたくしの近くにあったら、わたくしの食事に盛られていたらどうしましょうって……そう思ったら、怖くてたまらなくて……」

するとメラニーさんが、すかさず口を挟みました。慎み深く上品に、お嬢様思いの従者らしく。

「お医者様、どうかその毒について教えてはもらえないでしょうか？　そうすればお嬢様も、安心して眠ることができますから。どうか、お願いいたします」

……しかしメラニーさんが医者に向ける視線は、妙に熱くて魅惑的なもので……もしかして、誘惑していますの？　あれが噂に聞く、女の武器というものかしら？

「大丈夫ですよ、グレース様。あの時に使われたキチトの毒は珍しいものですし、万が一何かに混ざっていてもすぐに分かる、そういった性質のものですから」

朗らかに答えた医者の頬は、赤く染まって緩んでいました。あら、誘惑されていますわね。

「そして、ここだけの話ですが……キチトの毒は、それはもう臭いが強いのですよ。一杯のワインにほんの一滴混ぜるだけで、むせかえるような甘酸っぱい香りが立ち昇って……他の何とも似ていない強烈で不快な臭いですので、まず間違えることはありません」

「あら、そんなおかしな臭いがするものを、フェルム公爵は気にせず飲まれたんでしょうか？」

「ううむ、私もそこは気になっていたのですよ。それに……」

「他にも何か、気になることがおありなんですの？」

メラニーさんの合いの手が絶妙なおかげか、その甘い態度のおかげか、医者の口がどんどん軽くなっていきます。正直わたくしは、黙って見ているだけでも済みそうです。

「実はフェルム公爵の症状が、キチトによるものとは違っていたのです。あの場には確かに、キチトの臭いのするワイングラスがありましたが……」

「まあ、不思議なこともあるものですわね。それで、フェルム公爵はどうしておられたのですか？」

ちょっと前のめりになって、メラニーさんがさらに尋ねています。彼女は獲物を狙っている時の猫のように目を輝かせていますが、既に彼女に魅了されている医者は気づいていないようです。

「私が駆けつけた時には、床に倒れてのたうちまわっておられました。苦しそうに胸をかきむしって。しかしキチトの毒は、効果が出るまで時間がかかるのですよ。口にしてしばらくしてから突然昏睡《こんすい》状態に陥り、そのまま命を落とす。そういう毒だと聞いています」

何とも恐ろしい話に、自然と身が震えました。と、ケネス様がそっと手を握ってくださって……

うっかり浮かびそうになった微笑みを、あわてて引っ込めます。ああ、こんな時でなければ、ケネス様と堂々と見つめ合うことができましたのに。

わたくしがそんなことを考えている間も、医者の話は続いていました。もはや独り言のようになっています。

「とはいえ、記録に残っているのはある程度まとまった量のキチトを口にした場合のみでして……おそらくフェルム公爵が飲まれた毒の量が少なかったため、記録とは異なる症状となったのだろうと、みなはそう結論を出しました。……しかし、あれだけ臭うワインであれば、ほんの一口でも致死量は超えるはずなのです……どうにも、奇妙なことばかりで」

どうやらこの医者は、他の方々の出した結論に納得がいっていないようです。そこを、すかさずメラニーさんが突きました。上目遣《うわめづか》いで、目をぱちぱちさせながら。

「まあ、さすがはお医者様、とっても思慮深くっていらっしゃるのですね」

「いえ、職業柄細かいことが気になるだけでして……ああ、そうだ」

ちょっと露骨なくらいに医者を褒めちぎるメラニーさんと、まんざらでもなさそうな医者。殿方って、ああいう風に褒められるのが好きだったりするのでしょうか。覚えておきましょう。

「気になることが、もう一つありました。フェルム公爵はいきなり倒れられたと聞いていますが、その割にグラスがきちんと床に置かれていたのが、どことなく不自然に思えましたね」

「本当ですわね。普通なら、落とすなり投げるなりしそうなものですのに」

「あなたもそう思われますか。この事件、どうにも腑に落ちないことが多くて……それなのに、誰にも相談できないままでいたのです。というのも、ほかならぬフェルム公爵がこの筋書きに納得されているからなのですが。今日あなた方に胸の内を話すことができて、実はほっとしています」

「いえいえ、こちらこそ。おかげで、お嬢様の悩みも解決しそうですもの」

結局わたくしとケネス様は、すっかり親しげに話しこむメラニーさんと医者の二人を、ただ見守ることしかできませんでした。


そうして二人の話が一段落ついたところで、ケネス様がすっと口を挟みました。

「貴重な話をありがとう。ところで、もしキチトの実物があるのなら、少しだけ嗅がせてはもらえないだろうか？　実物の臭いを知っておけば、グレースもより安心できるだろうから」

「は、はい、そうしていただければ、とても助かりますわ……」

急いで、そう言葉を添えました。確かに、その臭いについて知ることができれば、今後の調査に役立つかもしれません。この状況ですぐにそのことに気づくなんて、さすがはケネス様ですわ。

しかしすぐに、医者は首を横に振りました。困ったように微笑みながら。

「申し訳ないのですが、それはできないのです。ここには置いていないものでして」

「珍しいものとはうかがいましたが……王宮にすらないなんて……」

驚きを込めて控えめにつぶやくわたくしに、医者は力強くうなずきかけてきます。

「あの毒は作るのに大変手間がかかる上、作り方を知っている者はごくわずかです。そして実物は、この国ではただ一か所にしかありません」

「ほう、それはどこなのだろうか？」

興味を隠さずに尋ねるケネス様に、医者は思い切り声をひそめて答えました。

「……王都のすぐ外にある牢獄《ろうごく》ですよ。キチトの毒は、貴人の処刑の際にのみ用いられるものなのです。私も、王宮勤めの医者となった際に一度嗅いだことがあるだけでして」

「……そうでしたの。でしたらわたくしも、もう心配しなくても済みそうですわ。ああ、良かった……。これからは、おかしな臭いには気をつけることにいたします」

「そうだな、グレース。私も君のために神経を研ぎ澄ませておこう」

「ふふっ、ありがとうございます、ケネス様」

「お嬢様が、久しぶりに笑顔を……ああ、本当に感謝いたしますわ、お医者様」

「いえいえ、私はただ話をしただけですから……」

和《なご》やかにそんな言葉を交わしつつも、わたくしの頭の中には疑問が渦巻いていました。どうしてそんなに珍しい、変わった毒が使われたのかしら。状況から見て、誰かが牢獄から持ち出しているはずなのですが。困りましたわ、余計に訳が分からなくなってしまいました。

ひとまず、この情報を持ち帰りましょう。他のみなさまの情報と合わせれば、何か新しいものが見えてくるはずです。……今はそう、信じるほかありません。もどかしくてたまりませんけれど。

そう自分を励まして、わたくしはひたすらに気弱な令嬢のふりを続けていました。

◇

「ロディ、私も情報を集めにいきたいわ……」

「我慢してください、ヘレナ。あなたは先日ミランダさんのところに押しかけたでしょう？　その際に、王宮の人たちに顔を覚えられてしまっている可能性が高いのですから」

大量の覚え書きが散らばった大机に突っ伏してぼやく私を、ロディがそっとたしなめています。私たち二人は、ここ数日ずっと別邸にこもりきりになっていました。

ドロシーとアレックス様、グレースとケネス様、修道院のみなさん。それぞれが手分けしてせっせと情報を集めている中、私とロディはそれらの情報を整理する作業に追われていました。

「分かってるわ。誰かがこの作業をやらなければならないことも。でもやっぱり、いても立ってもいられないの……フェルム公爵、傲慢《ごうまん》で横柄《おうへい》で敬遠されているのに意外と敵らしい敵もいないし……真犯人の候補が、どんどんいなくなっていくんですもの……」

「気持ちは分かりますが、焦《あせ》ってもいいことはありませんよ。さあ、もうひと頑張りです。そうだ、俺がお茶をいれてきますから、休憩しましょうか。それとも気晴らしに、少し庭に出てみますか？」

ロディは手際よく覚え書きを整理しながら、そう言って微笑みかけてきます。私と同じ年とは思えないほど大人びた、つい見惚《みと》れてしまいそうになる笑顔です。

かつては一生懸命でひたむきなところが際立っていた、逆に言えばちょっぴり幼さを残したところのあったロディは、私と婚約してからどんどん変わっていきました。生来の情熱はそのままに、余裕と落ち着きまで備えてしまって。最近ではこんな風に、私のことを年下扱いして甘やかすような態度も目立っています。……そんな彼も、やっぱり好きなのですけれど。

「……だったら後で、お喋りに付き合ってくれる？　庭で、お茶を飲みながら」

「ええ、もちろんですよ。……ミランダさんのことも心配ですが、俺にとってはそれ以上にあなたのことが心配ですから」

「ありがとう、ロディ。あなたがいてくれてよかった」

「俺こそ、あなたのそばにいられて幸せです」

覚え書きの束を机に置き、間近で見つめ合います。やらなければならないことも考えなければならないことも山のようにあるというのに、ロディから目が離せなくなっていました。

「ヘレナさん、ロディさん、失礼するっす！」

私たちの間に甘い空気が流れ始めたまさにその時、シャーリーがばたばたと駆け込んできました。左手にはめた革の長手袋には、伝書鳥がちょこんと止まっています。私とロディはあわてて離れると、そ知らぬ顔で覚え書きを手に取りました。見つめ合っていたことをごまかすように。

「修道院から、返事が来ましたよ。……あれ、どうかしましたかお二人とも。気のせいか、顔が赤いような……」

「き、気のせいよ。それより、手紙を見せて」

「はい、これです！」

シャーリーが張り切った様子で差し出してきたのは、薄い紙を小さく折り畳んだものでした。破らないように気をつけて、慎重に開いていきます。自然と、息を呑みながら。

『レイ男爵は、エヴァの父。彼の愛人の子がエヴァだが、表向きそのことは伏せられている。そしてこの情報は、ミランダの耳には入れていない』

そしてそれに続いて『だって、余計なことを思い出させて苦しませたくなかったんだもの』と小さな小さな文字で書かれていました。ちょっぴり気まずそうに。

「あの男性と、フェルム公爵が、こんな形でつながった……」

紙を手に、呆然《ぼうぜん》とつぶやきます。あの男性。それはあの宴の夜、倒れたフェルム公爵を助け起こし、毒の名を高らかに叫んだ男性のことでした。

私たちはもちろん、その男性についても調べていました。ところが不思議なくらい、調査はうまくいきませんでした。あの場にいた人たちは、ろくに彼のことを覚えていなかったのです。

手掛かりになるのはミランダさんの「あの人物を、どこかで見たような気がする」という言葉と、ドロシーたちが聞きこんできた「記憶にない」「目立たない、影の薄い人物だった」という言葉だけ。

仕方なくみんなで話し合って、こんな仮説にたどり着きました。その誰かはおそらく貴族、ただしあまり身分が高くない。そして社交的でもない。あの宴で自由に動き回れる立場にあり、かつ知り合いがろくにいない。そんな人物なのではないか。

そこまで絞り込んだところで、修道院のみなさんはまた情報収集に出かけていきました。そうしてじきに、それらしき人物の名前をつかんできたのです。

レイ男爵。とっても地味でとっても影が薄く、みなさんですらほとんど噂を聞かない人物。でもみなさんは「どこかで聞いた覚えがあるのよねえ」「私もよ。思い出せないけれど」と口々に言っていました。みなさんが思い出せないなんて、レイ男爵とはどれだけ印象に残らない人物なのでしょうか。

そこで私たちは、大急ぎで修道院に伝書鳥を飛ばしました。レイ男爵について分かることがあれば教えて欲しい、そんな手紙を。今私の手にある紙こそが、その返事なのです。

「エヴァはフェルム公爵の愛人で、二人の間にはジョンという息子がいる……嫌な予感がするわ」

「つまり、レイ男爵はジョンの祖父にあたりますね。……そういうことですか」

眉をひそめる私とロディ。シャーリーはぽかんとした顔で私たちを交互に見ています。

「え、あの、どういうことっすか？」

「ミランダさんがいなくなれば、エヴァが次のフェルム公爵夫人よ。そしてジョンが次のフェルム公爵になることが確定するわ。レイ男爵の孫が、公爵になる……ものすごい成り上がりね」

「つまりレイ男爵にとっても、ミランダさんは目障《めざわ》りな存在なんです。彼があの場に居合わせたのは偶然ではなく、何らかの意図があった。そんな可能性も出てきますね」

二人でそう説明すると、シャーリーは困惑し切った顔になりました。

「……で、でもそれなら、レイ男爵とエヴァがフェルム公爵に頼んで、ミランダさんを離縁してもらえばいいだけなんじゃ……元々、ミランダさんとフェルム公爵の仲は冷め切っていますし」

シャーリーは私たちとは違い、貴族の世界にはあまり詳しくありません。そんな彼女に分かるように、考えながら話していきました。

「ミランダさんは陛下の妹君の孫で、王家の血を引いている。そんな妻を、愛人ができたからって追い出したら、社交界では後ろ指を差されるわ。王家をないがしろにする不忠者って」

「けれどもし、ミランダさんが罪を犯したのなら……それも毒殺未遂なんて大きな罪であれば、フェルム公爵は、堂々とミランダさんを捨てられます」

私とロディが述べているのは、ただの推測だけです。それなのに、どれもこれもしっくりきてしまう。その奇妙な状況は、たいそう背筋《せすじ》をぞわぞわさせるものでした。

ぶるりと身震いした拍子に、修道院からの手紙を取り落としてしまいました。かがんで拾い上げようとしたロディが、ぴたりと動きを止めています。

「あ、二枚目がありますよ。薄い紙だから、くっついていたんですね」

そうして三人で、二枚目の紙片をのぞき込みます。そこに書かれた一言に、息を呑みました。

『レイ男爵は、王都の牢獄を管理する役職に就いている』

「あの、王都の牢獄って、その……キチトの毒があるっていう？」

シャーリーが身をすくめ、そう尋ねてきます。彼女の腕に止まったままの伝書鳥も、彼女の不安に応えるように小さく鳴きました。

「そうね。また一つ、奇妙な具合につながったわ」

ふうとため息をついて、額を押さえました。何だか、頭が痛くなってしまったのです。

「王都の牢獄に勤めていて、しかもとびきり影の薄いレイ男爵なら、こっそりキチトの毒をくすねることもできたかもしれない。おそらく、毒の出どころはそこね」

「ちょ、ちょっと待ってくださいよ！」

淡々と語っていると、シャーリーがあわてた様子で割り込んできました。

「でも、毒の効く速さとか効き方とかが、色々おかしいんですよね⁉　それにどうして、レイ男爵がフェルム公爵に毒を盛るんですか⁉　……ミランダさんに盛ろうとしたのなら、まだ分かるっすけど……」

「そうね、そこは私も気になっているの。一度、状況を整理してみましょうか」

「……やはり、フェルム公爵はキチトの毒を口にしていない。そう考えるのが自然だと思います」

ロディが沈痛な面持《おもも》ちで、そうつぶやきました。その点については、私も同感です。キチトの毒を飲んでいたとすれば、公爵は生きてはいない。それが、あの医者の見立てだそうですから。

「でもフェルム公爵は倒れて、レイ男爵が毒の種類を当てて、しかもフェルム公爵が飲んだワインには毒が入ってて……あれ？　どういうことっすか？」

シャーリーはもう混乱し切っています。ロディと視線だけで合図して、順に口を開きました。

「フェルム公爵がワインを飲んだ時、そこにキチトの毒は入っていなかった。つまり、毒が入れられたのはその後ね」

「それなのに、フェルム公爵はワインを飲むなり倒れてしまいました。それも、ワイングラスを落として割ることも、倒してこぼすこともなく」

「……フェルム公爵が演技をしていた。そう考えると、これらのことに全て説明がつくの。彼はワイングラスに毒が入っているのだということを、周囲の人たちにはっきりと知らせる必要があった。だから倒れる時に、その証拠になるワイングラスをきちんと床に置いておいた」

「もしかして……キチトの毒が使われたのって、そのためっすか？　とびきり強い毒で、しかも臭いがとってもきついって話ですし……」

シャーリーが目を思いっきり見開きながら、恐る恐るつぶやいています。そんな彼女を心配するかのように、腕に乗った鳥がじっと彼女を見つめていました。

「そうだと思うわ。そしてこの場合、フェルム公爵とレイ男爵はぐるだったと考えるのが自然ね」

「もだえ苦しむフェルム公爵にみなの目が引き付けられているうちに、影の薄いレイ男爵がそっとワイングラスに毒を入れる。後は、ミランダさんが見てきた通りです」

「それだけではないのかもしれないわ。もしかしたらレイ男爵は、『王都の牢獄近くでミランダさんらしき人影を見た』とか何とか、嘘の証言をしているのかも……」

「公爵夫人が憎い夫を消すために毒を盛った。そんな筋書きに合うように、ですね」

本当に、話しているだけで気分が悪くなるような話です。でも、今のところこれ以上にもっともらしい説明が思いつきません。

「ただ一つだけ、おかしな点が残りました。本来なら、しばらく経ってから昏睡状態になる演技をするのが正しいのですが、これではその場の人たちの目を引くことができません」

「ミランダさんの犯行だと周囲に印象付けるためには、毒を口にしてすぐに大騒ぎしたほうがいい。だから公爵は、仕方なくあんな演技をしたのだと思うわ。多少の矛盾は覚悟の上で」

「ところが王宮の医者たちが、症状の違いについてもっともらしい理由をこしらえてしまいました。そうして彼らは、ミランダさんがフェルム公爵に毒を盛ったという疑惑を後押しした」

「そんな……だったらミランダさんは……ミランダさんが、かわいそうっす……」

呆然とつぶやくシャーリーの目から、ぽろりと涙がこぼれ落ちました。貴族の世界で生きていて、そういったどす黒い話にも多少は慣れている私やロディとは違い、彼女は伝書士見習いで、しかも私たちより年下です。今の話は、少しばかり刺激が強すぎたのでしょう。

「泣かないで、シャーリー。今のは全部、ただの推測なのだから」

「そうですよ。ひとまずフェルム公爵とレイ男爵の関係についてより重点的に調べてもらうとして、俺たちは俺たちで動きましょう」

二人で懸命に呼びかけると、シャーリーが無言でこちらを見ました。動くといっても何をするんですか、その顔にはそう書いてあるように思えました。

「ドロシーたちのおかげで、ミランダさんに有利な証言は集まったわ。それを持って、もう一度ウォレスさんに会いにいこうと思うの。もしかしたら、ミランダさんの監禁が解かれるかもしれないから」

「ミランダさんを取り戻せれば、不安に駆られながら調べ物をしなくてもよくなりますからね」

「そのためにも、証言してくれそうなみなさまに連絡をしたいの。シャルン伯爵家の跡継ぎとして、正式に協力を願い出る。そんな手紙をいっぱい書かなくちゃ。シャーリー、届けるのは頼んだわよ」

「……はい！」

ようやく、シャーリーが笑ってくれました。三人で顔を見合わせて、大きくうなずき合います。

私たちに同意するかのように、伝書鳥が高らかに鳴きました。

8．最後にもうひと騒ぎ、いかがかしら？

「ミランダ様、良い知らせがあります」

私の監禁場所であるこの部屋にヘレナが訪ねてきてからしばらく経《た》ったある日、いつになく軽い足取りでウォレスがやってきた。いつもは風のない湖のように凪《な》いだその青い目にも、明るい光が灯《とも》っている。良い知らせって、いったい何かしら。

「ようやく、貴女《あなた》をここからお出しすることができます」

やっと、ここから出られる。手持ち無沙汰《ぶさた》なまま窓の外を眺めるだけの日々が、ようやく終わる。

そう思いながらも、なぜかさほど気分は晴れなかった。

「ヘレナ様のおかげで、貴女に有利な証拠が多数集まりました。それにより、これ以上貴女を拘束しておくのは不適切だと、そういう判断がなされたのです」

そう告げる彼は、やけに複雑な表情をしていた。その顔に浮かんでいるのは間違いなく喜びなのに、どことなく顔色が優れない。

「しかしこの事件そのものは解決していませんので、しばらくは王都に留《とど》まっていただけるでしょうか。ヘレナ様が、貴女の滞在場所を用意してくださっているとのことです」

「分かったわ。ここにいた間、色々と良くしてくれてありがとう、ウォレス。……寂しくなるわね」

心からの感謝を込めて、精いっぱい笑いかける。最後に、ほんの少しの本音を添えて。

「いえ、礼を言われるほどのことはしていません」

「でも、私はあなたに助けられたわ。ねえウォレス、あなたに何かお礼をしたいのだけど……何か、希望はあるかしら？」

　ここを出たら、もう彼と会うこともなくなってしまうだろう。それが分かっていたから、とっさにこんな言葉を口にした。お礼をするという名目があれば、堂々と彼のもとを訪ねることができる。

……こんな回りくどいことをするなんて、私らしくもないけれど。まるで、うぶな小娘みたい。

　するとウォレスは、青い目を切なげに伏せて考え込んでしまった。

「礼など、そのような……いえ、ですが、もし可能であれば…………また、会いにきていただけませんか。何かのついででいいのです。ただ、貴女が無事であることを確かめたくて」

「もちろんよ。あなたの仕事の邪魔にならないよう気をつけて、また来るわね」

「お気遣《きづか》い、ありがとうございます。どうぞ一度と言わず、何度でも……お待ちしております」

　そのまま私たちは、じっと見つめ合った。この部屋での、二人きりの時間を惜しむかのように。


　少しして、ウォレスに連れられて部屋を出る。そこには安堵《あんど》の笑みを浮かべたヘレナが、ロディと二人で待っててくれていた。

「おかえりなさい、ミランダさん」

「ありがとう、ヘレナ。それにロディも。立派になったわね」

「ミランダさんが元気そうで、本当に良かったです。私、ずっと心配で……」

「お久しぶりです。俺はただ、みなさまの手伝いをしていただけですから」

ロディといいウォレスといい、どうしてこうも謙遜したがるのかしらね。オーガストのように傲慢《ごうまん》にふるまうよりも、ずっと素敵よ。

そんな思いを込めてヘレナを見たら、彼女は無言でおかしそうに笑っていた。何となく、私の言いたいことが通じたらしい。

そうして二人と共に、迎えの馬車へ乗り込む。ウォレスは微動だにせず、いつまでも私たちの馬車を見送ってくれていた。遠くにぽつんと立っている彼の姿を見ていたら、胸がぎゅっと苦しくなるのを感じた。


私たちを乗せた馬車は王宮を出て、そのままヘレナの別邸に向かっていった。しばらく、そこに滞在することになるらしい。馬車に揺られながら、向かいのヘレナとロディを眺める。二人は仲睦《なかむつ》まじい恋人そのものだった。今までもらった手紙から感じていたものより、遥《はる》かに親密な雰囲気を漂わせている。微笑《ほほえ》ましいわね。

と、ヘレナが興奮気味に言った。

「ミランダさんをお招きできて嬉《うれ》しいです。既に修道院のみなさんも来てくれているので、とってもにぎやかで楽しいですよ」

「あら、やっぱりみんなも来ていたのね。何かしら動いてくれるだろうとは思っていたし、たぶんあなたたちと手を組むんじゃないかなとも思ってたけれど、みんなで一緒に住んでいるなんてね」

「私のほうから申し出たんです。王都に来られるのなら、うちの別邸を拠点としてくださいって」

そうしてヘレナは、別邸にいる人間たちの名前を次々と挙げていく。アイリーン、メラニー、シャーリー、それに修道院の精鋭たち。聞き込みを得意とした、手練手管《てれんてくだ》に長《た》けた面々ばかりだ。

「ドロシーとアレックス様、グレースとケネス様も一緒です。みんな、とっても頑張ってくれました」

これだけたくさんの人間が、私の危機に駆けつけてくれたのだ。そう思ったら、こみ上げてくるものがあった。

「……一人じゃないって、いいわね。私、幸せ者だわ」

小声でつぶやいた私の声にはわずかに涙がにじんでいたけれど、ヘレナとロディはそれを指摘することはなかった。二人はただ静かに、私を見守っていてくれた。


馬車はやがて、王都の閑静な一角にある屋敷の前で止まる。

「ミランダさん、ああ、本当にミランダさんだ！」

「おかえりなさい、ミランダ」

「大変な目にあったわねえ」

玄関の扉をくぐるなり、そんな声が私を出迎えた。嬉しくてたまらないといった顔で、みんなが押し寄せてくる。抵抗する間もなく、みんなにしっかりと抱きしめられてしまった。

「心配かけてごめんなさい、みんな。でも、まだ全部終わってはいないのだから、気を緩めるには早いわよ」

照れ隠しついでに、そうたしなめてみる。けれどその程度では、みんなの喜びは少しも変わることがなかった。みんなはいつものように大はしゃぎで、私を囲んでいた。

そうしていたら、人の壁をかき分けるようにしてドロシーが近づいてきた。そうしてぎゅうっと、力いっぱい抱きしめてくる。

「良かったです……このままミランダさんが戻ってこなかったらどうしようって、ずっと心配で」

「ミランダさん、ミランダさんですわ……ああ、夢ではないんですのね……」

同じようにそばにやってきたグレースが、まるで子供のようにしがみついてくる。初めて会った時の礼儀正しく取り澄ましていた態度が嘘《うそ》のように、彼女は声を上げて泣きじゃくっていた。

かつて私たちが助けた、悩み苦しむ乙女《おとめ》たち。彼女たちはこんなに立派になって、私を助けにきてくれた。そんなことを思ったら、ついもらい泣きしそうになってしまう。

私を取り巻く人だかりの向こうには、見知らぬ青年――見た目とこの状況からして、おそらくドロシーの婚約者のアレックスね――とケネスが立っている。アレックスは穏やかに微笑みながら、ケネスは怪訝《けげん》そうな顔をして私を見ていた。そういえば、彼には男装姿を見せていたんだった。後で適当に言いくるめておかないと。

そんなことを思いながら、この上なく愉快な気分でみんなにもみくちゃにされていた。ところがそうしていたら、奥からさらに人影が現れた。

「罠《わな》の設置、完了しました」

「あ、マリアさん、来てくださってたんですね」

現れたのは、マリアと二人の修道女。二人ともマリアにしっかりと武術を仕込まれた、修道院でもかなりの手練《てだ》れだ。ぱっと顔を輝かせるヘレナに、マリアはきびきびと言葉を返した。

「はい。貴女がミランダを迎えにいくのと、ちょうど入れ違いになったようです。これで、準備は抜かりなく整いました」

罠。準備。彼女たちは何をしようとしているのだろう。しかも話の流れからすると、マリアたちは今しがたここに着いたばかりのようだし。

「ねえマリア、どうしてあなたまでここにいるの？　院長代行を頼んでおいたのに……」

困惑した私の問いに答えたのは、ヘレナとロディだった。

「私たち、ちょっと仕掛けてみることにしたんです。真犯人は見つけたんですけど、証拠がちょっと足りないというか、このままだと裁きの場に引っ張り出せないというか」

「だったら、誘い出してしまえばいい。それがみなさまの結論でした。俺も異論はありません」

さらにドロシーやグレースも口を挟んでくる。気のせいか、ちょっと楽しそうな顔で。

「ミランダさんが解放されるこの日が、一番いいかなって……その、誘い出すには……」

「けれどわたくしたちだけでは色々と心もとないので、こうしてマリアさんたちの力を借りることにしたんですの」

さて、余計に分からなくなってしまった。首をかしげていると、アイリーンが過剰なほど明るい声で言った。

「まあまあ、ミランダさんは監禁生活で疲れてるでしょうし、今は気にせずゆっくりしてください！」

「そうよねえ。まずは見てのお楽しみ、かしらあ？　ふふっ」

「うまくいくといいのですが」

「大丈夫よ、みんなでしっかりと準備をしたのだもの」

「ちゃんと必要な噂《うわさ》も流したし、マリアたちも来てくれた」

「これでもう、いつ来ても大丈夫よね」

気づけばみんな、大きな声で内緒話を始めてしまった。しかもわざと、私に分からないように言葉を選んでいるらしい。もう、素敵ないたずらを仕掛けている途中みたいな顔しちゃって。

まあいいわ、いずれ真相は明らかになるんでしょうし。それより、男性二人に挨拶《あいさつ》しておかないと。

人垣をするりと抜けて、離れたところに立っている二人のもとに向かう。

「はじめまして、あなたがアレックスね？　以前は協力、ありがとう」

「いいえ、こちらこそ。あなたが連絡をくださらなかったら、僕たちの今の幸せはありませんでした」

「そしてあなたがケネス？　グレースから話は聞いているわ」

アレックスと微笑み合って、続いてケネスに声をかける。すると彼は、眉《まゆ》をぎゅっと寄せてためらいがちに尋ねてきた。

「その……私は以前、君にそっくりな青年に会ったことがあるのだが。ミラという名の……うむ、見れば見るほど、よく似ている……」

「ああ、それは私の双子の兄ですわ」

「なんと、そういうことだったのか！　では兄君に伝言願えないだろうか。『私とグレースは、それは幸せに暮らしているぞ！　君の割り込む隙《すき》など、どこにもないからな！』と」

兄なんて出任せを、まさかここまであっさりと信じるなんて。ケネスって聞いていた以上に単純ね。そんなところが可愛《かわい》くもあるけれど。

「伝えておくわ。ところで二人とも……彼女たちが何をしようとしているのか知っている？」

ヘレナたちは私たちの仲間だ。ロディも似たようなものだ。だからみんなの作戦に、彼女たちが加わっているのはまだ理解できる。でもこの二人に、あんなに堂々とあんなお喋《しゃべ》りを聞かせるなんて。

首をかしげつつ尋ねたら、二人は力強くうなずいてきた。

「はい、全《すべ》て知っています。けれどドロシーたちは、あなたを驚かせたいようですね。ですので、僕の口からは語れません」

「そうだな。アレックス殿と同様に、私も黙秘させてもらうことにしよう。愛《いと》しのグレースたちが懸命に考えて作った仕掛け、どうか存分に見ていってくれたまえ」

……染まってるわ、この二人も。私たちの修道院の空気に。みんなはマリアを呼ばなくてはならないくらいに危険なことをしようとしているのに、どうもそれすら楽しんでしまっている。ヘレナたちはもうすっかりこちら側の人間になってしまったけれど、さらにその恋人たちまでなんて。

こっそりと肩をすくめつつ、みんなに引っ張られるようにして別邸の奥に向かう。それからみんなで食事をして、みんなで存分にお喋りして、そしてそれぞれの部屋で眠りについて。ちょうど、修道院で過ごしている時と同じように。

そして深夜。押し殺したような男の叫び声と、がらんがらんという派手な物音に叩き起こされた。

「……昼間みんなが話してたのって、さっきのあれのことかしら……」

ガウンを羽織って部屋から出ると、みんな喜々として廊下を走っていた。どうも同じ場所を目指しているらしい。

「あ、起きたのねミランダ。今起こしにいこうと思ってたんだけど、ちょうどよかったわ！　ほら、こっちよ！」

やっぱり訳も分からないまま、みんなと一緒に突き進む。マーティンが修道院に忍び込もうとした、あの夜のことを思い出しながら。

じきに、別邸を囲む塀のすぐ内側にたどり着いた。するとそこには、何だか既視感のある光景が広がっていた。

縄でぐるぐる巻きにされた男が、塀に逆さづりにされている。しかも三人も。マーティンよりもっと若い、もっとずっと貧相な身なりの青年、というか少年たちだ。鋭い目つき、反抗的な態度。たぶんだけれど、下町の子のように見える。

「ジルの携帯型簡易罠……思いのほか有用でしたね」

少年たちに剣を突き付けて黙らせながら、マリアが感心したような顔でつぶやいている。ちょっと待って、その何とかっていう罠って、何なの。聞いてない。知らない。

「携帯型……簡易罠？」

「はい。今回の作戦に当たり、ジルが特別な罠を提供してくれました。持ち運びと設置が容易で、かつしっかりと侵入者を捕らえることができるものなのだと、そう主張していました」

「ジルがそんなものを作ってるなんて……知らなかった……」

そうこうしている間に、今度はメラニーたちが男たちに歩み寄った。明らかに浮かれた足取りで。

「獲物がかかったみたいねえ。やんちゃそうな坊やたちだわあ。さっ、ここからはあたくしたちの出番よお、うっふふふ」

きゃあきゃあとはしゃぎながら、メラニーたちは手際よく男たちの口に布を噛《か》ませて、全身をしっかりと縛り直している。そのまま台車に乗せて、さっさとどこかに運び去ってしまった。

他のみんなも警備を確認しにいったり夜食を作りにいったりとそれぞれに散っていって、気がつけばその場に残されているのは、私とヘレナの二人だけ。

「……ねえ、そろそろ種明かしをしてくれないかしら？」

ぽかんとしながらそう尋ねると、ヘレナはおかしそうに笑いながら答えた。

「昼にちょっとだけ話したように、私たちは真犯人に揺さぶりをかけたんです。証拠をつかみ、裁きの場に引っ張り出すために」

私の無実を証明するために、彼女たちはそんなことを考えついた。ほんの少しの申し訳なさと、それを超える嬉しさが胸に満ちる。もう、たくましくなっちゃって。

「その真犯人は、ミランダさんに毒殺未遂という濡《ぬ》れ衣《ぎぬ》を着せました。それなのに、ミランダさんはこうして監禁を解かれた。そうなれば、きっと真犯人は焦《あせ》りますよね」

気のせいか、ヘレナがちょっぴり言葉を濁しているような。私のことを気遣っている、そんな表情がかすかに見て取れる。……彼女たちが見つけた真犯人は、たどり着いた事件の真相は、きっと私をさらに傷つけるものなのだろう。そう思えた。

彼女の表情には気づかなかったふりをして、穏やかに言葉を返す。

「そうね。私はあなたたちのおかげで自由になれた。感謝してもし足りないわ」

「あ、はい、どういたしまして！　それででですね、こうなってしまったからには、真犯人側は力ずくで状況をひっくり返そうとするかもしれないと思ったんです。例えば、ミランダさんが罪を自白している手紙を偽造して、ミランダさんを殺した上でその手紙をその場に残しておく、とか」

ヘレナの言う通りだ。真犯人が誰なのか知らないけれど、あんな場であんなことを堂々とやってのける相手だ。目的のためなら、さらに思い切った手を使ってくる可能性は高そう。……とはいえ、今物騒なことをさらりと言ったわね、この子ったら。

「なので事前に、噂を流しておいたんです。そろそろフェルム公爵夫人が釈放されそうだ、そして彼女は友人のところに身を寄せることになるだろう。しかしそこはか弱い女ばかりが暮らす小さな屋敷で、公爵夫人はその警備の薄さに不安を抱いている、って。そうすれば、真犯人側も襲撃の好機だって思ってくれそうですし」

か弱い女、の言葉についくすりと笑ってしまう。私たちは『自称・か弱い女たち』ではあるけれど、たぶん客観的に見ればちっともか弱くない、というかむしろたくましい部類に入ると思う。

「使用人のみんなは、数日前から外泊してもらっています。万が一にも、巻き込んでしまわないように。……というのは建前で、私たちだけのほうが色々と動きやすいというのが本音です」

ヘレナの目が、楽しげにきらきらと輝き始めた。その顔に、大きな笑みが浮かんでくる。

「侵入者が確実に罠に引っかかってくれるように、罠の位置も考えました。この屋敷、塀の外側に一本だけ大きな木があるんです。そこから侵入したくなるように、木の近くに木箱をさりげなく置いたり、塀の上の鉄柵をちょっとだけ曲げておいたり……ここからなら楽に侵入できるぞという感じを出しつつ、誘っていることがばれないよう、みんなで頑張って考えたんですよ」

……この表情、この雰囲気。よく知っているわ。あれこれと悪だくみをしている時の、修道院のみんなにそっくり。

「そうして今夜から、マリアさんたちが交代で寝ずの番をしてくれることになっていました。でも、初日で釣れてよかったです」

話し終えて上品に笑う彼女に、小声でささやきかける。ちょっぴり呆然《ぼうぜん》としつつ。

「ヘレナ、あなたすっかり立派になったわね……本当に、強くなって……」

「光栄です」

私の言葉に含まれた戸惑いに気づいているだろうに、ヘレナは澄ました顔でそう答えていた。

そしてメラニーたちが結果を出すまで、半日とかからなかった。居間でそわそわしながら待っていた私たちのところに、一睡もしていない様子のメラニーが駆け込んできたのだ。

「ついに口を割らせたわよお！　あの坊やたち、レイ男爵の執事に雇われてたわ！」

レイ男爵。彼については、ヘレナから教わっている。彼はあの夜オーガストを助け起こした人物で、しかもエヴァの実の父なのだとか。それを聞いた時、何となく状況が読めたような気はしていた。

「あの坊やたち、普段は裏町でたむろしている不良少年なのよお。そこに、執事がこっそりやってきたんですって。この屋敷に忍び込んで水瓶に毒を入れてくれ、そう依頼されたんだとか」

いつも快活そのもののメラニーだけれど、今はさらにご機嫌だ。私たちが口を挟む隙すら与えずに、ものすごい勢いでまくし立てている。

「もちろん、執事は身元を隠してた……というか、隠そうとしてたみたいよ。でも残念ながら、いいところに勤めてる人間だってことがばればれで。『こいつは怪しいぞ！』って思った坊やたちは、帰っていく執事の後をこっそりつけたのよお。そしたらその先が、レイ男爵の屋敷だったたって訳」

そこで一息ついて、近くにあったお茶を勝手に一気飲みするメラニー。

「ちなみに坊やたちが持たされてた毒、かなり強いやつだったわあ。あんなものを水瓶に放り込まれたら、あたくしたちは皆殺ししねえ」

ドロシーが小さく悲鳴を漏らした。その肩を、アレックスがそっと抱き寄せている。

「ともかく、坊やたちと話はつけてあるから。あの子たちったらすっかりあたくしたちになついちゃって、『これからはまっとうに生きる！』とか言ってるのよお。可愛いったらありゃしない」

くすくすと笑う彼女に、誰からともなく指摘の声が飛ぶ。「話をつけたって何のことよ」「感想はいいから続きを早くして」などとせっつかれて、メラニーが肩をすくめる。

「ああいけない、そんな訳で、坊やたちは依頼主についていつでも証言してくれることになったから。あと、しばらく彼らをこの屋敷でこっそりかくまうから、よろしくねえ。レイ男爵の手の者があの子たちを狙《ねら》わないとも限らないもの」

ものすごい勢いで言い終えると、彼女は居間を出ていってしまった。それじゃあたくし、ちょっと眠るわあ。あくび交じりにそうつぶやきながら。

それからしばらく、私たちは無言だった。自分たちの身のすぐ近くまで危険が迫っていたのだということを、急に実感してしまったせいで。

ただ私は私で、ずっと気になっていることがあった。少しだけためらって、そっと口を開く。

「……あの毒殺未遂事件の真犯人は、レイ男爵。そして、彼の狙いは私。もう一度私をあの毒殺未遂の犯人に仕立て上げるために、私の口を封じようとした。そこまでは合っているわね」

みんなの目が、私に集まった。いつもの報告会の時とはまるで違う、暗い視線ばかり。

「でもこの事件の真相は、それだけではないのでしょう。話してちょうだい、あなたたちが調べ、たどり着いたことについて。……受け止める覚悟はできているから」

「……はい」

そうして、ヘレナがぽつりぽつりと語り始めた。まだ推測でしかない、でもおそらくは真実であろうことを。衝撃的ではあるけれど、私にとっても予想の範囲内だった事柄を。

みんながはらはらしたような顔で見守る中、ヘレナの話が終わる。どんよりとした空気を追い払うように、明るく微笑んだ。

「話してくれてありがとう、ヘレナ。……一つ、頼みたいの。侵入者たちの証言と、レイ男爵とエヴァの関係を、ウォレスに伝えてくれるかしら。彼なら、私たちのことを考えて動いてくれるわ」

「あの、だったらミランダさんが行ったほうが、ウォレスさんも喜ぶかなって……」

戸惑いつつ、ヘレナがそう返してきた。その隣では、ロディもうんうんと大きくうなずいている。

「ふふ、そう思うの？　でも、今は駄目。解放されたとはいえ、一番疑わしいのは私なんだもの。うっかり彼に会いにいったりしたら、彼にまであらぬ疑いがかかるかもしれない」

「そうですよね……」

しょんぼりしたヘレナに、もう一度笑いかける。

「だから、一刻も早くウォレスに伝えて欲しいの。私の無罪がきちんと証明されて、心置きなく彼に会いにいけるように」

「はい！」

返ってきたのは、晴れ晴れとした声だった。

◇

「依然として、レイ男爵は口を割らないのですか……」

私たち法務担当の文官は、みな困り果てていました。フェルム公爵が毒殺されかけたあの事件についての捜査が、またしても行き詰まっていたのです。

ヘレナ様がもたらしてくれた驚くべき数々の情報のおかげで、新たな、そしてとても重要な容疑者が見つかりました。レイ男爵です。

影の薄い彼であればワイングラスに毒を入れることもできたし、ミランダ様に濡れ衣を着せる動機もありました。そしてそれとは別に、彼にはミランダ様たちを抹殺しようとした容疑がかけられています。彼の執事を連行して尋ねたところ、男爵の命《めい》により裏町の少年を雇い、毒を渡したのだとすぐに供述しました。

それらの証拠をもとに、今度はレイ男爵が取り調べを受けることになりました。しかし彼は、ずっとだんまりを決め込んでいるのだそうです。貝のように堅く、口を閉ざしたまま。

いつになったら、ミランダ様をきちんと自由にして差し上げられるのか。ただ待つしかないというのが、ここまでもどかしいとは。

もう一度ため息をついた時、軽やかな足音が近づいてきました。

「おはよう、ウォレス。こちらにいるって聞いたから来てみたの」

驚きすぎて、返答が一瞬遅れました。たった今まで考えていた、その人が目の前に立っていたのですから。私の目を釘付《くぎづ》けにするような、優しい笑みを浮かべて。

「……おはようございます、ミランダ様。こんな朝早くに、どういった御用でしょうか」

夜明けの星空のような青藍《せいらん》の髪が、朝日を受けてきらきらと輝いています。その美しいきらめきに思わず見惚《みと》れながら、どうにかこうにかそう答えました。いつも通りに冷静であろうと心掛けたのですが、自分の声にはどことなく浮かれたような響きがありました。

「レイ男爵の取り調べはどう？　たぶん、何も喋ってはいないと思うの」

「……お答えできません」

私には、そう言うことしかできませんでした。レイ男爵は、ミランダ様とそのご友人の命を狙った。ミランダ様がレイ男爵の取り調べの進展を気にされるのも当然です。ですが立場上、私は彼女に情報を漏らすことは許されません。

悔しさにぐっと奥歯を噛みしめる私に、ミランダ様はしなやかな足取りで近づいてきました。ふくよかな花の香りが、魅惑的に鼻をくすぐります。

「そうね、でも安心して。私はあなたから何かを聞き出すためにここに来たのではないから」

そうして、ミランダ様はいたずらっぽく笑いました。生き生きとした、楽しげな表情です。

「一つ、提案があるの。レイ男爵にこう言ってやって。『フェルム公爵は全てを白状した。このまま黙っていれば、お前の罪がさらに重くなるだけだぞ』って」

どうしてここで、フェルム公爵の名が出てくるのでしょうか。戸惑う私に、ミランダ様はさらにささやきかけてきます。

「それと同時に、オーガスト……フェルム公爵のところにも人をやって『レイ男爵が事件の真相を話しました。少々、あなたの話をうかがえますか？』と言わせればいいわ。お前のやったことはもうばれているのだぞ、って態度で。そうすれば二人から、まったく同じ証言が得られるでしょうから」

「……それは……あまりにも突拍子《とっぴょうし》もない提案のように思われるのですが」

「そう思うのも当然よね。だから、この提案をどうするかは任せるわ。ただ、行き詰まった状況を打開するにはちょうどいいと思うのよ」

ミランダ様が、間近で私を見上げてきます。頬《ほお》がかっと熱くなるのを感じながら、必死に言葉を探しました。この方を前にすると、どうにも言葉がうまく出てこないのです。

「……一応、同僚と相談してみます。ただ、私は直接この事件の捜査に関わってはいないので……」

「ええ、そうしてみて。これが、前に良くしてもらった分のお礼になるといいのだけれど」

「……こうして会いにきてくださっただけで、十分です」

「でも監禁されている間、あなたとのお喋りだけが楽しみだったのよ。だから、もっと色々お礼をしたいなって、そう思っているの。じゃあね、また」

ちらりと寂しそうな目で微笑み、ミランダ様が立ち去っていきます。その後ろ姿を、輝く髪をじっと見つめながら、自然と胸を押さえていました。いつもより速い鼓動に、さらに戸惑いながら。

ミランダ様の提案は、恐ろしいほどの効果を発揮しました。ずっと黙っていたレイ男爵が、堰《せき》を切ったように話し始めたのです。そしてなんと、フェルム公爵までもが同じ内容を口にし始めました。おかげで同僚たちは、大混乱に陥りました。そもそも毒殺未遂事件が存在していなかったばかりか、被害者だと思われていたフェルム公爵が、ミランダ様を陥れようとした犯人の一人だったとは。

そうして明らかになった真実は、恐ろしいものでした。自らの世間体を保ったままミランダ様を後腐れなく離縁し、愛人と再婚する。フェルム公爵は愛する女性と堂々と暮らすことができ、レイ男爵は公爵家とのつながりを得る。なんと自分勝手で、ひどい話でしょうか。

きっとヘレナ様やミランダ様は、この真実に薄々感づれていたのでしょう。先日提案をしてくださった時の、どことなく悲しげなミランダ様の目がひとりでに思い出されます。

……あの宴《うたげ》の夜も、あの方はあんな目をされていた。笑顔に満ちた宴の会場で、大階段を昇るあの方はとても寂しそうな顔をしていた。そして私は、その姿から目を離せなくなっていました。

あの方に近づきたい、少しでいいから話がしたい。そんな思いに突き動かされるように、彼女が落としたハンカチーフを拾い上げ、バルコニーに向かっていきました。まるで少年のように、心がふわふわとしていたのを今でも覚えています。

それからあの事件が起こり、何の因果か私があの方と顔を合わせるようになって。あの方はいつも穏やかに微笑んでおられましたが、その目には隠しようのない憂いが浮かんでいました。あの方のために何もできない自分の無力さを、それは呪ったものです。

……そして今、私はあの方に真実を告げにいくという役目を帯びています。同僚たちが気を使ってくれたのか、「ウォレス、お前が行ってこい」と言ってくれたのです。

真実を知れば、あの方は悲しまれるでしょう。けれどそんな思いを押し隠して、いつもと同じように柔らかく微笑まれるのでしょう。

今度こそ、あの方の役に立とう。何ができるか分かりませんが、せめてあの方を少しでも支えたい。そんな決意を胸に、私はあの方がおられる屋敷へ向かっていきました。

◇

「……そうだったの。わざわざありがとう、ウォレス」

ある朝、いきなりウォレスが私のもとを訪ねてきた。話したいことがあるのだと、沈痛な面持《おもも》ちでそう言って。

そうして居間で、彼の話を聞いた。「あなたの客人なんだし、ゆっくり二人で話しなさいな」と言って、みんなは席を外してくれていた。

彼が教えてくれた、オーガストとレイ男爵の口から語られたという真相。それは、不思議と私を傷つけはしなかった。ただ、やっぱりそうだったんだなという諦めのようなものを感じただけで。

けれどウォレスは、話しながら何度も私の顔色をうかがっていた。こちらが申し訳なくなるくらいにうろたえているし、心配してくれている。

「その、どうか気を落とされないでください。……私でよければ、お傍《そば》におります。何か私にできることはないでしょうか？」

「あなたにそう言ってもらえるだけで、ずいぶんと気持ちが楽になるわ。ありがとう」

ためらうことなく、そう言葉を返す。強がりではなく、心からそう思っていた。

ウォレスといると、ほっとする。生真面目《きまじめ》で控えめなのに、胸の内には情熱を秘めていて。そんなところが、どうにも好ましい。それに彼は、いつも私のことをとても気遣ってくれるし。

用件が済んだのなら、ごく普通のお喋りがしたい。私の潔白はもう証明されたのだし、それくらいは許されると思う。オーガストのことなんて忘れて、ウォレスと楽しく過ごしたい。

ただねえ。ちょっと……周囲がね。ええ。本当に。もう。

私たちは今、居間で二人きりだ。ゆっくり二人で話せと言っておきながら、みんなは庭にひそんで堂々と盗み聞きをしている。なのに開けっ放しになっている窓のすぐ外では、さっきからいくつもの顔が見え隠れしているのだった。ちょうど、ウォレスから見えない位置に陣取って。

そのせいで、どうにも気が散って仕方がない。盗み聞きだけなら見なかったことにしてもいいけれど、みんなったら身振り手振りであれこれ指示してくるものだから……。

さっきウォレスが真相を告げている最中も『ここで泣き崩れなさい！』とか『ハンカチで目元を押さえて横を向く！』とか言っていたし、その話が終わったとたん『上目遣《うわめづか》いでしなを作って！』とか『寂しげに微笑んで！』なんて主張し始めたし。

どうやらみんなは、私とウォレスをくっつけたくてたまらないらしい。応援してもらえるのは嬉しいけれど、さっきから笑顔が引きつりそうなのよね、どうにもおかしくて。

「いいえ、それでも……無力な我が身が、どうにも歯がゆくてたまりません……」

そしてウォレスはウォレスで、健気《けなげ》なことを言ってくれている。その優しさが胸にしみる。それはそうとして、みんながさらに盛り上がってしまっているのだけど……どうしましょう、あれ。

「気にしないで。それよりも、あなたにまた会えて嬉しいわ。時間があるのなら、少しだけ話していかない？　前みたいに、ゆったりと。あなたと話すのは楽しいから」

いいわ、もう。周囲は気にしないことにしましょう。理由は何であれ、ウォレスと話せる機会を逃したくはないのだもの。

私の提案に、ウォレスは目を見張って頬を赤らめた。あまり表情を変えない彼にしては珍しく、はっきりと照れている。彼の様子が変わったのに気づいたのだろう、外のざわめきが大きくなった。ちょっと、ウォレスに気づかれるわよ。

「……私も、貴女と心置きなく話したいと、ずっとそう願っておりました」

彼の声はとても優しく、ほんのりとした甘さがにじんでいた。耳を澄ましていたみんなが、声を出さずにきゃあきゃあとはしゃぎ始める。よく見たら、ヘレナとドロシーとグレースも、しっかりとそこに交ざっていた。あら、ロディとケネスも興味津々《しんしん》といった顔でこちらを見ているわ。一番後ろで苦笑しているのはアレックス。結局彼もそちらにいるのね。みんなを止めようとはしないのね。

ウォレスは背後のにぎやかな気配を察しているだろうに、礼儀正しく私のほうだけを見続けていた。


そうやってウォレスと話し込んでいたら、居間に誰かがやってきた。もちろん窓からではなく、きちんと入り口の扉から。

「ミランダ、お客人殿。お話し中のところ失礼します。少々よろしいですか」

そう言って居間にやってきたのはマリアだった。きびきびとした動きで、私たちのすぐ近くまでやってくる。彼女はこの別邸の警護に当たっているので、さっきからの盗み聞きには加わっていない。

……もしかしたら、物陰にひそんで聞いていたのかもしれないけれど。

「王宮から使いの者が来ています。『陛下が至急ミランダ様との面会を望まれておられる』とのことです。それも陛下の私室での、非公式の面会だとか」

「分かったわ、すぐに行くと伝えておいて」

「……それでは、私はおいとまいたしましょう」

マリアの話を聞いて、ウォレスが立ち上がり帰ろうとする。思わず手を伸ばして、彼の袖をつかんでいた。せっかく会えたのだから、もう少し一緒にいたい。そんな気持ちに突き動かされるように。

「待って。その、よければ、なのだけど……あなたも一緒に来ない？　公式の場ではないようだし、伯父様……陛下もきっと喜ばれるわ。『ミランダの友人なら大歓迎じゃ』って」

期待に満ちたみんなの視線が、私の手元に注がれている。ちょっぴり恥ずかしくはあったけれど、もうすこし身を乗り出して、ウォレスの目をじっと見つめてみた。

「……分かりました。私でよければ、同行いたします」

ウォレスの言葉に、窓の外から「やったあ」「そうこなくちゃ」という小さな声が返ってきていた。

「おお、ミランダ。やっとあの事件の真相が明らかになったのだと聞いたぞ。……まったくもって、ひどい話もあったものじゃ。許せんのう」

そうして結局、留守を使用人たちに任せて、私たちは全員で伯父様のところに押しかけることになってしまった。みんな、噂でしか聞いたことのない国王に会える機会を逃すもんですかと、大いに張り切っていた。もう、問題が解決したとたんにいつもの調子に戻ってしまうんだから。

ふかふかの椅子《いす》にすっぽりと埋まるように腰かけた伯父様は、それはもう盛大に怒っていた。目をきりりとつり上げて、顔を真っ赤にして。あんなに怒って、体に障《さわ》らないといいのだけれど。

そんな伯父様に、みんなが順に挨拶を交わしていく。修道院のみんな、ヘレナたち、ウォレス。おお、お前たちがミランダの友達か、どうかこれからも仲良くしてやってくれ。伯父様はさっきまで怒っていたのも忘れたかのように、それはもうにこやかに声をかけていた。

「それにしてもオーガストめ、わしの可愛いミランダをないがしろにするだけでは飽き足らず、重罪人に仕立て上げようとは……あそこまで性根の腐った男とは思わなんだ！」

しかし挨拶が終わったとたん、また伯父様はそう言ってうなり始めた。ちょっと型破りだけれど温厚な伯父様が、ここまで怒るなんて。初めて見たわ。

「覚悟しておれ、オーガスト……どのような手を使ってでも、必ず死罪にしてくれる……ミランダを苦しめた分のつけは、きちんと払わせてやるからのう……」

今回オーガストが犯した罪は、かなりの重罪だ。けれど、死罪になるほどのものではない。暗く冷たい牢獄《ろうごく》に何年もつながれることになるだろうし、公爵家の当主の座も剥奪《はくだつ》される。生きてはいられるけれど、貴族としてはもう終わりだし、死んだほうがましだと思うかも。

私としては、彼がそれだけ罰されるのなら十分だ。今回の事件のおかげで、何の気兼ねもなく堂々とオーガストと離縁できる。というか、もう今すぐにでも離縁の手続きに移りたいくらい。でも伯父様は、それでは気が済まないらしい。これまで我慢していた分の反動かしら。

どう答えたものか悩みながら、ふと隣を見上げる。と、苦しげな顔のウォレスと目が合った。

法をねじ曲げてでも、オーガストを死罪にする。伯父様は臣民の信頼厚い優秀な王だから、それくらいのことはできるし許されるかもしれない。しかし法を司《つかさど》る文官であるウォレスとしては、王のそんなふるまいを見て見ぬふりはできないのだと思う。ウォレスはとっても真面目だし。そこが新鮮で、素敵なのだけれど。

決めたわ。伯父様を思い留まらせましょう。オーガストのことはどうでもいいけれど、ウォレスが苦しむのは嫌だから。

「伯父様、オーガストは確かに最低ですけれど、それでも無理やり死罪にするのはどうかと思いますわ。あんな男のために、伯父様の評判が落ちるなんて我慢なりませんもの」

「おお……お前は優しいのう。あんな目にあったというのに、わしのことも考えてくれるとは」

ちょっとだけ伯父様の怒りが和《やわ》らいだところを見計らって、さらに畳みかける。この場で伯父様を止められるのは、伯父様について一番よく知っている私だけだ。頑張らないと。

「それに、オーガストには息子のジョンもいるでしょう。あんなに小さな子が父親を失うのは、かわいそうだと思いませんか？」

「むむう……しかしのう……それを言い出したらきりがないしのう……」

こちらを見下すような目をした、無愛想で可愛げのかけらもないジョンの姿をふと思い出す。まあ、あの子には罪はないのだし。

それはそうと、こちらの方向から押し切るのは難しそうね。さて、だったら……。

「ああ、そうだわ伯父様！　それよりも先に、お願いしたいことがありましたの！」

わざとらしいほど明るく言って、それから伯父様に詰め寄った。

「私、オーガストと離縁します。自分を陥れようとした男の妻でいるなんて、もう我慢できませんから。伯父様、大至急手続きをお願いしますわね」

「うむ。もちろんじゃ。この後すぐに、必要な手続きを済ませてやろう。これでようやっと、お前も自由になるのじゃなあ」

伯父様は優しく目を細めて微笑んだ。よし、機嫌がちょっと良くなったかも。

「これで私とオーガストは赤の他人。過去の恨みも全部、この機会に忘れようと思いますの」

しかし軽やかにそう言い切ったとたん、伯父様が即座に笑顔を引っ込めた。

「いいや、そうはいかん！　お前が前向きになったことはとても嬉しいが、わしはやっぱりオーガストを許すことはできん！　何が何でも、奴は死罪じゃ！」

大げさに頬をふくらませて、伯父様はぷいとそっぽを向く。ああもう、意固地《いこじ》になってるわ。どうやら、オーガストの名前を聞いただけで腹が立つみたいね。これを説得するには、そうとう骨が折れそう。こうなったら、もっと思い切った別の手で攻めていったほうがよさそうね。

頬に手を当てて、ぼんやりと視線をさまよわせながら記憶をたどる。伯父様を説得するのに役立ちそうな話題、何かなかったかしら……。

右を見て、左を見て。ふと、伯父様の姿が目に入った。ふて腐れた表情で、椅子にふんぞり返っている。年を取って少しばかり背丈が縮んだせいもあって、まるでやんちゃな子供みたい。

そんな姿が引き金になって、ある話が脳裏によみがえる。そうだわ、あれがあった。にっこり笑って伯父様に歩み寄り、思わせぶりにささやく。

「ところで伯父様、隣国の最高級ニンジンの件ですが……心当たり、ありますわよね？」

今までの話とまったく関係のないそんな言葉に、修道院のみんなが面白《おもしろ》そうに目を見張る。ヘレナたちやウォレスは何のことか分からないようだったけれど、静かになりゆきを見守ってくれていた。

そして当の伯父様は、露骨にぎくりとしていた。必死に平静を装おうとしているけれど、その目がそろそろと泳いでしまっている。

ヘレナたちに聞かせるようにほんの少し声を張り上げて、ことさらに明るく言葉を続ける。

「あれは去年のことでしたわね。隣国の王が、伯父様を招いて盛大な食事会を開いたのは。二つの国のこれまでの友好の歴史を祝い、これからも末永く共にあることを誓い合う、そのための集まりだったと聞いていますわ」

伯父様は視線をそらしたまま動かない。さらに軽やかに、歌うようにささやいた。

「隣国の特産品はニンジンで、その日の食事会にも当然のようにニンジンがふんだんに使われていた。それも最高級の、とびきり香り高いものばかり」

この話を聞いた時には、みんなで大笑いしたものだ。そんなことを思い出す。

「しかし伯父様はニンジンが大嫌い。口に入れることすら拒むほどに。子供っぽいと思って隠しておられたけれど」

「に、苦手なものは仕方ないじゃろう！　あの匂いが、もう駄目なんじゃ……思い出すだけで寒気がするくらいに」

とうとう伯父様がこちらを向いて、ばつが悪そうに口を開いた。

「そうは言っても隣国の心づくし、口にしない訳にはいかない。そうですわね？」

「うむ……煮込みなど、しっかりと味がついているものはどうにかこうにか呑《の》み込んだわい……じゃが、蒸しただけのニンジンは、さすがに辛《つら》すぎた……『素材の香りを楽しんでください』と言われてものう……」

「……で、隙をついて蒸しニンジンをナプキンに包んで隠し、知らん顔をされていたのですわね」

「なんでお前が、そこまで知っておるのじゃ!?　誰にもばれておらんと思っておったのに」

目を真ん丸に見開いて、伯父上が椅子の上で飛び上がる。あわてず騒がず、にっこりと優雅な微笑みを返した。

「内緒ですわ。けれど秘密って、意外なところから漏れてしまうんですのよ」

ちなみに蒸しニンジンの件は、食事会で働いていたメイドを起点に『ここだけの話なんだけど……』が何回か繰り返されたあげく、修道院まで噂が届いたというのが正解だ。

笑いを噛み殺しながら、ちらりとウォレスに目をやる。当然ながら、彼は困惑を隠せずにいた。それもそうだろう、王が法をねじ曲げてまで公爵を処刑しようなどと言い出して、それを説得しようとした私が離縁などと言い出したと思ったら、今度はなぜかニンジンの話になっているのだし。いくらなんでも、話がころころ変わりすぎよね。話を変えているのは私なのだけれど。

それでも彼は礼儀正しく、私の話を理解しようと頑張ってくれている。……今度、修道院の本当の姿について彼に打ち明けてみようかしら。みんなの許しが得られたら、だけれど。彼は口が堅いし、案外すんなりと受け入れてくれそうな気もするのよ。

そんな考えをいったん横に置いておいて、もう一度伯父様に向き直る。

「このことが隣国にばれてしまったら、あちらはどう思われるかしら？　おまけに、その王が法を曲げてまで公爵を処刑した、なんてことになったら」

「それはその、まあなんというか、のう」

「隣国の王は、伯父様のことを信用ならない人間だと思うかもしれませんわね。国交断絶などにならないといいのですけど」

空々しいほど明るい声で、わざとらしく困った表情を作ってみせる。伯父様はしょんぼりした表情でうつむくと、ちらりと上目遣いにこちらを見てきた。

「ミランダ、もしやお前、わしを脅しておるのか？」

「まさか。ただ、一応は元夫だった男が処刑されてしまったら、驚きのあまりうっかり色々と口を滑らせてしまうかもしれませんわ。それこそ、ニンジンのこととかも。それが噂になって隣国まで届くかもしれませんが、私には止められませんわね」

そこまで言い切って、見せつけるように深々とため息をつく。伯父様は頭を抱え、小声でうめいている。みんなが固唾《かたず》を呑んで見つめる中、やがて伯父様はすっと背筋《せすじ》を伸ばした。

「……仕方ないのう。分かった、わしも大人げなかった。オーガストの処分については、法にのっとり粛々と進めることにする」

伯父様は子供のようなところもあるけれど、長年この国を平和に治めてきた偉大な王なのだ。さすがの決断だ……と思った瞬間、伯父様はまた不満げに口をとがらせてしまった。

「でものう。やっぱり許せんものは許せんなあ……できることなら何か、個人的に報復してやりたいわい……ああ、悔しいのう」

ふかふかの椅子に腰かけたままじたばたしている伯父様に、すっと近づくいくつもの影。メラニーと、彼女が率いる修道院の精鋭たちだ。あら、何をするつもりかしらね。

「陛下のお気持ち、よおく分かりますわあ。ミランダをあれだけ苦しめた男が、法にのっとって処罰されて、はい終わりだなんて、納得いきませんもの。もう少し痛い目を見てもらいたいですわよねえ」

「おお、メラニーといったか、お前は分かってくれるのじゃな。しかしわしがやろうとしたら、ミランダに叱られてしまったでのう……」

そう言って、ちらりとこちらを見る伯父様。駄目かの、駄目かのう？　とその顔には書いてある。

「それは仕方がありませんわ。陛下の名誉に傷がついてはなりませんもの。ですから、あたくしたちにお任せいただけませんか？　あのフェルム公爵に、一矢報いてみせますわあ」

メラニーがにやりと笑い、伯父様に耳打ちする。

「ちょっと嫌がらせするくらいなら、法には引っかかりませんわよねえ？　うふふふふ」

「嫌がらせ！　なんと、それは良いのう！　最高じゃ!!」

「そういう訳だから、全員集まってちょうだいな！　あ、ミランダは待っていて。ウォレスも」

伯父様が顔を輝かせ、メラニーがみんなを呼び集める。そうして私とウォレスを除いた全員が、ひそひそこそこそと話し合いを始めてしまった。

「ミランダ様、私には何がどうなっているのか分からないのですが……」

「大丈夫、大ごとにはならないはずだから……あなたは心配しなくていいわ」

呆然とした顔のウォレスと、こっそりとささやき合う。

「伯父様と修道院のみんな、それにヘレナたち……気が合うんじゃないかしらと思って引き合わせてみたのだけれど、失敗だったかも。見事なまでに意気投合しちゃったみたい。気が合いすぎよ」

「そうですね。仲間……いえ、『一味』と言ったほうがしっくりきてしまいます。陛下に対して不遜ではありますが、これが私の素直な感想です」

私たちが顔を見合わせている間も、楽しげな作戦会議は続いていた。


それから数日後。王宮で取り調べを受けていたオーガストが、仮の牢獄に移されることになった。彼は王宮の一角にある広場に連れていかれ、そこで馬車に乗せられるのだ。

私とウォレス、それに伯父様は、広場に面した窓のある廊下に隠れていた。メラニーたちの企《たくら》みの結果を、オーガストの反応を見てみたい。そう思ってしまったのだ。

窓枠に張りつくようにして、じっと広場の様子をうかがう。広場と城内をつなぐ扉が開いて、きっちりと隊列を組んだ兵士たちが広場に出てきた。その真ん中に、オーガストもいる。

オーガストのたるんだ顔には、疲労の色が濃かった。それでも彼は以前と同じふてぶてしさをたたえ、堂々と歩いている。兵士に囲まれていることも、罪人として連行されていることも、少しも気にしていないのではないか、そう感じてしまうくらいに。

と、そんなオーガストがはっとしたように足を止めた。その目は、広場の中央に居並ぶ人々——まるでオーガストを待ち受けるように、少し前に姿を現していた人々——の上に据えられている。司祭が三人、静かな目でオーガストを見ていた。その後ろには、厳《おごそ》かにたたずむ修道女たち。手本のようにきっちりと着こなした修道服に、葬儀の時だけ身に着ける黒いリボンを垂らしている。

その一団は慎《つつ》ましやかに目を伏せたまま、聖句でも唱えているかのような口ぶりで粛々とつぶやき始めた。オーガストに向かって。

「罪人よ、神はいついかなる時もあなたを見ておられます」

「神はあなたの罪を、全てご存じです。その心の内の罪さえも」

「畏《おそ》れなさい、偉大なる神のまなざしを。神の裁きが来たるその日を」

高く低く、声が幾重にもなってさざなみのようにオーガストに押し寄せる。神なんて信じていない私ですら背筋を伸ばしたくなるような荘厳さが、広場には満ちていた。

「ひっ、ひいいいい！」

その言葉の波に、オーガストの悲鳴が重なる。彼は、腰を抜かしていた。縄をかけられた両手で必死に顔を覆い、がたがたと震えている。遠くからでも分かるくらいにはっきりと。

私たち三人は窓枠からちょっとだけ顔を出して、そんなさまを見守っていた。

「みんな、すっかり敬虔《けいけん》な修道女のふりがうまくなってしまって……」

もちろん、広場に立っているのは修道院のみんなだ。ミアの一件のせいで、色々鍛えられてしまったらしい。のみならず、ヘレナたちまで修道女の制服を着てちゃっかりとそこに交ざっている。さらに前の司祭三人は、ロディにアレックスにケネスだ。みんな、意外と演技がうまかった。

「うむ、見事じゃなあ。みな、素晴らしいことこの上ない。よきかなよきかな」

「しかしあのフェルム公爵が、このようなことであんなにおびえるとは思いもしませんでした」

満足そうな伯父様と、腑《ふ》に落ちない様子のウォレス。そんなウォレスの耳元で、そっとささやいた。

「あの人ね、ああ見えてとっても信心深いの。あれだけ好き勝手やってるのに、朝晩の礼拝だけは絶対に欠かさなかった」

傲岸不遜《ごうがんふそん》で、人を人とも思わないオーガスト。そんな彼には、どうにもおかしな一面があった。彼は神を心から信じ、崇《あが》めていたのだ。他人を悪《あ》しざまに罵ったその口で、神に捧《ささ》げる清らかな言葉を吐ける神経がずっと理解できなかったのだけれど、メラニーたちは遠慮なくそこを突くことにしたのだった。容赦なく、全力で。

「哀れなる罪人よ、悔い改めなさい」

「そなたの前に待ち受けるは、地獄の門」

「ひれ伏して、許しを乞うのです」

みんなは静かな声で、なおも語り続けている。神の怒りと、裁きについて告げる言葉を。

「ひいい！　わ、私は、私はあああ！」

オーガストの間の抜けた悲鳴が、広場に響き渡った。

きっとこれから、彼は神罰におびえ暮らすことになるのだろう。けれどもう、彼がどうなろうと私には関係ない。私の世界に、もう彼は関わってこないのだから。

そんなことを思いながら、引きずられるようにして連行されていく元夫の背中を見送る。怒りも憎しみも、少しもわき起こってこなかった。ただ、ほっとしたような思いだけが、ふわふわと胸の中を漂っていた。

エピローグ　恋をするのも自由

こうして、一通の招待状から始まった騒動は全《すべ》て決着がついた。

この騒動を通じて、私はオーガストと縁を切ることができた。修道院のみんなにすら長い間隠し続けていた、忌まわしいフェルムの名から解放されたのだ。

そうして私は、実家であるシエル公爵家の家名をまた名乗ることになった。ミランダ・シエル。それが私の、今の名前。名前が変わっただけなのに、不思議なくらいに晴れやかな気分。身も心もさっぱりした、そう思えてならない。

やがてヘレナたちは上機嫌でそれぞれの家に戻っていき、私たちも修道院に帰ることになった。ずっと待ち焦がれていたこの日を、私は複雑な気持ちで迎えていた。

「また、修道院に戻ってしまわれるのですね」

出発の少し前、私はウォレスと二人でバルコニーにいた。あの宴《うたげ》の夜、私たちが初めて言葉を交わしたこの場所。朝の明るい日差しに照らされたそこは、すがすがしいほどにさわやかだった。

「ええ、この後すぐに。……でも帰る前に、あなたと少し話したくて」

そう言うと、ウォレスが眉間《みけん》に薄くしわを寄せた。苦悩しているような、そんな表情に見える。

「貴女《あなた》はもうフェルム公爵と離縁されました。もう、修道院にこもる必要もないのでは……」

シエル公爵家の屋敷の一つが、王都にある。そこに留《とど》まれば、また気軽にここに来ることができる。ウォレスと別れの言葉を交わす必要もない。けれど。

「今は、あの修道院が私の居場所なの。素敵な仲間たちと平和な日常を過ごす、大切な場所なのよ」

にっこりと笑って、素直な思いを口にする。いつか私も、あの修道院を出ることになるだろう。けれど今はまだ、修道院の仲間たちと過ごしていたかった。

「ありがとう、ウォレス。あなたがいなかったら、こんなに早く自由にはなれなかった」

「礼の言葉なら、既にいただきました」

「ふふ、そうね。でも、まだ感謝の気持ちを伝え足りないのよ」

そのまま二人並んで、下の中庭を眺める。どちらも、何も言わなかった。

私はもう、自分の思いに気づいている。そして、彼が私に向けている思いも。だから一言、告げればいい。修道院に戻っても、あなたと連絡を取りたい。できることなら時折、またこうして会いたい。そんな願いを。

それなのに、私の舌は動いてくれない。もし彼に拒まれてしまったらどうしよう。心の奥に巣くった小さな不安が、私の口を固く閉ざしてしまっていたのだ。

駄目ね、これじゃ。私は仮にもあの修道院の院長で、一人前の女性なのよ。初めて恋を知った乙女《おとめ》のように弱気になってどうするの。

幸せをつかみ取りたいのなら、変わらなくてはいけない。ただ待っているのではなく、自分から動かなくては。今までヘレナたちにそんなことを言っていたくせに、自分のこととなったらしり込みしてしまうなんて。これじゃ、あの子たちに合わせる顔がないわ。

そうやって自分を叱咤《しった》して、決意を固める。口を開きかけたまさにその時、ウォレスがぽつりとつぶやいた。下の中庭をじっと見つめたまま。

「……貴女がいなくなってしまうと、寂しいですね」

たったそれだけの言葉に、心が揺れる。彼も私との別れを惜しんでくれる。そのことが、どうしようもなく嬉《うれ》しい。

「貴女さえ良ければ、なのですが……また、会ってはいただけませんか。何かの折に王都にいらした、その時にでも」

私の監禁が解かれたあの日、彼は言った。また会いたい、と。そして彼はもう一度、同じような言葉を口にした。あの時よりずっと切なげな声で、すがるような目で。

「私は、貴女ともっと近づきたい。……今だから白状しますが、私はフェルム公爵のことをうらやましいと、そして憎いと思っていました」

いつも冷静な彼が、はっきりと怒りの表情を浮かべた。まるで鋼《はがね》の刃《やいば》のように鋭いその視線に、息を呑《の》んで彼の横顔に見入ってしまう。

「彼は貴女の夫でありながら、貴女をないがしろにし、のみならず貴女を陥れて……私は法を司《つかさど》る文官として、そして一人の男として、彼のことを許せませんでした」

ウォレスはこちらを向くと、そろそろと手を伸ばし私の手を取った。こういったことには慣れていないのだろう、その動きはひどくぎこちない。まるで、壊れ物を扱っているかのような手つきだった。

「私は貴女と共に、人生を歩んでいきたいのです。どうか、この思いを受け入れてはいただけないでしょうか」

青空よりも澄んだ目が、かすかに揺らぎながら私を見つめている。

「もちろん、すぐに返事をいただけるとは思っていません。まずは、少しずつ貴女と親交を深めていければと……そう思っています」

触れ合った手から伝わる温《ぬく》もりが、とても心地よい。まっすぐに彼を見つめ返し、口を開く。私の顔には、今までの人生で一番の笑みが浮かんでいるのだろうな。そんなことを思いながら。

「ありがとう、ウォレス。……これから、よろしくね」


そうして、修道院での平和な日々が戻ってきた。けれどその日常には、ちょっとした、けれど心が浮き立つような習慣が加わっていた。私とウォレスは伝書鳥を使って、毎日のように手紙をやり取りするようになったのだ。

馬車では何日もかかる道のりも、まっすぐに飛べる伝書鳥ならものの半日だ。少しだけ……いいえ、かなり伝書鳥がうらやましい。

今朝、ウォレスから手紙が来た。その日あったことが淡々とつづられ、『またお会いできる日を楽しみにしています』という言葉で締めくくられている。甘い言葉なんてない、穏やかで優しい手紙。それでも新たな手紙を読むたびに胸が躍るし、とっても幸せな気分になれる。

そうして私も、すぐに返事を書いた。こちらも同じように、ごく普通の日常と、会いたいという言葉を連ねていって。

書き上げた手紙に封をして、いそいそと自室を出る。彼からの手紙を受け取ったら自室で読んで、返事を自室で書くことにしていた。一度院長室で読んでいたら、みんなに思いっきり冷やかされてしまったのだ。みんな、私とウォレスの仲がどのくらい進展しているのか気になって仕方がないらしい。

「あらミランダ、返事を出しにいくの？」

「幸せそうねえ。今度、彼とどんな感じなのか教えてちょうだいな。とっておきのお茶を出すから、優雅にお茶会というのはどう？」

「いいなあ……私も素敵な男性と知り合いたいなあ……うらやましいなあ……」

……もっとも、私の自室から伝書士の暮らす塔の最上階までは結構距離があるから、こうして通りすがりのみんなに冷やかされることには変わりがなかったのだけど。いいのよ、手紙を読んだり書いたりしているところを見られなければ。

階段を降り、廊下を進み、塔を目指す。まるで羽が生えているかのように、足取りが軽い。冷やかすみんなの声でさえ、私の背を押してくれているように感じる。そのうち落ち着くだろうと思っていたのに、私は今でもやっぱり浮かれっぱなしだった。私、もう立派な大人なのに。おかしいわね。

そんなことを考えながら塔を昇り、伝書士の仕事場である最上階に足を踏み入れる。とたん、笑顔のシャーリーに出迎えられた。

「あ、待ってました！　いつもの返事っすね！」

「ええ。大至急でお願いね」

「……ずっと気になってたんですけど、何書いてるんですか？　私だったらすぐに、書くことがなくなりそうな気がするんですけど」

「いくら語り合っても話題が尽きない、それが恋する男女ってもんさ。あんたにゃまだまだ分からないだろうがね」

部屋の奥から、スーザンの声がする。シャーリーと二人並んで、そちらに歩いていった。

「うーん……やっぱり難しいっす……」

「大丈夫よ。あなたも運命の人に巡り会えれば、すぐに分かるから」

まだ首をかしげているシャーリーにそう声をかけると、スーザンがおかしそうに笑った。

「お堅い院長様が、こんな風になっちまうなんて思いもしませんでしたよ。ミランダ様はきっと、しばらくは色恋沙汰《ざた》とは無縁だろうなって、あたしはそう確信してましたから」

冷やかすような目でこちらを見ながら手紙を受け取るスーザンに、満面の笑みで答える。

「私もそう思ってたわ。でも、この修道院はとても自由な、女たちの楽園だもの。だからね」

そこで言葉を切り、胸に手を当てる。内にあふれる幸せを留めるように。

「恋をするのも、自由なのよ」

番外編　じれったい二人の応援隊

ここはミランダの部屋。きちんと片付けられたそこは、妙齢の女性の部屋にしてはとても質素だった。机の上に置かれた小さな額がなければ、厳格な修道女の部屋のように見えていたかもしれない。

今、部屋の中には誰もいなかった。午後の柔らかな日差しが、窓から差し込んでいる。

と、入り口の扉が音もなく開き、修道女たちがそっと顔をのぞかせた。メラニーと、化粧の濃い修道女、そして装飾品をじゃらじゃらと身につけた修道女の三人だ。

「よし、行くわよ」

彼女たちは小さくうなずき合うと、忍び足で中に入っていく。

「急いで探さなくちゃ。ミランダがマリアやジルと一緒に警備の見直しをしている、今のうちに」

「これも、情報収集のためだもの。ところであの額、前はなかった気がするんだけど」

「ええ、恋に不器用な仲間のためだもの。そうね、ミランダが飾り物を置くなんて、珍しいわね」

そんなことをひそひそとささやき合いながら、三人は部屋の中を静かに物色していく。机の引き出し、タンスの中、本棚の中。探し物をしたことが後でばれないように、慎重に。

「……あったわ！　これよ！」

やがて寝台のかたわらに膝《ひざ》をついたメラニーが、紙の束を掲げてみせた。おそらく、寝台の下に隠してあったのだろう。残りの二人が彼女のところにいそいそと歩み寄り、同じようにかがみ込む。

「どれどれ、それじゃあちょっと拝見……」

その紙束は、どうやら手紙の束のようだった。手紙のそれぞれには律義《りちぎ》に日付が記されていて、その日付順にきっちりと並べられている。

メラニーが息を呑《の》んで、最も古い一通を取り出して開く。几帳面《きちょうめん》な文字でつづられた、とても丁寧《ていねい》な文面が三人の目に飛び込んできた。

季節の挨拶《あいさつ》から始まって、日常のあれこれが語られた、そんな当たり障《さわ》りのない手紙。その手紙を読み終えた三人は、さらに次に手を伸ばす。そうして、また次。

「……これ、本当に恋文？」

「まるで日記よねえ」

「まさかと思うけれど、ミランダもこんな感じのことを書いているのかしら……」

難しい顔を見合わせつつ、三人がさらに次の手紙に目を通す。そうして、同時に目を見開いた。

『……会いたい、と言ってくださって、とても嬉《うれ》しいです』

手紙には、そんな言葉が並んでいたのだ。気のせいか、文字までもが少し浮かれているようだった。

『私も、貴女《あなた》に会いたいと思っています。お恥ずかしながら、毎日貴女がいる方角の空を見上げるのが習慣になってしまいました』

三人は同時に、きゃあ、と声をひそめて叫ぶ。この上なく楽しげな笑みを浮かべて。

そこから、手紙は少しずつ甘さを増していった。といっても、ウォレスは堅物で知られているだけあって、礼儀正しさが揺らぐことはなかった。それでも、彼がミランダに向ける好意は明らかだった。

「そうよ、こういうのが見たかったのよ！」

「どうせなら、ミランダが書いたほうの手紙も見たかったわ……」

がぜん張り切って、三人はどんどん手紙を読んでいく。

『……城下町の一角で、愛らしい花が咲いていました。この花を貴女と共に見たいと、心からそう思いました。私のこの気持ちを、花にたくして送ります。押し花など作ったのは久しぶりなので、うまくいっているといいのですが』

その言葉に、メラニーたちがばっと勢いよく机の上を見る。そこに置かれた額の中には、淡い桃色の可憐《かれん》な押し花が収められていたのだ。

「あれ、ウォレスからの贈り物だったのね。わざわざ飾ってるのも納得だわ」

「とても丁寧に作られてるわねえ……」

その押し花は、繊細な花びらの一枚一枚が折れたりゆがんだりしないよう、細心の注意が払われているようだった。台座となっている紙も、文官たちが普段の職務で使っているような味気ないものではない。もっと上質な、周囲に飾り切りが施された美しいカードだった。

「ウォレスがあの顔で、こんなに小さく可愛《かわい》い押し花を作った……やだもう、可愛い！」

「ちょっと、顔は関係ないわよ。でも確かに、あのウォレスが、こんな……ねえ」

「意外よねえ。それじゃ、次の手紙を……」

『押し花を大切にしてくださっているとのこと、とても嬉しいです。ただ私は、花言葉にはうとくて……まさかあの花に、初恋などという意味があるとは……貴女は博識なのですね』

「ミランダったら、わざわざ花言葉を教えたのねえ」

「ウォレスをときめかせるためかしら？」

「どっちかというと、花言葉に気づいてしまって恥ずかしくなったから、ウォレスを巻き込んだんじゃないかしら」

「確かに、そっちのほうがありそうね」

「ミランダ、ああ見えて照れ屋だし」

はしゃぎながら、盛んに言葉を交わす三人。その声は、最初の頃《ころ》より大きくなりつつあった。

そうして彼女たちは、さらに次々と手紙を読んでいく。

『ミランダ様、いえ、ミランダ。……駄目ですね、紙に記しただけで照れてしまいます。貴女のたっての願いということもあって、勇気を出してみましたが……面と向かってそう呼べる自信がありません』

そんな文章に行き当たった時、三人は一斉にきゃあと歓声を上げた。満面に笑みを浮かべ、音を立てずに小さく拍手をしている。

「最高！」

「いい感じ！」

「よくやったわ！」

思い思いの、でもそっくりな感想を口にして、三人は互いに握手し合う。ミランダが隠していた、心ときめく真実を見つけ出した喜びに、彼女たちの顔は輝いていた。

やがて全《すべ》ての手紙を読み終えた三人は、満足げに手紙を元通りまとめ始める。

「ああ、満足。ミランダたち、結構うまくいっているようじゃない？」

「あたくしもそう思うわあ。こんなに離れていて大丈夫かしらって気をもんだけれど……何とかなりそうね。本当によかったわ」

そうして三人がほっと安堵《あんど》の息を吐いた、その時。

「あなたたち、何をしているのかしら？」

突然聞こえてきた明るい声に、メラニーたちが凍りつく。その声はとても軽やかだったけれど、その奥には冷え冷えとした怒りがにじんでいたから。

メラニーたちは背中に冷たい汗が流れているのを感じながら、声がしたほうにぎこちなく向き直る。そこには、ミランダが立っていた。しかもなぜか、満面の笑みを浮かべて。

「『メラニーさんたちがミランダさんの部屋に入っていったから、てっきりみんなで一緒に部屋でお喋《しゃべ》りしてるのかなと思ってました。でもミランダさん、部屋にいなかったんですね。メラニーさんたち、何してたんでしょう？』って、アイリーンが教えてくれたのよね……」

その笑顔はとても明るくて優しいのに、同時に猛烈な恐ろしさをも感じさせる。無言で震え上がるメラニーたちが手にしている紙束を目にして、ミランダがすうっと目を細めた。

「……ねえ、読んだ？　それ、読んでしまった？」

「よ、読んだけれど、やましい気持ちではないのよお」

「その、他人の恋模様なんて、私たちからすると最高の情報で」

「ちょっと、余計なこと言わないの！　ほ、ほら、あなたたちがうまくいってるか、心配だったから！　ね？」

しどろもどろになりながら、メラニーたちが口々に弁明する。

「うっふふ、これは院長として、お説教が必要かしらね……」

しかしミランダは、メラニーたちの言い訳を一蹴して無邪気に笑うだけだった。

そうして夕方に解放された三人は、これまでにないほどげっそりしていた。それを見た修道院のみなは、心に誓ったのだった。

ミランダだけは、怒らせないようにしよう、と。

あとがき

こんにちは、あるいははじめまして、一ノ谷鈴です。このたびは、本作を手に取ってくださってありがとうございました。

婚約破棄もので時々出てくる『修道院』について、厳格で質素で、怖い顔の院長がいて、毎日規律正しく過ごしている……というイメージがありました。たぶんほとんどの方は、同じようなイメージを抱いておられると思います。

ですが、ある日ふと思いました。たくさんの女性たちが一緒に暮らしているのだし、女子高のようなノリの修道院があってもいいんじゃないか？　と。

色々あって修道院送りにされた女性たちが、わいわいにぎやかに楽しく暮らす、そんな場所。それぞれ心の傷を抱えているからこそ互いに優しくなれる、追放された女性たちの楽園。そんな修道院があったら素敵だな、というところから、このお話は始まりました。

そうして最初に、ヘレナの物語が完成しました。婚約破棄され悲しみに暮れる令嬢が、何もかもが規格外の修道院に送られたことで幸せをつかむ話、そこまで書いたところでいったんは満足していました。

ところが修道女たちが「まだまだ騒ぎ足りないわ！」「迷える乙女を救うのよ！」と主張し始め……じきに、彼女たちが軽やかにはしゃぎながらどんどん問題を解決していく、続きの物語ができあがりました。

そんなこんなで完成したこのお話が、第3回アイリス異世界ファンタジー大賞で銀賞をいただいた時は本当にびっくりしました。人生初の受賞だったので、喜びもひとしお……！

本作は書籍化にあたって、小説家になろう掲載分をベースに、一から全て書き直しています。なろう版を読んでいただいた方でも楽しめるように、またそちらを未読の方でも一冊の本として楽しんでいただけるように頑張りました。

色々制約がある中とっても素敵な修道服をデザインしていただき、きらきら美麗なイラストで本作を彩ってくださったwhimhalooo様、根気よく改稿等に付き合ってくださった編集様、本当にありがとうございました。

それでは、またお会いできることを願って。

……作中、噂がとんでもないルートで広まる描写がありますが、あれは一部実体験だったりします……噂、怖い……。

ようこそ修道院《しゅうどういん》へ、ここは追放《ついほう》された女《おんな》たちの楽園《らくえん》よ

2024年11月20日　初版発行

初出……「婚約破棄されて修道院に送られましたが、そこは楽園でした」
「ようこそ修道院へ、ここは追放された女たちの楽園よ」
小説投稿サイト「小説家になろう」で掲載

著者　一ノ谷 鈴

イラスト　whimhalooo

発行者　野内雅宏

発行所　株式会社一迅社
〒160-0022 東京都新宿区新宿3-1-13 京王新宿追分ビル5F
電話　03-5312-7432（編集）
電話　03-5312-6150（販売）
発売元：株式会社講談社（講談社・一迅社）

印刷所・製本　大日本印刷株式会社
ＤＴＰ　株式会社三協美術

装幀　今村奈緒美

ISBN978-4-7580-9686-7

おたよりの宛て先
〒160-0022 東京都新宿区新宿3-1-13 京王新宿追分ビル5F
株式会社一迅社　ノベル編集部
一ノ谷《いちのたに》 鈴《りん》 先生・whimhalooo《ウィムハルー》 先生